LUNA – PRIESTERIN DER WÖLFE

Band 1 – Wenona

Von Sabine Höflinger

Herstellung und Verlag:
BoD - Books on Demand, Norderstedt
ISBN 978-3-7347-5737-2

Inhalt

Kapitel 1 4

Kapitel 2 10

Kapitel 3 10

Kapitel 4 12

Kapitel 5 20

Kapitel 6 23

Kapitel 7 29

Kapitel 8 31

Kapitel 9 38

Kapitel 10 47

Kapitel 11 52

Kapitel 12 57

Kapitel 13 69

Kapitel 14 74

Kapitel 15 82

Kapitel 16 91

Kapitel 17 99

Kapitel 18 113

Kapitel 19 124

Kapitel 20 135

Kapitel 21 144

Kapitel 22 158

Kapitel 23 174

Kapitel 24 188

Kapitel 25 192

Kapitel 26 202

Kapitel 27 205

Kapitel 28 215

Kapitel 29 221

Kapitel 30 224

Kapitel 31 235

Kapitel 32 245

Kapitel 33 248

Kapitel 34 252

Kapitel 35 261

Kapitel 36 264

Kapitel 1

Die Nacht war hereingebrochen. Dunkel und unheimlich. Erst jetzt wurde mir bewusst, dass ich ganz alleine war, hier draußen, wo ich niemanden kannte. Weit und breit kein Mensch, nur Wald wohin ich auch schaute.

Der Schrei einer Eule ertönte aus einiger Entfernung und plötzlich konnte ich das Heulen eines Wolfes hören. Wölfe? Hier? Nein, das konnte nicht sein. Ich hatte mich sicher getäuscht. Es musste ein anderes Tier sein, dessen Ruf so ähnlich klang. Nachdenklich schüttelte ich den Kopf. Auf was für Gedanken ich hier kam! Dann entfuhr mir ein erleichterter Seufzer und ich nahm meine Reisetasche hoch, um sie in mein Schlafzimmer zu bringen. Kaum hatte ich die Tasche in der Hand, vernahm ich wieder ein Heulen. Lauter diesmal und bedrohlicher. Ich hielt mitten in der Bewegung inne und lauschte. Das gibt's doch gar nicht. Ungläubig stand ich noch immer in der Küche und lauschte auf die Geräusche, die von draußen zu hören waren. Wölfe waren in dieser Gegend bereits seit langer Zeit ausgestorben. Und hätte hier eine Wiederbesiedelung stattgefunden, hätte ich davon doch sicher aus den Medien erfahren, oder? Vielleicht gab es einige wilde Streuner, die über die Berge von einem Jagdgebiet ins nächste zogen? Das musste die Erklärung sein! Fest nahm ich mir vor, bei meinem nächsten Einkauf im Tal, nachzufragen. Hier oben auf dem Berg hatte ich keine Nachbarn. Einsam lag meine Ferienhütte zwischen den Bäumen verborgen und bot den idealen Platz, um wieder zur Ruhe zu kommen. Erst vor kurzem hatte ich mir diese Hütte in den Bergen Tirols gemietet um ein paar Tage für mich allein zu haben. Das war auch dringend notwendig, gab es in meiner Vergangenheit doch so einiges, was mein bisheriges Leben betraf. Zwei lange Jahre war ich mit einem Mann zusammen gewesen, den ich sehr liebte, der mir aber mit jedem Tag fremder wurde. Die kleinen Streitereien die ich anfangs durch die rosarote Brille sah, wurden nicht ausdiskutiert, sondern ignoriert. Später dann, als ich von Wolke sieben heruntergestiegen war, wollte ich mit meinem Freund über das jeweilige Problem reden, wenn wir wieder einmal wegen einer Kleinigkeit einen Streit hatten. Das wollte er nicht und strafte mein Aufbegehren, wie er es nannte, mit tagelangem Stillschweigen. Die Stimmung zwischen uns war kaum noch auszuhalten und immer öfter stellte ich mir die Frage, wie lange ich das noch ertragen könnte, ohne zu explodieren. Wenn ich nach einem Krach weinte, weil ich am Boden zerstört war, ignorierte er mich. Erst wenn ich mich in seinen Augen wieder „normal" benahm, wurde er wieder zugänglicher und liebevoll. Ich ertrug sein Verhalten stillschweigend. Noch immer liebte ich diesen Mann und hoffte, er würde sich ändern. Mike nahm es locker. Nach ein paar Tagen des Schweigens ging er wieder zur Tagesordnung über und tat, als wäre nichts geschehen. Er war Angestellter einer großen Bank in der Stadt und trug eine Coolness zur Schau, die keinen Blick auf seine Gefühlswelt zuließ. Er verstand es meisterhaft, seine Gefühle hinter einer Maske zu verbergen und wusste genau, wie sehr es mich verletzte, wenn er mich wieder einmal links liegen ließ und tat, als wäre ich gar nicht vorhanden. Das war seine Strafe für mich, wenn ich seine Ansichten nicht teilte oder ihm mein Verhalten missfiel. Aber Mike war der Letzte, über den ich jetzt nachdenken wollte. Hier ging es nur um mich und meine Entscheidung die ich getroffen hatte, als ich ihn verließ. Ich wollte Abstand von meiner gewohnten Umgebung, um in Ruhe nachzudenken. Diese Hütte in den Bergen war genau das Richtige, um auf andere Gedanken zu kommen. Früher, als ich noch nicht mit Mike liiert war, verdiente ich mir als Reporterin und Fotografin für eine Lokalzeitung meinen Unterhalt. Das war eins der Dinge, die ich ihm zuliebe aufgab, um ganz und gar seinen Ansprüchen der perfekten Hausfrau gerecht zu werden. Wann immer wir Gäste hatten, musste das Haus von oben bis unten auf Hochglanz poliert sein. Kein Staubkörnchen durfte er entdecken, sonst konnte ich mich später auf einen seiner Wutausbrüche gefasst machen. Er tobte dann durchs ganze Haus und schrie mich an, was ich denn den ganzen Tag über machen würde, wenn er in der Arbeit war. Ich bemühte mich nach Leibeskräften, seine hochgesteckten Vorstellungen zu erfüllen und scheiterte trotzdem kläglich. All meine Versuche, es ihm recht zu machen endeten dramatisch, wann immer ihm danach war. Vor etwa einem Jahr veränderte sich sein Verhalten mir gegenüber so drastisch, wie ich es nicht für möglich gehalten hätte. Sein strafender, anklagender Blick, den ich inzwischen gewohnt war, veränderte sich in eisig. Ich konnte kein Gefühl mehr in seinen Augen sehen. Da war kein Funken Liebe mehr. Starr vor Wut starrte er mich an und schlug mir ins Gesicht. Perplex wie ich war, begann ich zu weinen. Konnte es nicht fassen, dass er handgreiflich wurde. Er entschuldigte sich und weinte ebenfalls. Da saßen wir, lagen uns in den Armen und heulten beide. Ich verzieh ihm diese Ohrfeige, schob es auf den Stress in der Firma und seine Übermüdung, hatte er doch in letzter Zeit bis tief in die Nacht gearbeitet, um einen dicken Fisch für die Bank an Land zu ziehen. Anfangs, wenn ich merkte, dass er wieder kurz davor stand, zu explodieren, konnte ich ihn noch mit Zärtlichkeiten ablenken. Später half dann auch kein Sex mehr, um ihn wieder versöhnlicher zu stimmen. Er wurde immer grober im Umgang mit mir und die letzten Monate waren einfach nur noch schrecklich. Beinahe täglich fand er einen Grund, mich zu demütigen. Dabei genügte es ihm nicht mehr, mich mit allerlei Schimpfwörtern zu bezeichnen, er packte mich brutal am Arm und drückte mich gegen die Wand, um mir direkt ins Gesicht zu schreien. Absolute Hilflosigkeit machte sich in mir breit. Starr vor Angst machte ich mich ganz klein und hielt mir schützend die Hände vor das Gesicht. Grob riss er meine Arme weg und ich konnte die Speicheltröpfchen im Gesicht spüren, die er versprühte, als er keine zehn Zentimeter von meinem Gesicht entfernt so laut schrie, dass seine Vene auf der Stirn deutlich hervortrat. Meine Ohren klingelten von der Lautstärke seines Wutausbruchs und ich hoffte, dass er sich bald wieder beruhigen würde. War ich in seinen Augen nicht demütig genug, musste ich jederzeit mit einer Ohrfeige oder Schlimmerem rechnen. Immer wieder war mein Körper mit blauen Flecken übersät. Anfangs entschuldigte er sich noch, ihm sei die Hand ausgerutscht und ich verzieh ihm. Immer wieder. Nach einigen Wochen, als er mich wieder einmal schlug und ich gegen die Glasvitrine flog, meinte er nur: "Du bist selber schuld, wenn du mich wütend machst." Oder er sagte: "Die hast du dir verdient", nur weil ich einen anderen Mann grüßte und ihm ein Lächeln schenkte, als wir zum Essen in ein neues Lokal gingen. Wenn wir miteinander schliefen war er längst nicht mehr so zärtlich wie früher. Keine Küsse oder Streicheleinheiten. Nur eine schnelle Nummer, damit er zumindest seine Befriedigung erhielt. War er fertig, drehte er sich um und schlief. Hatte ich keine Lust oder war zu müde, drehte er mich mit Gewalt auf die Seite und hielt mich fest, damit er von hinten in mich eindringen konnte. In seinen Augen hatte er jedes Recht, Sex einzufordern, wenn er Lust darauf hatte. Und er hatte oft Lust. Vor allem nach einem Streit. Anfangs ließ ich mich in der Hoffnung auf Versöhnung zum Sex überreden, später nahm er sich mit Gewalt, was er als sein Eigentum ansah. Nach so einer Aktion lag ich oft stundenlang wach und dachte darüber nach, wie es so weit hatte kommen können und weinte mich in den Schlaf. Was hatte ich nur falsch gemacht, dass dieser Mann mich nur noch wie einen Gebrauchsgegenstand benutzte? Ich konnte es nicht fassen, wie sehr er mich erniedrigen konnte ohne dass ich mich ernsthaft zur Wehr setzte. Schließlich kam ich zum Schluss, dass meine Angst überwog, er könnte dann total ausflippen und noch härter zuschlagen. Ich hasste mich dafür, so hilflos zu sein und überlegte verzweifelt, wegzulaufen. Das würde Mike nicht auf sich sitzen lassen, er würde mich finden. Ich wollte nicht in ständiger Angst leben, ihm über den Weg zu laufen. Er betrachtete mich als sein Eigentum und würde dafür sorgen, mich wieder in seine Abhängigkeit zu drängen. Irgendwann ging mir ein Licht auf. Es lag nicht an mir, dass Mike so brutal wurde. Er war das Problem, nicht ich! All meine Versuche, die Frau zu sein, die er sich wünschte, waren von Anfang an zum Scheitern verurteilt. Es reichte mir. Niemand hatte es verdient, so behandelt zu werden. Die Wut in mir, die immer größer wurde, veranlasste mich, mein Leben wieder selbst in die Hand zu nehmen. Nie wieder würde ich das Opfer sein, nie wieder würde ich mich schlagen lassen, ohne wenigstens versucht zu haben, mich zu wehren. Während er bei der Arbeit war, besuchte ich Selbstverteidigungskurse. Ich trainierte beinahe täglich. Schon frühmorgens, wenn Mike aus dem Haus ging, begann ich mit meinem Fitnessprogramm und ging Laufen. Anfangs nur kleinere Runden in der Nachbarschaft, später dann einige Kilometer im nahegelegenen Park. Nachmittags dann abwechselnd Karate- und Krafttraining. Die Wochen und Monate vergingen im Flug. Eines Morgens, als Mike zur Arbeit aufbrach und ich meine Laufsachen anzog, erwischte er mich, als ich gerade loslaufen wollte. Er hatte seine Aktentasche vergessen und kam zurück, um sie zu holen. Als er mich sah, packte er mich am Arm und zerrte mich zurück ins Haus. Sein Gesicht war tiefrot angelaufen, seine Wut ganz offensichtlich. Er warf mir vor, mich mit einem anderen Mann zu treffen und schlug mir ohne Vorwarnung mitten ins Gesicht. Als er erneut ausholte, wehrte ich seinen Angriff ab und holte zum Gegenschlag aus. Er fiel zu Boden und starrte mich ganz perplex an. Ganz ruhig sagte ich ihm, dass ich ihn verlassen würde und er es niemals wieder wagen sollte, mir auch nur zu nahe zu kommen. Als er seine Sprache wiederfand, meinte er nur, dass wir uns am Abend darüber unterhalten würden. Die Sache wäre für ihn noch nicht erledigt. Er verstand noch immer nicht, dass es nichts mehr zu reden gab. Als er seine Aktentasche unter den Arm klemmte und wütend zur Arbeit fuhr, packte ich meine Sachen und verschwand aus seinem Haus und aus seinem Leben. Nie wieder, so schwor ich mir, würde ich mich von einem Mann schlagen lassen.

Kapitel 2

Seit fast einem Jahr lebte ich nun schon allein und wollte nichts mehr wissen von anderen Männern. Das Kampftraining absolvierte ich noch immer regelmäßig und das tägliche Joggen war zum fixen Bestandteil meines Lebens geworden. Doch noch immer war es für mich nicht einfach, Mike aus dem Kopf zu kriegen. Immer wieder drehten sich meine Gedanken um die letzten zwei Jahre, die ich mit diesem Mann verbracht hatte. Im Nachhinein konnte ich es nicht fassen, dass mich ein anderer Mensch so dominierte. Das würde mir niemals wieder passieren, das schwor ich mir! Noch immer hatte ich kein Interesse an anderen Männern und wehrte jeden Annäherungsversuch ab. Ich war noch nicht bereit, mich wieder auf einen Mann einzulassen. Meine seelischen Narben waren noch zu frisch, als dass ich mir vorstellen konnte, eine neue Beziehung einzugehen.

Kapitel 3

Noch immer stand ich auf der gleichen Stelle in der Küche und hielt den Koffer in der Hand. Mein verschleierter Blick klärte sich allmählich und ich setzte meinen Weg in Richtung Schlafzimmer fort. Dort legte ich meinen Koffer auf das Bett und begann damit, einige meiner Klamotten auszupacken. Langsam wurde es kühler und ich zog mir eine Jacke über, um Brennholz für den offenen Kamin im Wohnzimmer, aus dem Holzschuppen zu holen. Draußen war es stockfinster und ich konnte die Hand kaum vor Augen sehen. Den Mond suchte ich vergeblich am Himmel, er war wohl hinter den Bäumen verborgen, die rings um meine Hütte riesig in den Himmel stachen. Der Schuppen lag nur wenige Meter vom Haus entfernt, trotzdem beeilte ich mich, so schnell wie möglich mit dem gesammelten Holz wieder in meine Hütte zu kommen. Ich wollte den Kamin im Wohnzimmer anzünden, um eine gemütliche Atmosphäre zu schaffen und lauschte schon bald dem Knistern des verbrennenden Holzes. Meine Füße steckten in flauschigen Socken und mein neuer Pyjama aus Flanell war super bequem. Ich hatte eine Decke auf dem Boden ausgebreitet, die ein wenig modrig roch, doch für meine Zwecke genügte es. Dann ließ ich mich bäuchlings darauf nieder und schnappte mir den neuen Krimi, den ich vor meiner Abreise noch gekauft hatte. Mein Versuch, dieses Buch zu lesen, scheiterte kläglich. Zu fremd war mir hier noch alles. Diese Stille war mir unheimlich. Kein Laut drang mehr von draußen in meine Hütte. Gespenstische Ruhe hatte sich um mich ausgebreitet. Ich war bereits drauf und dran, das Radio einzuschalten um zumindest ein paar Hintergrundgeräusche zu erzeugen, als ich die Idee wieder verwarf und mir stattdessen eine Zigarette anzündete. Ich drehte mich auf den Rücken und blies den Rauch in die Luft. Angestrengt versuchte ich, die Rufe der Eulen zu hören, die noch vor kurzer Zeit so unheimlich in der ansonsten so ruhig daliegenden Gegend meine Aufmerksamkeit auf sich gezogen hatten. Aber ich konnte sie nicht mehr hören. Der Wald war still. Totenstill.

Kapitel 4

Die Erschöpfung der letzten Wochen machte sich bemerkbar. Ich arbeitete beinahe rund um die Uhr für einen Nachrichtensender und war drauf und dran, mich beruflich zu verändern. Die ewige Jagd nach Schlagzeilen hatte mich müde gemacht. Mit ein paar gelungenen Schnappschüssen eines Promis hatte ich nun ein kleines Finanzpolster, das ich in meine Zukunft investieren wollte.

Hundemüde hing ich noch immer meinen Gedanken nach und konnte mir das Gähnen nicht länger verkneifen. Ich war zu müde, um noch einmal aufzustehen, um in das kalte Schlafzimmer zu gehen. Deshalb beschloss ich, die Nacht im Wohnzimmer zu verbringen. Das Knistern im Kamin war angenehm und so machte ich es mir auf dem Sofa gemütlich. Schon bald schlief ich tief und fest wie schon lange nicht mehr. Vergessen waren all meine Sorgen und ich konnte mich meinen Träumen hingeben. Am nächsten Morgen erinnerte ich mich an meinen eigenartigen Traum. Ich lief kreuz und quer durch den Wald und irgendwer oder irgendetwas jagte mich. Immer schneller lief ich, bis ich an eine Lichtung kam. Mitten auf dieser Lichtung hatte jemand einen großen Steinkreis errichtet. Ich lief daran vorbei und stand plötzlich vor einer Felswand. Verborgen zwischen einem großen Felsen und davor liegendem Geröll entdeckte ich einen Spalt im Stein. Bewacht von einer riesigen Tanne, die sich rechts davon majestätisch dem Himmel entgegenreckte. Ich ging darauf zu und wollte mich gerade in der dahinterliegenden Höhle verstecken, als ich erwachte. Merkwürdige Wandbilder und wilder Tiere hatten etwas zu tun mit meinem Traum, aber ich wusste nicht mehr, was. Zu verschwommen war meine Erinnerung.

Nach einem kleinen Frühstück bestehend aus heißem Kakao und einem Obstsalat machte ich mich zum Joggen bereit. Ein kleiner Waldlauf würde mir guttun. Schon bald war mein Kopf frei von allen Sorgen und ich lief einen kleinen Trampelpfad entlang. Ich wollte gerade eine kleine Pause einlegen und meine Dehnübungen machen, als mich ein plötzliches Geräusch aus den Büschen neben mir innehalten ließ. Zwei leuchtendgrüne Augen starrten mich aus der Dunkelheit des Dickichts an. Was war das? Ein Wolf? Stocksteif blieb ich stehen und starrte noch immer auf diese unheimlich leuchtenden Augen, die mich unentwegt anstarrten. „Großer Gott, was mache ich nun?", ging mir gerade durch den Kopf. Nur einen Wimpernschlag später waren die Augen verschwunden und ich war wieder allein. Was war das? Meine Beine wollten mir nicht mehr gehorchen und meine Hände zitterten so heftig, dass ich sie verschränkte, um sie etwas unter Kontrolle zu bringen. Total geschockt setzte ich mich auf den Boden und holte erst einmal tief Luft. Der Schweiß, der mir vorhin vom Laufen tröpfchenweise die Wirbelsäule runterlief hatte sich zu einem Rinnsal entwickelt, welches mir den Rücken hinabfloss und mein Shirt an mir kleben ließ. Ich schwitzte aus allen Poren und es fiel mir schwer, meinen Atem wieder halbwegs unter Kontrolle zu kriegen.

Nachdem ich mich von diesem Schock erholt hatte, rannte ich auf dem schnellsten Weg zurück zu meiner Hütte und genehmigte mir eine ausgiebige Dusche. Immer wieder fragte ich mich, ob das, was ich gesehen hatte Realität war, oder mir meine Fantasie einen Streich spielte. Wahrscheinlich hatte ich es mir nur eingebildet. Der Traum von letzter Nacht beschäftigte mich offensichtlich doch mehr, als ich dachte. Ich schob den Gedanken daran zur Seite, war es doch nur ein Traum gewesen und entsprach in keinster Weise der Realität. Hier gab es nichts, das ich fürchten musste. Den restlichen Tag verbrachte ich damit, mich in meiner Hütte häuslich einzurichten, schließlich würde sie für einen Monat mein Zuhause sein. Und danach würde ich weitersehen.

Am späten Nachmittag fuhr ich mit meinem Fiat 500C ins nächste Dorf, um mich mit Proviant einzudecken. Es gab einen netten kleinen Laden, in welchem ich beinahe alles fand, was mein Herz so begehrte. Beim Zahlen fragte ich die Kassiererin beiläufig, ob es hier in den Bergen Wölfe gäbe. Sie wurde ganz weiß im Gesicht, als sie meine Frage verneinte und heftig den Kopf schüttelte. Ihre Finger nestelten an der Einkaufstüte herum, die sie mir hastig reichte, ehe sie schnell in den rückwärtigen Teil des Ladens verschwand. Noch ganz in Gedanken versunken, was dieses eigenartige Verhalten zu bedeuten hatte, wollte ich den Laden eben verlassen, als ich an der Tür mit einem fremden Mann beinahe zusammenstieß. Er sprang gerade noch zur Seite und warf mir dabei einen undefinierbaren Blick zu. Er hatte wunderschöne grüne Augen und lange schwarze Wimpern. Jede Frau würde ihn darum beneiden! Sein markantes Kinn hatte ein kleines Grübchen, das man gerade noch unter dem Dreitagesbart erkennen konnte. Und als mein Blick bei der kleinen Narbe über der linken Augenbraue hängenblieb, drehte er sich um und ging einfach weiter. Sein markanter Geruch stieg mir dabei in die Nase. Ich war ganz fasziniert von der Männlichkeit, die diesen Duft unterstrich. Was das wohl für ein Aftershave war, das so aufregend meine Nasennerven kitzelte. Gleichzeitig war ich irritiert von der Ausstrahlung, die dieser Mann auf mich ausübte. Zu lange war es her, dass ein Mann meine Aufmerksamkeit so auf sich gezogen hatte. Mein Interesse war geweckt! Ich sah dem Fremden neugierig hinterher und verspürte ein schon verschüttet geglaubtes Gefühl der freudigen Erregung. Das war mal ein Mann! Der Anblick würde mir in den nächsten Tagen genug Stoff zum Träumen geben!

Auf dem Rückweg zu meiner Hütte musste ich immer wieder daran denken, wie gut der Kerl ausgesehen und gerochen hatte. Einfach lecker. Positiv überrascht und gleichzeitig perplex über diese Gedanken, musste ich lächeln. Es war also noch nicht zu spät für mich. Mein Interesse war geweckt!

Abends kochte ich mir nur eine Suppe, welche ich mir auf der Veranda schmecken ließ. Der Anblick der Wälder und Berge war atemberaubend schön. Ich genoss den Sonnenuntergang bei einem Glas Wein und lauschte auf die Geräusche des Waldes und seiner Bewohner. Wieder durchbrach der Ruf einer Eule und das Zwitschern einiger Vögel, die herrschende Stille. Ganz gespannt wartete ich darauf, wieder das Heulen zu hören, das mich am Vorabend aufgeschreckt hatte. Doch nichts davon war zu hören. Beinahe machte sich Enttäuschung breit und ich war mir gar nicht mehr sicher, was ich da gestern gehört hatte. Vielleicht war es nur der Schrei eines verwundeten Tieres? Egal, ich wollte endlich mein neues Buch lesen und setzte mich in den Schaukelstuhl, der ganz verloren in einer Ecke der kleinen Veranda stand. Eine flauschige Decke breitete ich mir über meine Beine, da die Temperaturen schon merklich gefallen waren. Eine Wolkendecke drängte das letzte Sonnenlicht zurück und verdunkelte auch den aufgehenden Mond, der wie eine schmale Sichel am Himmel hing. So ausgerüstet konnte es mit dem Lesen losgehen. Ganz versunken in meinen Krimi bemerkte ich zuerst gar nicht, als es plötzlich wieder da war, dieses eigenartige Heulen. Ganz leise, als wäre es kilometerweit entfernt. Angestrengt starrte ich in die Dunkelheit rings um meine Hütte. Wo war das Heulen hergekommen? Gerade versuchte ich noch, mich zu konzentrieren, von wo ich das Geräusch vernommen hatte, als es wieder zu hören war. Näher diesmal und bedrohlicher als zuvor. Es ging in ein gefährliches Knurren über und dann hörte ich Kampfgeräusche. Da bekämpfte sich etwas bis aufs Blut! Schreckliche Laute verursachten mir eine Gänsehaut auf dem ganzen Körper. Wie gebannt starrte ich in die Dunkelheit, um erkennen zu können, wer für den Streit verantwortlich war. Etwas hielt mich hier draußen fest. An Flucht war nicht zu denken, meine Füße waren in ihrer Position erstarrt. Fasziniert suchten meine Augen die Umgebung ab, als sie ganz unerwartet an einem Paar Augen festhielten. Die Wolkendecke wurde aufgerissen und der Mond kam zum Vorschein. Wie Smaragde begannen diese

Augen zu glitzern, als sich das Mondlicht darin spiegelte. Das bisschen Licht, das der Mond auf die Erde warf, genügte, um mir freie Sicht auf meine Umgebung zu schenken. Da stand er. Nur einen Steinwurf entfernt von meinem Gartentor. Ein Wolf! Ein Weiterer zog sich gerade mit eingezogenem Schwanz in die Dunkelheit des Waldes zurück. Als er einen Blick zurückwarf, konnte ich den Hass in seinem Gesicht sehen. Jeder Muskel war angespannt und seine gelben Augen glitzerten gefährlich. Von seinen Lefzen tropfte Speichel auf den Boden und noch immer knurrte er. Eine Wunde hinter seinem rechten Ohr färbte sein graues Fell rot. Der Blick dieses Wolfes drückte blanke Wut aus und brannte sich in mein Gedächtnis ein. Die ganze Körperhaltung des Tieres drückte Verachtung und Hass aus. Ich wusste nur nicht, wem es galt. Dem anderen Wolf, der noch immer vor meinem Zaun saß oder mir?! Noch ehe ich mir darüber den Kopf zerbrechen konnte, drehte sich auch der andere Wolf um und verschwand lautlos im Wald. Wahnsinn, diese Augen! Sie gingen mir nicht mehr aus dem Kopf. Selbst als ich mich später in mein Bett verkroch, nachdem ich mir die Zähne geputzt hatte, waren sie mir immer noch im Gedächtnis. Wenn mich nicht alles täuschte, waren es die gleichen Augen, die mich schon einen Tag vorher im Wald angestarrt hatten. Merkwürdigerweise hatte ich keine Angst vor diesen Augen. Ganz im Gegenteil. Diese grünen Augen übten eine ganz eigene Wirkung auf mich aus. Irgendwie beruhigend, als würden sie mich beschützend beobachten. Hätte mich dieser Wolf verletzen wollen, hätte er es schon längst getan, als er die passende Gelegenheit hatte, da war ich mir sicher.

Warum, konnte ich nicht sagen, es lag nur so ein vertrautes Gefühl der Sicherheit in diesen Augen.

Noch lange beschäftigte mich die Szene, die sich mir da vor wenigen Minuten geboten hatte. Mit eigenen Augen konnte ich mich davon überzeugen, dass mir meine Fantasie keinen Streich gespielt hatte. Nicht nur, dass es hier tatsächlich Wölfe gab, nein, sie waren sogar in meiner unmittelbaren Umgebung aufgetaucht! Und es sah ganz danach aus, als hätten sie keinerlei Berührungsängste, was mich betraf. Aber sollten diese Tiere eigentlich nicht die Menschen meiden, sich verstecken, zurückziehen? Eigenartig. Ich hatte das dringende Bedürfnis, mehr über diese Tiere zu erfahren, um mich richtig zu verhalten, wen mir noch einmal einer begegnen sollte. Nun fiel mir auch der entsetzte Ausdruck der Verkäuferin wieder ein und ihre überstürzte Flucht in den hinteren Teil des Ladens. Ha! Es gab also doch Wölfe in diesen Wäldern!

In dieser Nacht träumte ich wieder von der Lichtung im Wald. Diesmal aber war es Nacht und ein Feuer brannte im Steinkreis. Da stand ich, inmitten eines ganzen Rudels von Wölfen! Die Arme hatte ich zum Himmel empor gereckt und ich murmelte irgendwelche Worte vor mich hin. Die Wölfe jaulten ab und zu und untermauerten meine Worte. Dann schritt ein sehr großer Wolf mit tiefschwarzem Haar aus der Höhle. Seine tiefgrünen Augen auf mich gerichtet, kam er direkt auf mich zu und blieb nur wenige Zentimeter vor mir stehen. Er neigte seinen Kopf und ich strich ihm mit der Hand ganz leicht über den dargebotenen Kopf. Dieses irre Gefühl ließ mir einen wohligen Schauer über den Rücken jagen. Ich schmiegte mich an das flauschige Fell, schloss meine Augen und seufzte. Dann wachte ich auf und wusste zuerst nicht, was Realität und was Traum war. Es fühlte sich alles so real an. Ich konnte die Berührung körperlich spüren! Aber als ich etwas klarer sehen konnte, wuchs die Enttäuschung in mir. Mein Kopf lag auf der Kuscheldecke, die ich ganz fest zusammengeknüllt, mit beiden Händen festhielt. Zum ersten Mal in meinem Leben hatte ich mich richtig zu Hause gefühlt, als wäre ich endlich nach einer schier endlosen Reise da angekommen, wo ich hingehörte! Ich war Teil des Rudels, Teil einer Familie, die ich nie hatte! Und dann entpuppte sich alles nur als Traum. Niedergeschlagen stand ich auf und ging in die Küche, um mir Kaffee zu machen. Dann ging ich in das kleine Bad und putzte mir die Zähne. Nach der Morgentoilette konnte ich wieder klarer sehen. Schade. Es war alles nur ein Traum, nichts davon war Wirklichkeit. Zurück in meiner Wohnküche nahm ich Butter und Marmelade aus dem Kühlschrank um zu frühstücken. Diesen Traum musste ich erst einmal verdauen, so real hatte ich noch nie geträumt und wenn, dann konnte ich mich nicht mehr daran erinnern. Nach dem Abwasch schob ich sämtliche Überlegungen beiseite und zog meine Laufsachen an, um eine Runde im Wald zu drehen und wieder einen klaren Kopf zu bekommen. Diesmal verlief mein Waldlauf ohne Zwischenfälle. Ich hatte einen anderen Weg eingeschlagen und lief einen schmalen Pfad neben einem Bach entlang, der sich durch den Wald schlängelte. Nach etwa drei Kilometern setzte ich mich an das Ufer und sah dem Lauf des Wassers zu, das sich über Steine und Felsen seinen Weg bahnte. Das kristallklare Wasser funkelte und blendete richtiggehend im Sonnenlicht. Ich bedauerte wieder einmal, keine Sonnenbrille dabei zu haben und musste immer wieder meine Augen zukneifen, wenn sich das Licht besonders stark darin fing. Mir kam ein Bild der bräunlichen Brühe in den Sinn, die sich durch die Stadt zog und von einigen Unerschrockenen zum Schwimmen genutzt wurde. Nicht einmal das Wasser, das in meiner Stadtwohnung aus dem Wasserhahn kam, war so klar wie hier. Außer ich kaufte es im Supermarkt. Und in dieser Gegend floss das sauberste Wasser einfach so in Strömen sein Bachbett entlang! Ich konnte nicht anders, als meine Hände hinein zu tauchen und einen Schluck davon zu trinken. Das Wasser schmeckte herrlich rein und war eiskalt. Genüsslich schöpfte ich nochmals Wasser und ließ es langsam durch meine Finger rinnen. Ich saß noch lange am Ufer und hing meinen Gedanken nach, als mich mein Magen daran erinnerte, dass es Zeit für eine ordentliche Mahlzeit war. Also machte ich mich auf den Rückweg und sog die klare, würzige Luft des Waldes tief in mich ein. Immer mehr verliebte ich mich in diese Gegend mit all ihrer wilden Schönheit. Neue Energie durchströmte mich und mein Herzschlag verlangsamte sich, mein Atem ging ruhiger, obwohl ich noch immer in Richtung Hütte lief und mein Tempo beibehielt. Das Leben war schon manchmal merkwürdig!?

Kapitel 5

Eine ausgiebige Dusche später saß ich vor einem Teller Nudeln und genoss die würzige Tomatensoße mit viel Parmesan. Mindestens drei Jahre alt musste der Käse sein, um die typische würzige Struktur eines richtigen italienischen Parmesans zu erlangen. Kräftig und einzigartig im Geschmack. So mochte ich ihn am liebsten. Satt und zufrieden machte ich es mir wie schon am Tag zuvor auf meiner Veranda gemütlich. Der Himmel wurde immer dunkler und erste kleinere Wolken zogen von Westen her auf. Für mich kein Problem. Meine Veranda war überdacht und ich liebte es, während eines Gewitters, im Freien zu sein und Fotos zu machen. Einzigartige Naturschauspiele, wie es sie kein zweites Mal gab, faszinierten mich immer wieder und ich holte meine Kamera aus der Hütte. Vielleicht hätte ich die Chance, hier ein paar Blitze einzufangen. Mit den Bergen und Wäldern im Hintergrund sollten diese Bilder eigentlich phänomenal werden! Die Fotografin in mir war erwacht und ich stellte die Kamera auf eine lange Belichtungsdauer ein und holte das Stativ aus seiner Tasche.

Immer dunklere Wolken zogen in Rekordgeschwindigkeit am Himmel entlang. Noch nie zuvor hatte ich erlebt, dass sich der Himmel binnen weniger Minuten in absolutes Tiefschwarz färbte. Der erste Donner ließ nicht lange auf sich warten. Einzelne Regentropfen, groß und schwer, platschten auf die Dielen und trommelten auf das Vordach. Dann, ganz plötzlich, wurde aus den einzelnen Tropfen ein ausgewachsenes Gewitter. Grelle Blitze zuckten am Himmel und ich beeilte mich, das Stativ für meine Kamera aufzubauen. Dieses Naturschauspiel wollte ich mir auf gar keinen Fall entgehen lassen. Wer konnte schon wissen, ob sich mir so eine Chance noch einmal bieten würde. Die Umgebung bildete einen Wahnsinnshintergrund. Der Regen hämmerte aufs Dach und die Blitze rings um mich herum hatten mich so in ihren Bann gezogen, dass ich weder Angst noch Kälte spürte. Dabei musste die Temperatur mindestens um zehn Grad gefallen sein, seit der Regen eingesetzt hatte. Ich war gefangen im Anblick des Bildes, das sich mir bot. Bild um Bild hielt ich das gewaltige Naturschauspiel fest.

Jede Sekunde eine andere Szenerie, fantastische Effekte, verursacht durch die verschiedenartigen Blitze. Untermalt durch einen sich ständig ändernden Wald, der mal mehr, mal weniger erhellt wurde und dadurch von sattem Grün bis Schwarz auf den Fotos festgehalten wurde. Ich war so vertieft in meine Arbeit, dass ich gar nicht mitbekam, wie die Zeit verging. Erst als ich einige Sterne am Himmel erkennen konnte und ich einen Blick auf die Uhr warf, stellte ich erschrocken fest, wie viel Zeit vergangen war. Der Regen ließ nach und die Wolkendecke riss weiter auf, so dass auch der schmale Mond wieder am Firmament seinen Platz einnehmen konnte. Ganz fasziniert verfolgte ich, wie sich die Wolken verzogen und einem riesigen Sternenhimmel Platz machten. Die Astronomie war nicht gerade meine Stärke, doch den kleinen und den großen Wagen konnte ich erkennen. Eine Welle des Glücks erfasste mich beim Anblick der vielen kleinen Lichter und trug mich in Gedanken fort vom Hier und Jetzt.

Völlig beseelt vom Glück, das mich soeben durchströmte, packte ich meine Kamera wieder zusammen und wollte mir noch in dieser Nacht die festgehaltenen Bilder auf meinem Laptop ansehen. Ein Foto nach dem anderen erschien auf dem

Bildschirm. Und da war sie wieder, die fesselnde Faszination eines Gewitters. Bizarr eingefrorene Blitze vor einem düsteren Wald, mal goldgelb, mal blutrot eingefärbt. Das vorletzte Bild ließ mich innehalten. Zwei kleine gelbliche Flecken im unteren rechten Rand, etwas verschwommen, hatten meine Aufmerksamkeit erregt. Was konnte das sein? Erst eine Vergrößerung des Ausschnittes ließ mich erkennen, um was es sich handelte. Es waren dieselben Augen, die mich in der Nacht zuvor so hasserfüllt angestarrt hatten. Konnte das wirklich sein? Oder ging hier meine Fantasie mit mir durch? Noch immer starrte ich auf die Vergrößerung und ein Schauer jagte durch meinen Körper. Was hatte es nur auf sich, mit diesen Augen? Warum glaubte ich nur, soviel Hass darin zu erkennen? Das Gefühl aber war definitiv da, ich konnte es nicht abschütteln. Schnell drückte ich auf die Vorwärts Taste, um mir auch noch das letzte Bild anzusehen. Diesmal konnte ich die Augen klar und deutlich erkennen. Auch der Kopf des Wolfes war zu sehen. Er sah geradewegs in meine Kamera. Der Blick starr geradeaus, die Lefzen hochgezogen, dass ich sogar seine Reißzähne ausmachen konnte. Es war eindeutig eine Warnung. Eine Warnung an mich, diesem Wald fern zu bleiben.

Kapitel 6

Die folgende Nacht verlief traumlos, tief und fest hatte ich geschlafen und trotzdem fühlte ich mich wie gerädert, als ich mich am nächsten Morgen stöhnend aus dem Bett quälte. Meine Beine fühlten sich an, als wäre ich am Vortag einen Marathon gelaufen und meine Schultern hingen schlapp nach unten, als würde die ganze Last der Erde darauf liegen. Mühsam schleppte ich mich in die Küche um Kaffee aufzusetzen. Mein Morgenlauf würde ausfallen, das stand schon mal fest. Beim Zähneputzen musste ich mich auf die Toilette setzen, zu anstrengend empfand ich es, einfach nur vor dem Spiegel zu stehen. Diese drei Minuten kamen mir wie eine halbe Ewigkeit vor. Ich wollte es an diesem Tag ruhig angehen lassen, hatte ja keinen Stress oder sonst irgendwelche Verpflichtungen. Beinahe eine dreiviertel Stunde ließ ich mir Zeit mit dem Frühstück, ehe ich mich anzog, um zumindest einen kleinen Spaziergang zu unternehmen. Also schnappte ich mir nur den Hausschlüssel und zog mir im Flur noch meine Laufschuhe an. Beim Abschließen der Tür erstarrte ich mitten in der Bewegung. Tiefe Kratzer hatten sich in die Holztür eingegraben. Zuerst traute ich meinen Augen nicht. Erst als ich mit meinen Fingern die Furchen entlangfuhr, wurde mir klar, dass es keine Einbildung war. Diese Kratzspuren waren doch gestern noch nicht da gewesen, oder? Habe ich sie nur deshalb nicht gesehen, weil ich nicht darauf geachtet hatte? Aber es wäre mir doch aufgefallen, oder etwa nicht? Unsicher starrte ich auf die tiefen Krater auf der Tür und dachte angestrengt nach. Schließlich gab ich es auf, mir darüber Gedanken zu machen und steckte den Schlüssel in meine Hosentasche. Ein mulmiges Gefühl begleitete mich, während ich den Weg Richtung Norden einschlug. Die Luft war nach dem Gewitter noch frischer, noch viel intensiver als sonst. Der Boden unter meinen Füßen war noch ganz feucht und verströmte ebenfalls seinen ganz eigenen Geruch. Überhaupt, so schien es mir, roch an diesem Tag alles viel intensiver. Jeder Baum, jede

Wurzel, das Moos, alles roch anders. Kein Duft der dem anderen glich. Ich hatte wohl einen besseren Geruchssinn entwickelt, seit ich hier war. Mein Weg führte mich durch einen Tannenwald, der so dicht war, dass ich gerade noch ein Fleckchen freien Himmel sehen konnte. Der leicht ansteigende Weg wurde immer schmaler und steiler, bis er plötzlich endete. Eine Felswand tat sich vor mir auf. Mühsam kletterte ich über Moos und Büsche den Felsen hoch und musste dabei höllisch aufpassen, nicht abzurutschen. Oben angekommen empfing mich ein atemberaubender Ausblick auf die umliegende Gegend. Der Wald unter mir schien endlos zu sein. Wohin ich auch sah, nur Baumwipfel, die sich sanft im Wind bewegten. Es hatte beinahe eine hypnotisierende Wirkung auf mich, als ich mich minutenlang dem faszinierenden Ausblick hingab. Die sachten Bewegungen der Baumkronen, als wiegten sie sich zu einem lautlosen Lied, vertrieben die letzten Reste meiner Unruhe und versetzten mich beinahe in eine leichte Trance. Meine Tagträume wurden jäh unterbrochen, als ein großer Vogel meine Aufmerksamkeit auf sich zog. Ein Habicht zog über den Bäumen seine Kreise und fiel dann im Sturzflug über die gesichtete Beute her. „Der Lauf des Lebens" schoss mir bei dieser Szene durch den Kopf. „Fressen und gefressen werden". Der natürliche Lauf der Natur. Es war ein umwerfender Augenblick, mich als Teil dieser wunderschönen Natur zu fühlen. Noch immer ganz euphorisch von dem Glück, das ich empfand, ließ ich mich auf den Boden sinken und starrte in den Himmel empor. Alle möglichen Gedanken gingen mir durch den Kopf, als ich so dalag und den wenigen Wolken zusah, die langsam vorbeizogen und dabei ständig ihre Form veränderten. Die Kraft der Sonne wuchs spürbar an und ich genoss jeden Sonnenstrahl, der warm auf mein Gesicht fiel. Irgendwann war ich wohl eingeschlafen, denn als ich erwachte, konnte ich gerade noch sehen, wie die Sonne hinter den Bergen im Westen unterging. Plötzlich war mir kalt und ich fröstelte. Leichte Nebelschwaden umgaben die Bergwipfel und die abgekühlte Luft fühlte sich leicht feucht an, als ich nach einem anderen Abstieg wegen der hereinbrechenden Dunkelheit suchte. Das Glück war mir hold und ich machte einen kleinen Felssteig an der gegenüberliegenden Seite aus. Dieser vermittelte zumindest den Eindruck, dass er leichter zu bewältigen wäre, als der Weg, den ich ursprünglich gekommen war. Schon wenige Minuten später hatte ich den Abstieg geschafft und orientierte mich am Himmel, um den Rückweg zu meiner Hütte zu finden. Vor mir tat sich eine Lichtung auf, die mir bekannt vorkam. Das Gefühl, gerade ein Deja-vu zu erleben, schoss durch meinen Körper. Mein Blut pulsierte heftig in meinen Adern und ein Blick zurück zu dem großen Felsen ließ mich mitten in der Bewegung innehalten. Das konnte doch wohl nicht wahr sein. Ich musste träumen. Fest presste ich meine Augen zusammen und öffnete sie erneut. Keine Fata-Morgana. Es war tatsächlich der Ort, den ich bereits aus meinem Traum kannte. Die Lichtung, der Spalt im Felsen und auch der Steinkreis. Alles war genauso, wie ich es im Traum gesehen hatte, ehe ich wirklich das erste Mal mit eigenen Augen dieses Fleckchen Erde betreten hatte. Nur das Feuer brannte nicht. Meine Neugier war geweckt. Langsam ging ich auf die Felswand zu und fand den Spalt, der den Zugang zur Höhle freigab.

Vorsichtig tastete ich mich in der Dunkelheit Meter für Meter weiter in die Höhle hinein. Meine Augen gewöhnten sich langsam an das diffuse Licht, das von irgendetwas, tiefer in der Höhle Liegendem, ausgestrahlt wurde. Ein grünlicher Schimmer, der leicht von den Steinwänden zurückgeworfen wurde. Wie magisch angezogen, drang ich immer weiter in die Höhle vor. Vor mir, tief im Inneren des Berges lag ein kleiner See verborgen, der mit Hilfe der brennenden Fackeln an den Wänden, dieses grüne Licht erzeugte. Geheimnisvoll still lag er da, unberührt und wunderschön. Beim Näherkommen erkannte ich links und rechts des Sees in den Berg gehauene Steintreppen, die beiderseits um den See herumführten und in einer Art Halle, die etwas höher lag als der See, wieder zusammenliefen. Vorsichtig kletterte ich über einen dieser Felsvorsprünge, bis ich das Zentrum der Höhle erreichte. In seiner Mitte standen Stühle aus Stein, wie ich beim Näherkommen erkennen konnte. Sie waren im Kreis angeordnet. Einer der Stühle war höher als die anderen. In den Stein waren Runen eingemeißelt. Dreizehn Stück dieser Steinstühle standen um den Größeren herum. Die Sitzflächen waren glatt poliert und machten einen uralten Eindruck. Ich ließ mich auf einem dieser merkwürdigen Stühle nieder und betrachtete meine Umgebung genauer. Schon längst hatten sich meine Augen an die Dunkelheit gewöhnt, als mir die Zeichnungen an den Felswänden auffielen. Bei näherer Betrachtung konnte ich Kampfszenen ausmachen. Nicht irgendwelche Kämpfe, es waren Malereien über Menschen und Wölfe, die sich gegenseitig brutal bekämpften. Dramatisch dargestellt in eindrucksvollen Bildern, die wie eine fortlaufende Geschichte an den Rundungen der Höhle reihum erzählt wurde. Das erste Bild zeigte lediglich zwei Wölfe, die im Profil dargestellt wurden. Die Beiden strahlten etwas sehr Inniges aus. Das nächste Bild stellte einen Mann mit hoch erhobenem Speer in der Hand dar. Der Mann war gekleidet wie ein Krieger. Sein langes Haar war zu zwei seitlichen Zöpfen geflochten und wurde von einem Stirnreif zusammengehalten. Neben ihm ein anderer Mann. Dieser hatte kurzes Haar und einen Bart. Sein Gesicht drückte Hass aus, während sein Mund zu einem Schrei geöffnet war. Er hielt ein großes Messer in der einen und ein Schild in der anderen Hand. Beim nächsten Bild gefror mir das Blut in den Adern. Es stellte eine verwaiste Wolfshöhle dar, deren Jungen allesamt tot waren. Körperteile lagen willkürlich verstreut herum. Abgeschlagene oder nur teilweise durchtrennte Köpfe von jungen Wölfen. Starre, zu Tode erschrockene Augen. Erschreckend dargestellt in all seinen Details. Bevor ich noch den Rest der Bilder begutachten konnte, wurde mir klar, dass ich weinte. Unbewusst waren mir Tränen in die Augen gestiegen und suchten sich nun einen Weg über meine Wangen, um dann lautlos auf dem Boden aufzuprallen. Als ich einer Träne beim Fallen zusah, entdeckte ich auf dem Boden kleine weiße Steine. Geformt wie Diamanten. Und als die nächste Träne zu Boden fiel, erkannte ich, dass es meine Tränen waren, die sich beim Aufprall auf dem Boden in diese kleinen Steinchen verwandelten. Absolut fasziniert von diesem Schauspiel suchte ich in meinem Kopf nach einer Erklärung für dieses Phänomen. Was hatte es auf sich mit dieser Höhle? Welche Geheimnisse lagen tief im Bauch dieser Zufluchtsstätte noch verborgen?

Kapitel 7

Ein Blick auf meine Uhr ließ mich einen ungläubigen Seufzer ausstoßen. Es war bereits nach 23 Uhr und ich musste noch den Weg zurück zu meiner Hütte finden! Wie konnte nur die Zeit so schnell an mir vorbeifliegen? Mit dem Versprechen das ich mir selber gab, wieder zurückzukommen, verließ ich die Höhle und schlug ganz selbstverständlich einen kleinen Trampelpfad ein, der links von der Lichtung in den Wald abzweigte. Tief in mir spürte ich eine so intensive Gewissheit den richtigen Weg zu erkennen, dass ich mich ganz meinen Instinkten hingab. Schon bald gingen meine Schritte in ein leichtes Joggen über. Ganz automatisch wurden meine Beine immer schneller. Jeder meiner Schritte wurde vom Waldboden gedämpft und ich genoss die Leichtigkeit, die sich binnen Minuten einstellte. Beim Laufen konnte ich loslassen, mein Kopf wurde frei. Sämtliche negativen Gedanken und Gefühle, die ich beim Betrachten des Wandbildes empfunden hatte, wurden von meiner Geschwindigkeit fortgerissen. Zurück blieb nur das Glücksgefühl, das ich immer beim Laufen verspürte. Bereits kurze Zeit später stand ich schon vor dem Gartentor meiner Hütte. Ungläubig wanderte mein Blick zur Eingangstür und wollte überprüfen, ob die Kratzspuren noch da waren. Sie waren da. Tief und scharf hatten sie sich in das Holz eingegraben und jagten mir erneut kleine Schauer über den Rücken, als ich sie aufschloss. Sorgfältig sperrte ich die Tür hinter mir ab. Dann streifte ich mir die Schuhe von den Füßen und ließ sie liegen, wo sie waren. Anschließend ging ich barfuß in die Küche. Hunger und Durst machten sich durch laute Knurrgeräusche bemerkbar und ließen sich nicht länger ignorieren. Nach kurzem Überlegen nahm ich einen Suppenteller aus dem Schrank und nahm die Packung Cornflakes in die andere Hand. Beides stellte ich auf den Tisch, ehe ich mir noch eine Tüte Milch und eine Dose Cola aus dem Kühlschrank nahm. Dann zog ich noch die Schublade neben der Spüle auf und nahm einen Löffel heraus. Als alles am Tisch stand, löffelte ich mein Müsli im Eiltempo in mich hinein. Während ich aß, wurde mir so richtig bewusst, welchen Hunger ich hatte. Nachdem ich den Teller vollständig aufgegessen hatte knurrte mein Magen noch immer. Kochen kam nicht in Frage, dafür war ich zu müde. Ein Schokoriegel würde auch seinen Zweck erfüllen und meinen Magen beruhigen. Der letzte Schluck Cola erleichterte mir das Herunterschlucken des viel zu großen Stückes, das ich von meinem Schokoriegel abgebissen hatte. Ich war sogar zu faul zum Kauen und wäre beinahe daran erstickt. Hundemüde wollte ich nur noch ins Bett fallen und schlafen. Lediglich aus Gewohnheit führte mich mein Weg zuerst noch ins Bad, um mir die Zähne zu putzen und mir das Gesicht zu waschen. Mein Spiegelbild starrte mir entgegen, als ich meinen eigenen Blick im Spiegel suchte. In genau diesem Moment traf mich die Erkenntnis wie ein Donnerschlag. Ich war ganz alleine hier draußen. Kannte keine Menschenseele. Alles und Jeder war mir hier fremd. Ich war allein unter wilden Tieren und den Naturgewalten ausgesetzt. Trotzdem empfand ich nicht wirklich Angst. Anfangs war ich erschrocken, befremdet, ja, aber Angst im engeren Sinn verspürte ich keine. Schon eigenartig, dachte ich mir. Noch nie im Leben war ich so hautnah Teil des

Universums und fühlte mich so lebendig wie schon lange nicht mehr. Und außerdem lag in all dem Erlebten eine gewisse Vertrautheit, als wäre ich schon einmal hier gewesen. Vor langer, langer Zeit. Das konnte aber nicht sein. Ich habe mein ganzes Leben, soweit ich mich zurückerinnern konnte, immer in der Stadt verbracht. Einige hundert Kilometer entfernt von hier. Und doch war das Gefühl des Heimkommens ganz stark präsent, vor allem, wenn ich im Wald unterwegs war. Eine innere Ruhe hatte mich erfasst, die mir ganz und gar fremd war. Und trotzdem fühlte es sich richtig an, hier zu sein. Erschöpft ließ ich mich ins Bett fallen und war beinahe augenblicklich eingeschlafen, als mich vertraute Geräusche aufschrecken ließen. Kerzengerade saß ich im Bett und lauschte in die nun herrschende Stille. Da war es wieder! Das Heulen der Wölfe. Fasziniert hörte ich einige Minuten ihrem Gesang zu. Dann legte ich mich wieder in mein Bett und zog mir die Bettdecke bis ans Kinn hoch. Begleitet vom Heulen und Singen der Wölfe schlief ich schließlich wieder ein. Beinahe wie ein Wiegenlied begleitete mich der Chor der Wölfe in den Schlaf.

Kapitel 8

In dieser Nacht träumte ich erneut. Wieder stand ich inmitten eines Rudels von Wölfen. Diesmal jedoch saß der schwarze Wolf direkt neben mir. Er bewachte mich, während ich wieder irgendwelche Beschwörungen vor mich hinmurmelte. Die anderen Wölfe waren ganz ruhig, keinen einzigen Ton gaben sie von sich. Am Rand der Gruppe, etwas abseits, entdeckte ich einen grauen Wolf. Er saß einfach nur da und leckte sich seine Vorderpfote. Immer wieder strich er sich mit der Pfote von hinten über seine Ohren und leckte sie anschließend wieder sauber. Da bemerkte ich eine Wunde, knapp hinter seinem Ohr. Das Blut war getrocknet und verklebte sein Fell. Er versuchte anscheinend, seine Wunde zu säubern. Den Blick hatte er auf den Boden gerichtet. In diesem Moment tauchte ein hellbrauner Wolf aus dem Dickicht des Waldes auf und stieß ein Heulen aus, das mir einen Angstschauer über den Rücken trieb. Was hatte das zu bedeuten? Als der hellbraune Wolf näher kam, erkannte ich, dass es sich hierbei um eine Wölfin handelte. Sie war etwas kleiner und zarter gebaut, als die meisten hier anwesenden Wölfe. Bei mir angekommen, neigte sie den Kopf und wartete demütig, bis ich sie mit einer Handbewegung zum Sprechen aufforderte. Dunkelgrüne Augen mit goldenem Rand blickten mich an. Bevor sie aber noch mit mir sprechen konnte, sprang der graue Wolf auf und stieß ein langanhaltendes Heulen aus. Alle Köpfe drehten sich ruckartig dem Verursacher zu, der daraufhin blitzschnell aufstand und mit einem Riesensatz in der Dunkelheit verschwand. Schweißgebadet wachte ich auf. Mein Atem ging stoßweise. Dieser Heuler riss mich abrupt aus meinem Traum und ich lag ganz benommen in meinem Bett. Unfähig, mich zu rühren, ließ ich den Traum noch einmal Revue passieren. So klare Träume hatte ich früher nie erlebt. Es war der Wahnsinn. Jedes Detail war mir in Erinnerung geblieben. Einst sagte mir Mike, dass wir Menschen nur in Grautönen träumen würden. So ein Blödsinn! Meine Träume waren bunt, ich konnte sogar Farbschattierungen der verschiedenen Wölfe klar erkennen. Eines wurde mir in diesem Moment klar. Ich musste unbedingt ins Dorf fahren und mir Fachlektüre besorgen. Diesen Träumen wollte ich auf die Spur kommen. Sie waren zu überwältigend, als dass ich sie einfach auf sich beruhen lassen wollte. Irgendetwas hatten sie zu bedeuten und das musste ich herausfinden.

Nach dem Frühstück stieg ich also wieder einmal in mein Auto und fuhr die holprige Bergstraße ins Dorf hinunter. Unten angekommen, suchte ich vergeblich nach einer Buchhandlung. So etwas gab es in diesem Kaff nicht. Ein Zeitschriftenhändler erklärte mir dann, dass ich nach Innsbruck fahren müsste, wenn ich Fachliteratur kaufen möchte. Darauf hatte ich nun überhaupt keine Lust und verschob dieses Unterfangen auf ein anderes Mal. Ein alter Mann, der sich ebenfalls im Laden aufhielt, musterte mich von oben bis unten. Er trat auf mich zu und verbeugte sich, dann nahm er meine Hand und küsste sie ganz zart. Er blickte mir in die Augen, als wollte er meine tiefsten Gedanken lesen. „Endlich bist du gekommen, Luna sei Dank", sagte er, während er den Zeigefinger und den kleinen Finger ausstreckte und die restlichen drei Finger zur Faust schloss. Dann legte er diese zwei Finger zuerst an seine Stirn, anschließend auf seine Brust. Sprachlos starrte ich ihn an. Dann, ganz plötzlich, drehte er sich auf dem Absatz um und verließ langsamen Schrittes das Geschäft. Ich schaute dem alten Mann hinterher und war sprachlos. „Was war das denn gerade", murmelte ich vor mich hin. Aber niemand im Laden gab mir Antwort auf meine Frage. „Das war Sam. Ein alter

Einsiedler. Er redet nicht viel." Ein kleiner Junge stand vor mir und starrte mich mit großen Augen an. „Aha", dachte ich bei mir. Mein hilfesuchender Blick in Richtung der anderen anwesenden Erwachsenen wurde ignoriert. Ich bekam nur reservierte Gesichtsausdrücke und verschränkte Arme zu sehen. Zurückhaltung und eisiges Schweigen, wohin ich auch wandte. Mehr würde ich hier nicht erfahren. Auf dem schnellsten Weg verließ ich dieses Geschäft und überlegte, an wen ich mich wenden könnte. Da entdeckte ich ein Schild mit dem Hinweis auf die örtliche Bücherei. Dort wollte ich mein Glück versuchen! Vielleicht würde ich dort mehr herausfinden? Bereits beim Eintreten verströmte dieses Gebäude eine angenehme Atmosphäre. Eine nett aussehende ältere Dame begrüßte mich freundlich, als sie mich sah. Dann erstarrte ihr Gesicht. Sie brachte keinen Ton mehr heraus, legte sich stattdessen ebenfalls diese zwei Finger an die Stirn um sie anschließend auf ihrem Herzen verharren zu lassen. Den Blick gesenkt blieb sie lautlos vor mir stehen. "Was war denn hier nur los? Waren jetzt alle verrückt geworden", ging mir durch den Kopf. Spätestens jetzt wollte ich wissen, was hier eigentlich gespielt wurde. „Entschuldigen Sie bitte, was hat es auf sich mit dieser Geste? Und warum sehen Sie mir nicht in die Augen?" Die Frau wurde ganz blass um die Nase. „Es liegt nicht in meiner Macht. Sie müssen sich erinnern, ich bin nicht befugt, Ihnen mehr zu sagen!" Na das war ja mal eine klare Ansage. Die Frau sprach in Rätseln. Woran sollte ich mich erinnern? Noch immer stand ich direkt vor der alten Dame und starrte auf sie herab. „Wie bitte?" Auf mein Drängen reagierte die Frau zurückhaltend. Wieder stammelte sie nur, ich solle mich erinnern! An was denn, bitte schön?

„Was soll's. Vergiss es einfach", redete ich mir ein und wechselte das Thema. „Können Sie mir Bücher über die Geschichte der Gegend empfehlen, vielleicht auch ein oder zwei über Wölfe?" Das war wohl ihr Stichwort. Sie beeilte sich, mir den Weg zu zeigen und führte mich zu einer Treppe, die in das Obergeschoß führte. Dort ließ sie mich bei einer kleinen grünen Couch zurück und eilte zwischen den Gängen herum. Schnell suchte sie mir die gewünschten Bücher heraus. Anschließend folgte ich ihr wieder in das Untergeschoss, wo ich einen Fragebogen ausfüllen und meinen Ausweis vorlegen musste. „Lisa Mahler", las sie halblaut meinen Namen, als ich ihr meinen Führerschein reichte. Noch immer starrte sie auf meinen Ausweis, den sie in der Hand hielt und wiederholte ein weiteres Mal meinen Namen, ehe sie mir meinen Führerschein sowie den neuen Büchereiausweis aushändigte. Dann steckte ich beide in meine Geldtasche und lächelte der Frau zu. Sie erwiderte mein Lächeln und nickte mir zu. „Auf Wiedersehen." Ohne einen Blick auf die von der Bibliothekarin zusammengestellten Bücher zu werfen, nahm ich die Tüte entgegen, in welche sie die Bücher verstaut hatte und drehte mich zum Gehen um. Ich war gerade dabei, meine Geldtasche wieder in meine Handtasche zu stecken und fummelte am Reißverschluss herum, während ich auf den Ausgang zuging, um die Bücherei zu verlassen. Ganz in Gedanken versunken, bemerkte ich den Mann nicht, der gerade die Bücherei betreten wollte. Mit vollem Schwung lief ich in ihn hinein. „Oh! Entschuldigung!" Mit hochrotem Kopf erkannte ich den Typ wieder, den ich bereits vor wenigen Tagen beinahe überrannt hätte. Ich stolperte rückwärts und er hielt mich an den Armen fest, damit ich nicht hinfiel. Schon wieder stieg mir dieser Wahnsinnsduft in die Nase und verursachte mir weiche Knie. Noch mehr Blut schoss in meine Wangen, als ich mich an ihm festkrallte, um nicht umzukippen. Mühsam versuchte ich wieder Kontrolle über meinen Körper zu erlangen. Dann räusperte ich mich verlegen und sah zu ihm hoch. Er stand einfach nur da. Langsam ließ er meine Oberarme los und sah mir dabei so tief in die Augen, als wolle er mich hypnotisieren. Sekunden später trat er einen Schritt zurück und verneigte sich. Dabei machte er die gleiche Geste wie zuvor schon der alte Mann und die Bibliothekarin. Das war mir ganz eindeutig zu viel. Fluchtartig und ohne jedes weitere Wort verließ ich dieses Haus und eilte zu meinem Wagen. Mit zittrigen Fingern öffnete ich den Kofferraum und verstaute die Bücher, ehe ich mich auf den Fahrersitz sinken ließ. Seinen einzigartigen Geruch, der meine Knie schlottern ließ, hatte ich noch immer in meiner Nase. Maskulin und animalisch. Unwiderstehlich. Einige Sekunden saß ich einfach nur mit geschlossenen Augen da und wartete darauf, dass sich mein Kreislauf wieder beruhigte. Dann atmete ich mehrmals tief durch, ehe ich den Zündschlüssel umdrehte und den Rückwärtsgang einlegte. Schnellstens versuchte ich, diesen Mann und alle diese Gefühle, die er in mir auslöste, zu verdrängen. Dabei lenkte ich meine Gedanken zu der eigenartigen Geste mit der Faust, auf die ich mir aber auch keinen Reim machen konnte. „Komisches Bergvolk", war das Einzige, was mir dazu einfiel, ehe ich das Radio lauter drehte, um auf andere Gedanken zu kommen.

Bei meiner Blockhütte angekommen, nahm ich mir vor, den Tag ganz gemütlich mit Schmökern zu verbringen. Keinen Gedanken wollte ich mehr an meinen Vormittag verschwenden. Der erste Titel, den ich aus der Tasche zog, klang sehr vielversprechend. „Mythen und Legenden des Mittelgebirges", stand auf dem Buchrücken. Das zweite Buch handelte über Lykanthropie und das dritte versprach Einblicke in die Tiroler Tierwelt. Etwas stutzig, weshalb mir diese Frau ein Buch über Lykanthropie ausgesucht hatte, wo ich sie doch gebeten hatte, mir ein gutes Buch über Wölfe auszusuchen, begann ich mit dem Buch über Mythen. Das fand ich spannend und das Thema interessierte mich. Die ersten paar Seiten erklärten die verschiedensten Gegenden Tirols. Im zweiten Teil wurde es richtig spannend. Versteinerungen, Verwünschungen, Geister, die Menschen heimsuchten, Hexen und Kindesentführungen. Sämtliche Gruselthemen fanden Platz in diesem Werk. In Tirol hatte anscheinend jedes Tal seine eigenen Geister und übernatürliche Vorkommnisse. Vielleicht war es hier doch nicht so langweilig, wie ich dachte. Der restliche Vormittag verging wie im Flug. Längst hatte die Sonne ihren Höchststand überschritten und stand schon etwas weiter im Westen. Warm trafen ihre Strahlen mein Gesicht und ein Blick in den beinahe wolkenlosen Himmel ließ mich die Augen zukneifen. Sollte ich mir das nächste Buch näher anschauen oder lieber versuchen, die Höhle wiederzufinden, die mich gestern so verzaubert hatte? „Das Buch kann warten", sagte ich mir. „Aber wenn es erst einmal dunkel ist, kann ich nicht mehr in den Wald gehen, um die Höhle zu suchen". Schnell packte ich mir ein kleines Lunchpaket und verließ eilig die Hütte. Ich nahm denselben Weg, den ich am Vorabend zurückgelaufen war und gelangte immer tiefer in den Wald. Meine Sinne passten sich der Umgebung an und ich nahm erneut die verschiedenen Gerüche meiner Umgebung wahr. Schon eigenartig, wie selbstverständlich ich die verschiedenen Düfte den jeweiligen Pflanzen zuordnen konnte. Dabei waren mir einige der Namen, die mir zu bestimmten Duftnoten in den Sinn kamen, nicht einmal geläufig. Verwundert schüttelte ich den Kopf. „Woher kenne ich all diese Kräuter und Sträucher?", egal. Vielleicht hatte ich sie schon einmal gehört und konnte mich nur nicht mehr daran erinnern. „Kein Grund zur Panik", ermahnte ich mich selber. War ja nichts Schlimmes.

Kapitel 9

Vergessen war die Erkenntnis, die mich getroffen hatte, all die Namen der verschiedenen Pflanzen im Kopf zu haben, als ich die Lichtung betrat. Unverändert präsentierten sich die Feuerstelle und der dahinterliegende Felsen. Ganz selbstverständlich ging ich zum Eingang der Höhle und lief den Pfad entlang, der von vielen Füßen irgendwann einmal angelegt wurde. Wieder erhellte mir das sanfte grüne Schimmern den Weg und gab den Blick frei auf den wunderschönen See, der sich vor mir erstreckte. Behutsam stieg ich die Steintreppen zum rückwärtigen Teil der Höhle entlang, um wieder auf einem der Stühle Platz zu nehmen. Mein Blick schweifte durch die Höhle und gewann neue Eindrücke. Hier war noch viel mehr zu entdecken. Die vielen kleinen Nischen in den Wänden erregten meine

Aufmerksamkeit. Manche waren verziert mit Runen, andere mit fremdklingenden Namen, eingemeißelt in Stein für die Ewigkeit. Runen. Das war auch so ein Thema, von dem ich nichts wusste. Ich wollte die Bedeutung dieser Inschriften verstehen und überlegte gerade, wie ich das am besten anstellen könnte, als mich ein Geräusch hinter mir hastig herumfahren ließ. Der gutaussehende junge Mann stand zwischen den Stühlen. Er hatte seinen Kopf geneigt und sein Kinn lag beinahe auf seiner Brust auf. Mit den Fingern der linken Hand wiederholte er seine Geste, die mich bereits Stunden zuvor in der Bücherei dermaßen aus dem Gleichgewicht brachte, dass ich fluchtartig den Ort verließ. Dass dabei sein Geruch eine wesentliche Rolle gespielt hatte, versuchte ich mühsam zu verdrängen. Kein Ton kam über meine Lippen, zu erschrocken war ich über das plötzliche Auftauchen dieses Fremden. Er sah verdammt sexy aus. Gut gebaut, kräftige, leicht gebräunte Arme steckten in einem fliederfarbenen Poloshirt. Das schwarze, etwas längere Haar war zusammengebunden und glänzte grünlich, als er seinen Kopf bewegte und mir in die Augen sah.

„Du bist gekommen, Priesterin, Luna sein Dank!" Dann herrschte Funkstille zwischen uns. Was sollte ich darauf schon antworten? Sollte ich ihn fragen, ob hier alle verrückt waren oder ob sie irgendwelche Pilze aßen, die sie fantasieren ließen? Mir fiel nichts Passendes ein und so starrte ich ihn einfach nur an.

Nachdem wir uns eine Weile angeschwiegen hatten, ließ ich mich wieder auf einen der Stühle nieder und schaute ihn von unten her an. „Wer bist du? Wir haben uns bereits im Dorf getroffen, erinnerst du dich?" Sorgsam wählte ich meine Worte mit Bedacht und versuchte dabei, so unbekümmert wie möglich zu wirken. Zu deutlich erinnerte ich mich noch an das Gefühlschaos, das dieser Mann in mir verursacht hatte. Daraufhin streckte er mir die Hand entgegen. Ich dachte, er wolle mir die Hand schütteln und so reichte ich ihm meine Hand. Aber anstatt sie zu fassen, kniete er sich nieder und küsste meinen Handrücken. Schnell zog ich meine Hand wieder zurück. Total verunsichert, was ich machen sollte, stand ich auf und ging auf die Wand zu. Ich ignorierte ihn einfach. Dass keine Gefahr von ihm ausging konnte ich spüren. Lediglich mein Blut brachte er in Wallung und das reichte mir schon. Wieder sah ich das Bild mit den Wolfsjungen und musste mir ein Schluchzen unterdrücken. Der Typ würde mich für verrückt erklären, wenn ich hier in Tränen ausbrechen würde. Tapfer schluckte ich den Kloß in meinem Hals hinunter und betrachtete das nächste Bild. Ein Wolf und ein Mensch, im Zweikampf ineinander verschlungen, versuchten sie sich gegenseitig zu verletzen oder zu töten. Es war eindeutig eine Kampfszene auf Leben und Tod, die dargestellt wurde. Der Mensch hatte ein großes Messer in der Hand, das Gesicht verzerrt vor Angst oder Schmerz oder Hass. Der Wolf hatte sein Maul weit aufgerissen und präsentierte seine rasiermesserscharfen Zähne. Die Krallen seiner Vorderpfoten hatten sich in die Oberarme des Mannes gekrallt und hielten ihn auf dem Boden fest, während der Wolf triumphierend über ihm stand. Der junge Mann trat neben mich und betrachtete ebenfalls die Malerei. Ein Ausdruck tiefen Schmerzes trat auf sein Gesicht, während er so dastand. „Du musst verstehen. Dich erinnern. Du darfst deine Wurzeln nicht länger verleugnen", flüsterte er neben mir. Ich verstand wieder nur Bahnhof. Konnte er sich nicht klarer ausdrücken? Warum sprach hier jeder in Rätseln? Schön langsam wurde ich wütend. Dieses Gefühl kannte ich bisher kaum, in meiner Vergangenheit war ich immer lieb und nett gewesen. Meine Erziehung war streng und ich gehorchte. Da gab es keine Widerrede. So hatte ich es im Heim gelernt. Und bei Mike war es auch so. Er sagte mir was ich zu tun hatte und ich gehorchte. Kein Hinterfragen, kein Aufbegehren. Erst in letzter Zeit empfand ich so starke Gefühle wie Hass oder Wut. Wahrscheinlich waren sie immer schon da, diese negativen Gefühle, aber ich hatte ihnen nie erlaubt, sich zu entfalten und mein Handeln zu steuern. Dabei waren auch sie Teil meines Wesens. Auch ihnen stand ein Platz in meiner Gefühlswelt zu. Das lernte ich erst, als ich mit dem Kampftraining begann und meinen Gefühlen so richtig freien Lauf lassen konnte, um meine Frustrationen abzubauen. Anfangs wusste ich gar nicht, wie viel unterdrückte Wut ich mit mir rumtrug. Es war befreiend und stärkte mich. Ich lernte eine andere Seite meines Ichs kennen. Niemand würde mich je wieder bevormunden, mich schlagen oder mir sagen, was ich zu tun hatte. Mein Leben sollte mir allein gehören. Keine Ansprüche mehr, die ich zu erfüllen hatte. Kurz gesagt, ich wollte mein Leben so leben, wie ich es für richtig hielt. Das Recht, mein Leben so zu gestalten, wie es mir gefiel, hatte ich mir hart erkämpft. Beinahe hätte ich es zugelassen, dass ein anderer Mensch mein Leben lebte!

Mein fragender Blick sprach wohl Bände, denn als ich noch immer nichts erwiderte, seufzte er und bedeutete mir mit einer Armbewegung, mich wieder zu setzen. Er wollte mir eine Geschichte erzählen. Aber die Frage war, wollte ich diese Geschichte überhaupt hören? Wollte ich mir wirklich irgendwelchen Schwachsinn von einem dieser Einheimischen auftischen lassen? Ja! Meine Neugier brachte mich beinahe um. Ich wollte endlich Antworten auf meine Fragen. Wollte wissen, was es mit all diesen Merkwürdigkeiten auf sich hatte und, und, und…

Erwartungsvoll nahm ich auf einem der Steinsessel Platz und wartete, bis auch er sich hingesetzt hatte. Langsam und leise begann er zu erzählen. Zuerst stockend, als wüsste er nicht, wo er beginnen sollte, dann fließender und schneller. Wortlos saß ich da, ließ ihn reden und hörte ihm zu. Seine Geschichte hörte sich an, als wäre sie aus einem Märchenbuch entsprungen. Er erzählte mir eine Geschichte über eine junge Frau, die sich vor ewigen Zeiten in einen Mann verliebte. Dieser Mann aber war kein normaler Mensch. Er wurde von einer Wölfin gesäugt und aufgezogen, die ihn im Wald gefunden hatte und seitdem mitten unter den Wölfen lebte. Eines Tages wurde seine Ziehmutter, die Wölfin, von den Menschen des Dorfes gejagt und schwer verletzt. Er fand sie, als sie im Sterben lag und trug sie zurück in ihre Höhle. Dort begann er gemeinsam mit den anderen jungen Wölfen, die Wölfin zu säubern und so leckten sie stundenlang ihre blutenden Wunden. Als der Mond seinen höchsten Stand erreichte, starb die Wölfin. Der Legende nach trauerte der junge Mann so sehr, dass er jede Nacht stundenlang den

Mond anheulte. Die Bewohner des Dorfes hatten Angst vor ihm und wollten ihn vertreiben. Sie jagten ihn so lange, bis er schwer verletzt zusammenbrach. Sterbend ließen sie ihn liegen und überließen ihn seinem Schicksal.

Ein Mädchen aus dem Dorf aber hatte Mitleid mit dem Sterbenden und schaffte ihn in eine Höhle, wo sie ihn vor den anderen Dorfbewohnern versteckte. Wochenlang kümmerte sie sich um den jungen Mann, der in einen tiefen Schlaf gefallen war. Und als er endlich wieder erwachte und seine Wunden verheilten, verliebten sie sich unsterblich ineinander. Als ihr Vater von dieser Verbindung erfuhr, verbot er ihr, den Wolfsmann jemals wiederzusehen und wollte sie mit einem anderen Mann aus dem Dorf verheiraten. Die junge Frau war so verzweifelt, dass sie noch in der gleichen Nacht das Dorf verließ und sich mit dem Wolfsmann tief im Wald versteckte. Einige Wochen später ging die Frau in ihr Dorf zurück, um sich mit ihren Eltern auszusöhnen. Diese aber lieferten sie dem Dorfältesten aus, der sie der Hexerei beschuldigte und in den Kerker werfen ließ. Der Wolfsmann wartete lange Zeit vergeblich in der Höhle auf seine Geliebte. Als diese auch am nächsten Tag nicht auftauchte, begab auch er sich auf den Weg, um sie zu suchen. Die Bewohner des kleinen Dorfes lockten ihn in eine Falle und überwältigten ihn. Mit Eisenketten wurde er mitten auf einem Scheiterhaufen an einen Pfahl gefesselt und angezündet. Die Dorfbewohner feierten ausgelassen, während der Wolfsmann einen langsamen, grausamen Tod in den Flammen fand. Der Dorfälteste zwang die Geliebte des Wolfsmannes, dem grausamen Treiben hautnah beizuwohnen. Sie stand direkt vor dem Scheiterhaufen und spürte die sengende Hitze des Feuers auf ihrer Haut. Lieber wollte sie sterben, als mit einem anderen Mann verheiratet zu werden. So entschloss sie sich, ebenfalls auf den Scheiterhaufen zu klettern, um für immer mit ihrem Geliebten vereint zu sein.

Als die Flammen kleiner wurden und das Holz nur noch glühte, saß die Frau immer noch auf dem verbrannten Scheiterhaufen und hielt den verkohlten Körper ihres Geliebten in den Armen. Wie durch ein Wunder konnten die Flammen der Frau nichts anhaben. Sie wurde als Hexe beschimpft und aus dem Dorf gejagt.

Die Frau floh aus dem Dorf in den Wald. Weit, weit weg von ihrer Heimat. Dort versteckte sie sich vor den Menschen, die ihr so viel Leid angetan hatten. Was die Dorfbewohner aber nicht wussten, war, dass diese junge Frau bereits ein Kind in sich trug. Ein Kind namens Luna. Hohepriesterin der Wölfe.

Wollte er mich auf den Arm nehmen? Erwartete er wirklich von mir, dass ich auch nur ein Wort von alldem glaubte, was er da erzählte? Es hörte sich zu fantastisch an, um wahr zu sein. Oder stimmte es wirklich, was er mir zu sagen hatte? Nagende Zweifel ließen mich nicht mehr los. Es würde so Einiges erklären, das ich seit meiner Ankunft erlebt und gespürt hatte, aber ich war zu bodenständig, um ihm mein uneingeschränktes Vertrauen schenken zu können. Beweise mussten her und zwar schnell. Das musste ich mit eigenen Augen sehen, um es zu glauben. Als ich ihm meine Zweifel schließlich mitteilte, wurde sein Blick traurig. Resigniert starrte er auf einen imaginären Fleck am Boden. Dann stand er auf und verließ beinahe lautlos die Höhle. Keine Verabschiedung, keine weiteren Versuche, mich vom Wahrheitsgehalt seiner Geschichte zu überzeugen. Nichts. Er ging einfach und ließ mich alleine zurück. „Na prima, das war´s dann", sagte ich mir selber. Frustriert stieß ich die Luft aus. „Was soll´s!" Ich wollte sowieso wissen, was diese Höhle noch für Geheimnisse für mich bereithielt. Das war zumindest etwas zum Anfassen, Realität und nicht irgendwelche Fantasy-Geschichten über Menschen die sich in Wölfe verwandelten und Hohepriesterinnen, die solche Rudel anführten. Das war mir eindeutig zu viel Hokuspokus.

Entschlossen stand ich auf und ging wieder zur rückwärtigen Wand, um die restlichen Wandbilder genauer unter die Lupe zu nehmen. Meiner Betrachtung der letzten Szene, wo der Mann mit dem Wolf kämpfend am Boden lag, folgte eine Darstellung des Mondes. Eine große, runde, schwarze Scheibe machte den Großteil des Hintergrundes aus. Davor stand ein Mann. Halb Mensch, halb Wolf. Er stand auf seinen Hinterbeinen, total behaart und aufrecht wie ein Mensch. Der Kopf jedoch war eindeutig der Schädel eines Wolfes. Neben ihm noch weitere Wölfe. Das wurde ja immer grotesker. War ich hier auf eine der Sagen oder Mythen dieses Landes gestoßen? Mit der Wirklichkeit konnte es ja nichts zu tun haben, oder? Noch nie hatte ich etwas von Wolfsmenschen gehört, außer in Hollywoodfilmen. Aber doch nicht hier, bei uns?! Schnell verscheuchte ich diese Gedanken wieder und konzentrierte mich auf die Wandbilder vor mir.

Etwas weiter rechts war zu sehen, wie dieser Wolfsmensch und eine Frau in inniger Umarmung zusammenstanden. Eine Meute aus Menschen kreiste sie ein. Jeder von ihnen hielt eine brennende Fackel in der Hand. Bewaffnet bis an die Zähne stellten sie für das unterschiedliche Paar eine drohende Gefahr dar. Auf dem nächsten Bild entdeckte ich einen Scheiterhaufen, dessen Flammen in den Himmel züngelten und in dessen Mitte der Wolfsmensch an einen Pfahl gefesselt war. Menschen standen ringsum mit triumphierenden, erhobenen Händen. Die Geliebte des Wolfsmenschen stand am Rande des Bildes. Tränen rannen über ihre Wangen und die Verzweiflung war ihr ins Gesicht geschrieben. Dann entdeckte ich ein Bild, das diese Höhle mit den Steinstühlen darstellte. Eine Frau saß auf dem größten Stuhl. Sie trug ein Kleid aus Leder und hatte ihre Haare zu Zöpfen geflochten. Im Kreis rundherum saßen Wolfsmenschen, die sie beschützten und der restliche Raum war voll von Wölfen, die am Boden lagen oder saßen und konzentriert die Ohren spitzten. Das vorletzte Bild zeugte von einem Diebstahl. Drei Männer liefen durch den Wald. Einer hielt ein Stoffbündel in seinen Händen. Die anderen trugen Speere in der Hand und lange Messer ragten aus ihren Gürteln hervor. Gejagt wurden sie von Wölfen, die ihnen dicht auf den Fersen waren.

Schon ganz gespannt auf das letzte Bild ging ich die wenigen Schritte an der Wand entlang weiter. Mit Schrecken musste ich feststellen, dass es ein Bild der Verwüstung war. Der Wald brannte lichterloh. Wölfe rannten in alle Himmelsrichtungen davon. Aus manchen Körpern ragten Speere hervor, große klaffende Wunden verunstalteten ihre

Körper. Anderen Wolfsmenschen wurde der Kopf abgeschlagen. Auch Menschen lagen auf dem Boden und bluteten aus großen Wunden. Unzählige Blutlachen zeugten von einem unvorstellbaren Gemetzel. Eine Frau lag auf dem Boden, schwer verletzt oder tot. Neben ihr saß ein Wolf inmitten des Grauens und heulte mit hoch erhobener Schnauze den Mond an.

„Mein Gott, was war das nur für eine grausame Geschichte?" Total benommen setzte ich mich auf den Boden und blickte lange auf den See hinaus. War das tatsächlich geschehen und für die Nachwelt festgehalten worden, oder machte sich jemand einen Spaß daraus, unliebsame Eindringlinge zu vertreiben. Was auch immer, es hatte mich zutiefst berührt und ich konnte nicht anders, als Mitleid zu empfinden. Mitleid mit den Menschen, die sich so grausam gegenüber anderen verhalten hatten, weil sie es nicht besser wussten und ihre Dörfer beschützen wollten. Mitleid mit den Wölfen, die gejagt und abgeschlachtet wurden und auch das Liebespaar, das auf so grausame Weise getrennt wurde, hatte mein größtes Mitgefühl. Wieder einmal bestätigte sich meine Meinung, dass der Mensch wohl das größte Ungeheuer der Welt war.

Kapitel 10

Der Hunger war mir vergangen. Deshalb holte ich nur einen Schokoriegel aus meinem Rucksack und knabberte gedankenverloren daran herum.

Ich hatte genug Action für diesen Tag gehabt und trat meinen Rückweg an. Die ganze Zeit dachte ich über diese Bildgeschichte nach und wurde trotzdem nicht schlau aus dem Ganzen. Mir fehlten Zusammenhänge, Beweise. So aber weigerte sich mein Gehirn, das Gesehene zu glauben, obwohl mein Unterbewusstsein mir zuflüsterte, dass alles stimmte, was diese Zeichnungen mir aufgezeigt hatten. Vor allem aber deckte sich die Bildgeschichte in etwa mit dem, was mir der geheimnisvolle Fremde erzählt hatte. Wollte oder konnte ich das alles nicht glauben? Es kam schon öfters mal vor, dass mein rationales Denken und meine Gefühlsebene zwei gegensätzliche Meinungen vertraten. In der Stadt hatte ich nie auf mein Bauchgefühl gehört, da war klares, gehirngesteuertes Handeln gefragt. Hier in den Bergen ertappte ich mich immer öfter dabei, dass ich meinem Herzen folgte und mich von meinen Gefühlen leiten ließ. Wie anders hätte sich erklären lassen, wie ich den Weg zu meiner Hütte fand, als es stockdunkel war und ich ohne zu zögern, diesen mir unbekannten Weg eingeschlagen hatte? Und dabei noch dieses schwere Gefühl der Gewissheit verspürte, dass es sich um den richtigen Weg handelte?

Endlich wieder in meiner Hütte angelangt, überlegte ich mir, was ich essen sollte. Nur eine Kleinigkeit. Mir war nicht danach, groß aufzukochen. Omeletts gingen schnell und schmeckten prima. Zuerst aber wollte ich noch ein bisschen Kampftraining machen, um nicht aus der Übung zu kommen. Meine Fußtechnik wurde immer besser und meine Gelenkigkeit verbesserte sich zunehmend. Am besten allerdings war ich im Umgang mit einem Stock. Eine Tanne diente mir als Sparringpartner und ich schlug auf ganz unterschiedliche Weise auf den Baum ein. Der arme Baum! Normalerweise war es ein Holzgestell, auf das ich einschlug. Die Anstrengungen, die ich in den Muskelaufbau meiner Arme und Beine investiert hatte, machten sich bezahlt. Mehrere Minuten lang konnte ich mit voller Wucht auf die Tanne einschlagen. Mal von links, dann wieder von rechts. Meine Ausdauer wurde immer besser. Auch mein Beintraining absolvierte ich mühelos. Zum Abschluss noch ein paar Liegestütze und ich war zufrieden, hatte ich doch zahlreiche Muskeln meines Körpers gefordert. Dieses Auspowern machte mir unendlich viel Spaß. Ich war schon immer schlank gewesen, aber mit den richtigen Kurven an den richtigen Stellen. Wenn ich jetzt vor dem Spiegel stand und meinen Körper betrachtete, erstaunte es mich immer wieder, wie sich mein Körper neu proportionierte. Eine schnelle Dusche und in frische Klamotten geschlüpft, stand ich wenig später wieder in der Küche.

Ich deckte den Tisch auf der Veranda und goss mir ein Glas Mineralwasser ein. Anschließend rührte ich in der Küche den Teig für meine Omeletts und goss eine kleine Menge in die Pfanne, wo das Stück Butter bereits geschmolzen war. Wenige Minuten später saß ich allein an meinem Tisch und verschlang hungrig meine Omeletts. Dazu trank ich mein Glas Wasser in einem Zug leer. Satt ließ ich mich anschließend in den Schaukelstuhl fallen und sah zum Wald hinüber. Dann nahm ich mir das Buch, das ich bereits zur Hälfte gelesen hatte und vertiefte mich wieder in die Mythen dieser Gegend. Es war schon erstaunlich, was sich hier alles abgespielt haben soll. So viele Geschichten. Und doch, in jeder Geschichte steckte auch ein Fünkchen Wahrheit.

Die Aufregungen der letzten Stunden hatten mich ermüdet. Ich wollte nur noch ins Bett und schlafen. Schnell räumte ich das Geschirr in die Küche und stapelte alles in der Spüle, in der sich auch noch mein Geschirr vom Frühstück befand. „Nur noch Zähne putzen und ab ins Bett", sagte ich mir. Alles andere würde ich am nächsten Tag erledigen. Das Schlafzimmer war angenehm kühl und ich freute mich wie ein kleines Kind, als ich mit nur einem T-Shirt und Unterhose bekleidet unter die Bettdecke schlüpfte. Dann knipste ich das Licht aus und es dauerte nicht lange, bis ich tief und fest eingeschlafen war. Nichts weckte mich mitten in der Nacht. Kein Geschrei und kein Gejaule. So erwachte ich am nächsten Tag völlig ausgeruht und bereit, den Tag für weitere Recherchen zu nutzen. Wieder führte mich mein Weg in das Dorf. Und wieder ging ich in den Zeitungsladen. Dort herrschte rege Aufregung. Einige Leute standen beisammen und redeten hektisch durcheinander. Als ich eintrat verstummten die Stimmen und die Leute blickten mich neugierig an. „Hatte ich ein Tattoo auf der Stirn?" fragte ich mich insgeheim. Warum nur begafften mich alle, als wäre ich von einem anderen Stern? „Guten Morgen", sagte ich zu der versammelten Mannschaft. Zögerlich erwiderten manche meinen Gruß und blickten dann schnell wieder weg. Diejenigen, die nicht auf den Boden oder zur Seite schauten, begannen wieder zu reden und stellten die wildesten Vermutungen an, was eine Schlagzeile in der hiesigen Tageszeitung betraf. Ein Mädchen aus dem Dorf war spurlos verschwunden. Vor zwei Tagen war sie nicht nach Hause gekommen und niemand wusste, wo sie sich aufhalten könnte. Fieberhaft wurde nach ihr gesucht. Sogar der Wald und der kleine Bach samt Ufer wurden peinlichst genau abgesucht. Das halbe Dorf war auf den Beinen um bei der Suche nach dem Mädchen mitzuhelfen. Es gab keinen Anhaltspunkt, niemand wusste etwas und sie hatte keinen Brief oder sonst irgendeine Erklärung zurückgelassen. Meine Neugier war geweckt worden und ich kaufte mir die Ausgabe der Zeitung, um Näheres zum Verschwinden des Teenagers zu erfahren. Nachdem ich auch noch frisches Brot und sonstige Kleinigkeiten gekauft und in mein Auto gepackt hatte, verließ ich so schnell wie möglich das Dorf. Kein Mensch wollte sich hier mit mir unterhalten, nur verstohlene Blicke hatten sie mir zugeworfen. Lediglich ein knappes „ja" oder „nein" wurde mir zuteil, als ich versuchte, mehr von den Einheimischen über das Verschwinden des Mädchens zu erfahren. Keiner war bereit, mit mir eine halbwegs vernünftige Unterhaltung zu führen. „Stures Volk", dachte ich bei mir und wunderte mich noch immer über das Verhalten, das diese Leute mir gegenüber an den Tag legten. Es war mir nicht ganz klar, ob es Ignoranz oder Unsicherheit war, das diese Leute dazu veranlasste, mich so zu meiden. Waren sie der Meinung, das ginge mich nichts an? Oder mochten sie Fremde generell nicht? Was auch immer. So schnell wie möglich wollte ich zurück in meine Hütte und die Tür hinter mir zumachen. „Dann eben nicht!" Sollten sie doch bleiben, wo der Pfeffer wächst.

Schnurstracks fuhr ich wieder den Berg hoch. Oben angekommen stellte die Zündung ab und klemmte mir die Zeitung unter den Arm. Dann ging ich in meine Hütte. Eilig packte ich meine eben gekauften Sachen aus und zog mich für einen Waldlauf um. Nur noch frei sein. Ich wollte nicht mehr über die komische Art der Einheimischen nachdenken!

Kapitel 11

Nach einer guten Stunde, die ich durch den Wald lief, war ich klatschnass und freute mich auf eine Dusche. Trotz der schützenden Bäume des Waldes, die mir Schatten spendeten war die Luft feucht und warm. Mein Shirt war total verschwitzt und ich war froh, als ich endlich meine Sachen ausziehen konnte. Selbst meine Laufschuhe waren feucht und ich stellte sie auf die Holztreppe zum Trocknen. Als ich erholt von der kühlen Dusche in frische Klamotten geschlüpft war, machte ich mir eine schöne Tasse Kaffee. Diesen trank ich in Ruhe, während ich meinen Laptop öffnete und meine Mails abrief. Freudentränen liefen über meine Wangen, als ich eines der Mails öffnete und eine Nachricht von einer alten Freundin erhielt. Marie war meine beste Freundin aus Kindertagen. Mit ihr zusammen verbrachte ich viele Jahre meiner Kindheit in einem Kinderheim. Der Kontakt zu ihr brach jedoch ab, als ich mit Mike zusammenzog. Er wollte nicht, dass ich mit jemandem befreundet war, der in seinen Augen kriminell war. Marie hatte keine einfache Kindheit gehabt, ihre Eltern hatten kaum Zeit für sie. Waren viel beruflich unterwegs und Marie war sich die meiste Zeit selbst überlassen. Für mich stellte Maries Familie eine

Bilderbuchfamilie dar. Ein Vater, der beruflich erfolgreich war und so gut verdiente, dass die Mutter zu Hause bleiben konnte. Ein wunderschönes großes Haus, das viel Platz bot für eine richtige Familie. Und trotzdem war diese Familie nicht glücklich. Gemeinsame Unternehmungen gab es so gut wie nie und die karge Freizeit des Vaters verbrachten ihre Eltern lieber im Golfclub. Ohne sie. Ständig wurde sie wie eine lästige Fliege verscheucht, die keiner um sich haben wollte. Irgendwann war sie dann als Vierzehnjährige in eine schräge Clique von Jugendlichen geraten, die gemeinsam mehrere Diebstähle und kleinere Einbrüche verübte. Das war für ihre Eltern der Anlass, sie in ein Heim zu stecken und ihr die Schuld daran zu geben. Marie versuchte anfangs mehrfach aus dem Heim abzuhauen. Manchmal dauerte es ein oder zwei Tage, bis man sie wieder fand und manchmal wurde sie bereits nach einigen Kilometern wieder aufgegabelt und zurück ins Heim gebracht. Sie imponierte mir schon damals. Ihre Unerschrockenheit und ihr Kampfgeist lösten in mir Bewunderung aus. Für mich verkörperte Marie eine starke, selbstbewusste junge Frau, die wusste, was sie wollte. Für mich wäre es undenkbar gewesen, aus diesem Heim abzuhauen. Ich kannte nichts anderes. So lange ich mich zurückerinnern konnte, war das mein Zuhause gewesen. Alle Pflichten, die wir zu erfüllen hatten, erledigte ich ohne Widerrede. Marie jedoch begehrte ständig auf. Sie wollte nicht aufräumen, kein Geschirr abwaschen oder sonst etwas tun, das ich als meine ganz normale Pflicht ansah. Immer wieder rebellierte sie gegen die Regeln des Heims und musste dann die jeweilige Strafe dafür hinnehmen. Marie ließ sich dadurch jedoch nicht unterkriegen. Anstatt klein beizugeben und zu gehorchen, wurde ihr Wille immer stärker und sie entwickelte eine starke Persönlichkeit, die jeder Kritik standhalten konnte. Im Laufe ihres ersten Jahres freundeten wir uns an. Wir waren Bettnachbarinnen und redeten oft die halbe Nacht hindurch. Schon bald entwickelte sich daraus eine tiefe Freundschaft und wir waren unzertrennlich. In jeder freien Minute waren wir gemeinsam unterwegs. Wann immer es im Heim zu verbalen oder handgreiflichen Auseinandersetzungen kam, auf Marie konnte ich mich verlassen. Sie verteidigte mich immer. Egal ob mit Worten oder durch körperliche Gewalt. Ständig stand sie mir zur Seite. Meist trugen wir die Konsequenzen gemeinsam. Manchmal, wenn Marie sich wieder einmal weigerte, eine der Heimregeln zu befolgen und sich dadurch in Schwierigkeiten manövrierte, unterstützte ich sie bei der daraus resultierenden Strafarbeit und tröstete sie, wenn sie vor lauter Hilflosigkeit wieder einmal verzweifelte. Sie war einige Monate älter als ich und verließ das Heim genau an ihrem 18. Geburtstag. Der Abschied war für uns beide der totale Horror. Schon Tage vor ihrer Entlassung schmiedeten wir Pläne, wie wir unsere Freundschaft auch außerhalb des Heimes weiterführen konnten. Am Tag ihres Auszuges weinte ich mich in den Schlaf. Schmerzhaft vermisste ich tagtäglich meine allerbeste Freundin und sehnte den Tag herbei, an dem auch ich endlich dieses Heim verlassen konnte. Regelmäßig trafen wir uns in der Stadt und erzählten uns, was es Neues gab. Marie wollte sich nicht festlegen, was sie beruflich machen wollte. Sie jobbte mal hier, mal dort. Mit ihren Eltern hatte sie kaum noch Kontakt. Sie hatte ihnen nie verziehen, dass sie sie in ein Heim gesteckt hatten. Aus Trotz wollte Marie kein

Studium beginnen, obwohl ihr Vater ihr einen monatlichen Scheck zukommen ließ, damit sie finanziell abgesichert war. Marie nannte es immer Schweigegeld. Ihre Mutter war schon vor einiger Zeit aus dem gemeinsamen Haus ausgezogen und mit ihrem neuen Freund nach Frankreich gegangen. Ihr Vater war mit seinem Beruf verheiratet. Noch immer verbrachte er den Großteil seiner Zeit im Büro. Marie wollte keinen von Beiden wiedersehen. Da war sie stur. Nur wenige Monate später wurde auch ich aus dem Heim entlassen und versuchte in der Stadt Fuß zu fassen. Marie und ich teilten uns eine kleine Wohnung und während ich versuchte, mir als Reporterin einen Namen zu machen, bekam Marie die Chance, für einen Privatdetektiv zu arbeiten. Das Metier gefiel ihr und war abwechslungsreich. Marie liebte das Abenteuer und war geschickt, wenn es darum ging, an Informationen zu kommen. Manchmal war ihre Arbeit richtig gefährlich und nicht ganz legal, aber das war ihr egal. Marie brauchte den Adrenalinkick, wie die Luft zum Atmen. Nachdem sie einmal brutal zusammengeschlagen wurde, erkannte sie die Notwendigkeit, sich selbst verteidigen zu können und besuchte die verschiedensten Kampfsportzentren, in denen sie alle möglichen Techniken der Selbstverteidigung sowie des aktiven Kampfes erlernte. Etwa zu dieser Zeit lernte ich Mike kennen und verliebte mich Hals über Kopf in ihn. Schon wenige Wochen später wollte er, dass ich mit ihm zusammenziehe und ich tat es. Und dann war ich noch so dumm, mir von Mike vorschreiben zu lassen, mit wem ich befreundet sein durfte und mit wem nicht. Immer erfand ich neue Ausreden, wenn Marie sich mit mir auf einen Kaffee treffen oder einen Bummel machen wollte. Gemütliche, ausgelassene Abende, die wir früher gemeinsam in irgendwelchen Clubs verbrachten, waren tabu. Mike wollte nicht, dass ich ohne ihn in solche Lokale ging und ich unterließ es ihm zuliebe. Viel zu spät erst fiel mir auf, dass ich mich immer tiefer in seine Vorstellungen das Leben betreffend hineinziehen ließ. Seine Meinung wurde zu meiner Meinung. Sein Leben wurde zu meinem Leben. Zum Glück hatte ich irgendwann begriffen, auf was ich mich da eingelassen hatte. Beinahe wäre es zu spät für mich gewesen. Nicht zuletzt habe ich es meinen Erfahrungen mit Marie zu verdanken, dass ich anfing, mich zur Wehr zu setzen und mein eigenes Leben selbst in die Hand nahm. Selbst nachdem ich bei Mike ausgezogen war, rief ich Marie nicht an, zu sehr schämte ich mich ihr gegenüber, wie ich mich verhalten hatte. Was musste sie nur von einer Freundin denken, die sie fallen ließ wie eine heiße Kartoffel, kaum dass ein Mann ins Spiel kam?! Das war auch der Grund, warum ich Marie nicht mehr in die Augen schauen konnte. Es war mir selbst unerklärlich, dass mich ein einziger Mann so vereinnahmen konnte. Und ich war zu naiv und zu schwach, mich gegen seine Vorschriften zur Wehr zu setzen.

Jetzt nicht mehr, mit jedem Tag wuchs mein Selbstvertrauen und der Sport half mir, mich auch körperlich stark zu fühlen.

Umso mehr war ich jetzt überrascht, als ich noch immer ungläubig auf den Absender der Mail starrte. Es war tatsächlich von Marie! Von meiner Marie!

Beinahe ehrfürchtig öffnete ich die Mail und wusste nicht, ob ich lachen oder weinen sollte. Marie berichtete mir, dass sie gehört hatte, dass ich mich von Mike getrennt hätte und wollte wissen, wie es mir nun erging. Sie berichtete mir, dass sie gerade ihren Job hingeschmissen hatte und sie sich unbedingt mit mir treffen wollte, damit wir uns ausquatschen könnten.

Sie war mir nicht mehr böse! Durch einen Schleier der Tränen antwortete ich ihr sofort auf ihr Mail und entschuldigte mich für mein Verhalten. Dann berichtete ich ihr in kurzen Sätzen, wie es mir in den letzten Monaten so ergangen war. Schließlich beschrieb ich ihr auch die Hütte in den Bergen, in die ich mich zurückgezogen hatte und wie schön es hier wäre. Zum Schluss gab ich ihr noch meine neue Telefonnummer bekannt, damit sie mich erreichen konnte, wenn sie wollte.

Schweren Herzens schickte ich die Mail ab und hoffte dabei inständig, dass sich Marie bei mir melden würde. So viel Neues gab es, das ich ihr erzählen wollte. Außerdem vermisste ich meine Freundin ganz schrecklich!

Kapitel 12

Nach einer kleinen Jause machte ich mich wieder auf den Weg in Richtung Höhle. Wie magisch zog mich dieser Ort an. Beinahe jeder zweite Gedanke drehte sich um die Höhle und die Geheimnisse, die sie vor den Augen der Öffentlichkeit verbarg. Seit ich diese Höhle entdeckte, war mir hier noch nie ein anderer Mensch begegnet. Es war mir ein Rätsel, warum hier keine Spaziergänger oder Pilzsucher durchs Gelände streiften. Zuerst dachte ich mir nichts dabei, jetzt jedoch fiel es mir wie Schuppen von den Augen. Dieser Ort hatte etwas Magisches. Er hielt die Menschen fort. Sie hatten hier nichts zu suchen. Aber warum? Wahrscheinlich würde ich auch hierauf keine Antwort kriegen. Zu verschlossen waren die Bewohner dieses Dorfes mir gegenüber. „Mir soll´s recht sein", dachte ich nur, „dann habe ich wenigstens meine Ruhe." Mit einem letzten Blick auf meinen Posteingang auf dem Laptop, ob Marie mir schon geantwortet hatte, verließ ich meine Hütte und begab mich direkt auf den Weg zu der geheimnisvollen Höhle, die noch mehr für mich bereit hielt, das konnte ich spüren. Sogar in meine Träume verfolgte sie mich. Ich wollte unbedingt mehr darüber herausfinden und freute mich schon, was ich diesmal entdecken würde. Keine fünfzehn Minuten später trat ich vom Wald auf die Lichtung hinaus. Das Sonnenlicht blendete mich und ich kniff meine Augen zusammen. Irgendetwas Unheilvolles lag in der Luft. Meine Nackenhaare richteten sich auf und meine Augen suchten die Umgebung ab, auf der Suche nach der Ursache meines unguten Gefühls. Allerdings fiel mir nichts auf, das meine Empfindungen rechtfertigen hätte können. Resigniert wandte ich mich wieder dem Eingang der Höhle zu, als mir plötzlich bewusst wurde, was mich so gestört hatte, kaum dass ich auf die Lichtung trat. Es war mucksmäuschenstill. Kein Vogelgezwitscher, kein Grillengezirpe, kein Knacken im Unterholz von einem Hasen oder sonst irgendeinem kleinen Tier. Absolut nichts. Als hätten sämtliche Waldtiere fluchtartig das Gelände verlassen. Wie angefroren stand ich neben dem Steinkreis und lauschte in die Stille. Meine Augen suchten noch immer die Umgebung ab, noch nicht bereit, diese absolute Stille zu akzeptieren. Bevor ich hierher kam wusste ich, dass die ungewohnte Ruhe in den Bergen vielleicht ein Problem für mich darstellen könnte, war ich doch den Trubel und ständigen Lärm einer Stadt gewohnt. Zu meiner eigenen Überraschung aber hatte ich mich schnell daran gewöhnt. Mittlerweise konnte ich mir gar nicht mehr vorstellen, vierundzwanzig Stunden am Tag das Brummen der Autos und Klingeln der Straßenbahnen in meinen Ohren zu haben. Die Geräuschkulisse der Stadt fehlte mir überhaupt nicht, ganz im Gegenteil, endlich konnte ich abschalten. Genoss die Ruhe der Natur ohne irgendeine Ablenkung. Meine größte Sorge, bevor ich die Hütte gemietet hatte, galt dem fehlenden Fernseher. Ich war sich nicht sicher, ob ich mich nicht ganz fürchterlich langweilen würde, wenn da nichts wäre, mit dem ich die Zeit totschlagen und mich dann und wann einfach berieseln lassen konnte. Sorgen, die komplett überflüssig waren. Inzwischen vermisste ich weder den Lärm der Stadt noch ein Fernsehgerät. Mein Handy und der kleine Laptop waren außer dem vorhandenen Radio die einzigen elektronischen Verbindungen zu Außenwelt. Mehr brauchte ich hier nicht, stellte ich immer wieder erstaunt fest.

Dass aber die angenehme Ruhe der Berge dermaßen umschlagen konnte ins Unerträgliche, wenn diese Totenstille erst einmal ins Bewusstsein eingedrungen war, fiel mir erst jetzt auf. Richtig unheimlich, wenn man nichts anderes hören konnte, als die eigene Atmung, die einem dann unnatürlich laut vorkommt.

Schnell versuchte ich, auf andere Gedanken zu kommen und musterte den Steinkreis genauer. Er hatte einen Durchmesser von über zwei Meter und wurde begrenzt von großen runden Bachsteinen. Es musste eine Heidenarbeit gewesen sein, diese großen Steine den Berg rauf zu schaffen, um diese Feuerstelle damit abzugrenzen. „Respekt", dachte ich so bei mir. „Da hat sich einer aber viel Mühe gemacht, um hier einen Grillplatz anzulegen." Als ich mich neben die Steine kniete, um über deren Oberfläche zu streichen, durchzuckte es mich, als hätte ich einen elektrischen Schlag bekommen. Rasch zog ich meine Hand wieder zurück und blickte auf die Stelle meiner Finger, die noch immer kribbelte. Dann streckte ich meine Hand erneut aus und legte sie ganz sachte auf einen der Steine. Wieder durchzuckte mich dieses eigenartige Gefühl und es fiel mir schwer, die Hand dort liegen zu lassen, wo sie war. Der Impuls, sie schnell wieder zurückzuziehen war beinahe übermächtig. Ganz plötzlich, wie aus heiterem Himmel verdunkelte sich die Welt um mich herum. Mir wurde schwarz vor Augen und dann wurde ich ohnmächtig.

Jemand fuhr mir mit einem kühlen Tuch über die Stirn und sprach beruhigend auf mich ein. Ganz vorsichtig wurde mir immer wieder das Haar aus der Stirn gestrichen. All meine Versuche, meine Augen zu öffnen, scheiterten. Als wäre ich nicht mehr Herr meiner selbst. So konzentrierte ich mich auf die tiefe fremde Stimme, die noch immer sanft auf mich einredete. Angenehme Wärme strahlte auf mich ein und ich fragte mich, ob ich wieder träumte. Dann stieg mir ein angenehmer Duft nach Lavendel und Rosenholz in die Nase. Ein Geruch so intensiv, dass ich mich noch mehr anstrengte meine Augen zu öffnen, um zu sehen, wer hier so interessant roch. Noch immer war mir nicht klar, ob ich wach war oder träumte. Da sich meine Augen noch immer nicht öffnen wollten, gab ich es auf. Es musste ein Traum sein. Völlig entspannt gab ich mich dem hinreißenden Duft hin und genoss die wohlige Wärme, die meinen Körper durchströmte. Dann schaltete sich mein Gehör wieder zu und ich konnte leises Gemurmel und einzelne Stimmen ausmachen. Wieder versuchte ich, meine Augen zu öffnen und brachte ein Blinzeln zustande. Vorsichtig bewegte ich meine Beine und versuchte, mich in eine sitzende Position zu bringen. Starke Arme halfen mir, mich aufzurichten und stützten mich noch immer, als mir meine Augen endlich wieder gehorchten und ich meine Umgebung wieder sehen konnte. Verschwommen zwar aber immerhin. Kein Traum. Hinter mir kniete der junge Mann mit den langen schwarzen Haaren und sah mich besorgt an. Er schenkte mir ein Lächeln und nickte mir aufmunternd zu, als ich meine Position leicht veränderte, um angenehmer zu sitzen. Erschrocken bemerkte ich, dass wir nicht allein waren. Rings um die Feuerstelle, in der ein riesiges Feuer brannte, saßen alle möglichen Leute zusammen. Manche von ihnen kannte ich bereits vom Sehen, von meinen Einkäufen im Dorf. Andere wiederum waren mir völlig fremd. Sie alle aber hatten etwas gemeinsam, ich konnte es spüren. Ich wusste nur noch nicht, was es war. Sie strömten eine einzigartige Energie aus, die ich spüren konnte und jeden Einzelnen umgab ein kaum sichtbares goldenes Leuchten. Ich hatte Angst, dass das schöne Bild verschwinden würde, wenn ich meine Augen wieder schloss. Ganz fest konzentrierte ich mich auf mein Umfeld und darauf, nicht wieder ohnmächtig zu werden. Der Anblick faszinierte mich ungemein. Waren das ihre Auren, die ich da sehen konnte? Oder war das Feuer für das leichte Glühen der Körper verantwortlich? Oder aber es spielte mein Sehvermögen verrückt.

Ich kniff meine Augen zusammen um die letzte Benommenheit von mir abzuschütteln und starrte anschließend wieder auf die Frauen und Männer, die um das Feuer saßen und mich neugierig anstarrten. Da erkannte ich die Dame aus der Bibliothek, die mir freundlich zulächelte. Ich lächelte zurück. Gleich neben ihr saß Sam, auch ihn hatte ich bereits kennengelernt. Er hob grüßend die Hand. Auch ihm schenkte ich ein zaghaftes Lächeln. Meine Sprache hatte ich noch nicht wiedergefunden, also schaute ich nur erstaunt in die Runde der mir fremden Gesichter. Was hatte das jetzt wieder zu bedeuten? All diese fremden Leute, die um das Feuer saßen und mich gespannt ansahen, als erwarteten sie irgendetwas Besonderes von mir. Ich musste nur noch dahinterkommen, was!

Fragend drehte ich mich zu dem Mann um, der mir aufgeholfen hatte. Er stand noch immer hinter mir und wartete wohl darauf, dass ich etwas sagen würde. Sobald wir Blickkontakt hatten, ließ er sich auf ein Knie nieder und hob seine linke Hand mit den zwei ausgestreckten Fingern an die Stirn um sie anschließend auf seiner Brust ruhen zu lassen. „Luna´s Tochter, ich höre deinen Befehl, ich bin bereit", sagte er klar und deutlich und blickte mich dabei eindringlich an. „Was war nun schon wieder los?", schoss es mir durch den Kopf. „Was für einen Befehl soll ich geben? Und wer zum Teufel ist Luna´s Tochter?", stieß ich zwischen zusammengebissenen Zähnen hervor. Langsam nervte mich das sonderbare Verhalten der Einwohner aber wirklich. Meine Geduld war zu Ende, ich wollte endlich Klartext reden, was hier vor sich ging. Entgeistert sahen mich die Leute an, deren Augen noch immer auf mir ruhten. Mit meiner Äußerung hatte ich sie wohl gekränkt. Mir war´s egal. Sollten sie doch denken, was sie wollten. Ich kam mir vor wie in einem falschen Film oder auf einem fremden Planeten. Keiner antwortete mir und ich drehte mich wutschnaubend um. „Dann eben nicht", stieß ich noch aus und wollte gerade von meinem Platz aufstehen, als mich jemand am Arm packte und zum Bleiben zwang. Das war zu viel. Wutschnaubend drehte ich mich um und funkelte den schwarzhaarigen Mann an. Bevor ich aber loslegen und meiner angestauten Wut freien Lauf lassen konnte, brachte er mich mit einer Geste zum Schweigen. Er hielt noch immer meinen Arm fest, als er mich zum Eingang der Höhle führte und mit mir gemeinsam den See umrundete, um schlussendlich vor den Wandmalereien stehen zu bleiben. Er nahm auf einem der Stühle Platz und forderte mich auf, es ihm nachzumachen. Also setzte ich mich ebenfalls und wartete, was nun kommen würde.

„Wie nennen sie dich?"

„Mein Name ist Lisa und wie heißt du?"

„Ich heiße Leskaro und dein Name lautet Wenona."

„Nein, ich heiße Lisa"

„Lisa ist nur der Name, den dir die Menschen gegeben haben, dein richtiger Name lautet Wenona."

„Was soll das heißen, den mir die Menschen gegeben haben? Ich wurde schon immer Lisa genannt."

„Da täuscht du dich. Geboren wurdest du als Wenona, Tochter der Luna."

„Woher willst du das wissen? Nicht einmal ich kenne meine Eltern, also woher willst du wissen, wie sie mich genannt haben?"

„Es ist unsere Welt und ich kenne unsere Geschichte. Ich bin damit aufgewachsen und pflege die Tradition. Du wurdest deinen Eltern bereits als Baby weggenommen und bist unter den Menschen aufgewachsen. Jetzt aber bist du zurückgekehrt und wirst uns anführen. Du musst dich erinnern, sonst sind wir alle dem Tode geweiht!"

„An was soll ich mich erinnern? Ich habe keine Ahnung, von was du sprichst." Der Typ machte mich ganz irre.

„Die Zeichen, ich habe sie gesehen. Und Namida hat uns prophezeit, dass du kommen wirst, um uns anzuführen!"

„Können wir uns nicht unterhalten, wie zwei normale Menschen, ohne das ganze Geschwafel von Zeichen und so? Ich bekomme noch Kopfschmerzen von deinem Gefasel!

Außerdem solltet ihr euch einen anderen suchen, der euch anführt, ich bin nicht gerade gut darin."

„Wenona, du musst dich erinnern, sonst werden wir alle sterben! Bitte versuch es wenigstens, du bist die Richtige, das kann ich spüren."

„Ich kann dir nicht helfen, es tut mir leid. Aber ich glaube, du verwechselst mich mit einer anderen", sagte ich und stand auf um zu gehen. Da betrat eine ältere Frau die Höhle und kam langsam auf mich zu. Dann stellte sie sich als Onatha vor und legte sich die Hand in der mir bereits vertrauten Geste auf Stirn und Herz.

„Nein", sagte sie. „Du bist die einzig Wahre". „Du brauchst nur etwas Hilfe, damit du dich wieder erinnerst. Viel Zeit ist vergangen, seit ich dich das letzte Mal gesehen habe. Beinahe zu viel Zeit. Wir müssen uns beeilen. Wenn du willst, helfe ich dir." Als ich sie nur so fragend ansah, legte sie mir ihre Hände auf den Kopf und flüsterte Worte in einer fremdklingenden Sprache. Sanft strich sie mir mit den Fingern über meine Augen, damit ich sie schloss. Ich wollte ihr meinen Kopf entziehen, weil mir das unheimlich vorkam, aber sie hielt ihn mit leichtem Druck fest. Dann legte sie mir die Hände wieder links und rechts neben meinen Scheitel und meine Kopfhaut begann zu kribbeln.

Bilder und Worte durchzuckten meinen Kopf und meinen Körper. Eine Sturzflut aus Eindrücken und Gefühlen überschwemmte mich. Ich sah Blut, viel Blut. Dann wieder

Wölfe, die den Mond anheulten. Menschen mit Fellen bekleidet und Tiergeweihen auf dem Kopf, dann wieder Leute in altmodischer Kleidung, als wären sie auf einem Kostümball. Kämpfende Männer und schreiende Frauen. Kinder, die sich versteckten und in Todesangst die Augen weit aufgerissen hatten. Dunkel gekleidete Menschen, die sich geisterhaft schnell bewegten und eine Spur der Verwüstung hinter sich herzogen. Leblose Körper, die von diesen Wesen weggeworfen wurden wie Müll, nachdem sie sämtliches Leben aus den zu Tode erschrockenen Menschen ausgesaugt hatten. Total geschockt nahm ich die verschiedensten Szenen in mich auf, die wie ein rasender Traum vor meinem inneren Auge ablief. Unfähig, die Bilder zu verdrängen oder zu analysieren, überließ ich mich dem Wirbelsturm, der durch mich hindurchfegte. Immer wieder flackerte Erkennen in meinem Unterbewusstsein auf, das ich nicht zuordnen konnte. Irgendwie kam mir so manches bekannt vor, anderes rief Gefühle in mir hervor, die ich nicht so recht beschreiben konnte. Trotz allem kam es mir so vor, als hätte ich das alles schon einmal gesehen, als hätte ich es persönlich erlebt und wäre hautnah dabei gewesen. Obwohl es mir fremd war, rief es in mir ein vertrautes Gefühl hervor. Seltsam bekannt. Noch immer rasten diese Bilder durch meinen Kopf und das Kribbeln meiner Kopfhaut ging in ein Brennen über, sodass mich das Gefühl überkam, meine Haare würden in Flammen stehen. Dann erloschen die Bilder ebenso schnell, wie sie gekommen waren. Ich sank gegen die Stuhllehne und keuchte laut auf. „Was zum Teufel war das denn? Was haben Sie mit mir gemacht?" Sie lächelte mich nur an und nickte dann einer jungen, ausgesprochen hübschen

Frau zu, die mir einen alten Kelch aus Gold reichte. Fasziniert blickte ich in ihre hellgrauen Augen und beneidete sie um ihr langes, hellblondes Haar, das ihr fast bis zur Taille reichte.

„Trink. Das wird dir guttun!", sagte sie nur.

„Was ist das?", wollte ich von ihr wissen.

„Das sind nur heimische Kräuter und Wurzeln. Sie helfen dir, deine Erinnerungen wieder erlangen. Du musst stark sein. Wir brauchen dich."

Mein Gesicht sprach wohl Bände, denn Shimigami sah mich mit ihren grauen Augen ernst an und nickte dann bekräftigend.

„Was sind das für Namen, die ihr da habt? Diese habe ich noch nie gehört?"

„Das sind uralte Namen aus unserer Heimat. Unser Volk existiert schon seit Jahrtausenden. Jeder hat seine eigene Bedeutung. Du wirst noch verstehen, was es damit auf sich hat. Schon sehr bald wirst du erkennen, wer du bist und was Luna für dich bereithält."

Nicht wirklich überzeugt von dem, was sie sagte und verwirrt, was diese Leute von mir erwarteten, schüttelte ich den Kopf und sagte: "Was auch immer Sie für ein Problem haben, ich kann Ihnen nicht dabei helfen. Und jetzt muss ich leider gehen."

„Du kannst nicht gehen. Nicht bevor du dich wieder erinnerst. Und zwar an alles." Auf dem Gesicht der Blonden zeigten sich Sorgenfalten und ich hatte Mitleid mit ihr. Aber ich konnte ihr nicht helfen, das stand für mich fest.

„Shimigami spricht die Wahrheit, du musst deinen dir zustehenden Platz einnehmen, es geht um Leben und Tod, die Zeichen sind bereits sichtbar." Onatha, die alte Frau legte mir sacht ihre Hand auf die Schulter. Dabei fiel mein Blick auf einen seltsamen Ring, den sie auf dem rechten Zeigefinger trug. Der schwarze Stein begann in seiner Fassung zu strahlen. Immer heller leuchtete er, bis er schlussendlich grünes Licht verströmte.

„Siehst du? Er hat dich erkannt. Du kannst nicht vor deiner Bestimmung davonlaufen. Es ist dein Schicksal!" Onatha hatte ihre Hand von meiner Schulter genommen und streckte sie mir entgegen. Der Ring leuchtete noch immer. Intensiv und geheimnisvoll.

Und ob ich gehen konnte. Ohne eine weiteres Wort stand ich auf machte mich mit Riesenschritten auf den Weg, raus aus der Höhle. Das war mir eindeutig zu viel des Guten! In meinem Kopf drehte sich alles und meine Gedanken überschlugen sich.

Ein kurzer Blick zurück auf die Menschen, die ich in der Höhle zurückließ, dann trat ich wieder ins Freie. Ein schlechtes Gewissen beschlich mich, hatten diese Menschen, verrückt oder nicht, so viel Hoffnung in mich gesetzt. Auch wenn ich nicht wusste, warum. Noch immer beschäftigte mich die Frage, ob das ernst gemeint war, oder ob diese Leute irgendwelche Drogen genommen hatten.

Kapitel 13

Mir schwirrte noch immer der Kopf. Diese Bilder, Visionen oder was auch immer, waren fürchterlich. All das Leid, die brutale Zerstörung und die Menschen, deren Gesichter vor Angst völlig verzerrt waren. Dann noch diese komische Geschichte, sie hätten auf mich gewartet. Dabei kannten sie mich doch gar nicht! Keine Ahnung, was ich davon halten sollte. Abstand. Das war es, was ich jetzt dringend brauchte. Vor der Höhle war kein Mensch mehr zu sehen. Allem Anschein nach hatten sie sich zerstreut und waren wohl wieder in ihre Häuser zurückgekehrt.

Auch ich machte mich auf den Heimweg. Wollte alleine sein und nichts mehr hören von all dem wirren Gerede. Damit hatte ich nichts am Hut und die Leute würden das schon noch verstehen. Und wenn nicht, war es auch nicht mein Problem. Wütend stapfte ich den Pfad zurück, den ich gekommen war. Was hatten sich diese Leute nur dabei gedacht, mich mit ihrem Unsinn zu überhäufen!

„Vergiss es. Vergiss das alles. Vergiss die Leute." Wie ein Mantra wiederholte ich im Geist immer wieder diese Worte.

Die Hütte rückte schon kurze Zeit später in mein Blickfeld und ich beschleunigte meine Schritte. Froh, endlich wieder das Gefühl der Sicherheit zu empfinden, schloss ich die Haustür auf und schmiss sie mit Wucht hinter mir zu. Dann drehte ich den Schlüssel um und atmete erst einmal tief durch. Endlich alleine! Ich holte mir eine Dose Cola aus dem Kühlschrank und ließ mich auf einen Stuhl sinken. Noch immer spürte ich die leichte Benommenheit, die sich in der Höhle eingeschlichen hatte und mich seither nicht mehr losgelassen hatte. Irgendwas musste doch dran sein, an der Geschichte. Wie sonst könnte ich mir die Bilder und Eindrücke erklären, die ich mit all meinen Sinnen deutlich wahrnahm, als mir die alte Frau die Hände auf den Kopf legte. Meine Gedanken überschlugen sich noch immer.

Eigentlich wollte ich mich in die Hütte zurückziehen und mein Gehirn abschalten. Als das nicht gelang, überlegte ich es mir anders und setzte mich wieder einmal in den Schaukelstuhl auf der Veranda, der eine beruhigende Wirkung auf mich ausübte.

Gedanklich noch immer abwesend, nahm ich mir eine Zigarette aus der Packung, die ich für den Notfall mitgenommen hatte. Eigentlich wollte ich das Rauchen aufgegeben, aber es war ja kein Wunder, dass ich nach allem, was ich erlebte, das dringende Bedürfnis nach einer Zigarette verspürte. Nachdem ich mir die Zigarette angezündet hatte schloss ich meine Augen und lehnte mich zurück. Ich versuchte, ruhiger zu atmen und die Unsicherheit abzuschütteln, die sich in mir breitgemacht machte. Eigenartigerweise kam mir das Geschehene nun gar nicht mehr so absurd vor, wie noch vor einer halben Stunde, als ich in der Höhle war. Immer mehr empfand ich das Erlebte als Tatsache und nicht als Hirngespinst geistig Verwirrter. Insgeheim glaubte ich ihnen, es fühlte sich so richtig an. Außerdem bot es eine wunderbare Erklärung für meine Erlebnisse der letzten Tage. Meine Träume, das Heulen der Wölfe, die es eigentlich in dieser Gegend nicht geben sollte. Auch das merkwürdige Verhalten mancher Dorfbewohner machte plötzlich Sinn. Am meisten zu knabbern hatte ich allerdings an meiner Herkunft. Das war der eigentlich ausschlaggebende Grund, dass ich so schnell aus der Höhle geflohen bin. Ich wusste nicht das Geringste über meine Eltern, absolut gar nichts. Weder stand der Name meiner Mutter noch der meines Vaters in meiner Geburtsurkunde. Das alleine war schon verdächtig. Niemand konnte mir sagen, warum das bei mir so war. Ich erntete meist nur ein Achselzucken und wurde alleingelassen mit meinen Fragen über meine Herkunft. Irgendwann musste ich akzeptieren, dass niemand etwas wusste oder mit mir darüber reden wollte. Ich konnte es sowieso nicht ändern. Sobald ich die Zigarette fertig geraucht hatte, zündete ich mir die Nächste an. In meinen Gedanken war ich wieder im Heim, in dem ich so viele Kinder kommen und wieder gehen gesehen habe. Manche wurden adoptiert oder bei Pflegefamilien untergebracht. Ich dagegen kannte nur das Leben im Heim. Es stand nie zur Debatte, dass ich in eine Familie integriert werden sollte. Bei mir hieß es nur immer, dass ich bis zu meiner Volljährigkeit dort wohnen bleiben würde. Fertig. Keine Erklärungen, keine Antworten. Und jetzt bot sich mir die vielleicht einzige Chance, mehr über meine Familie herauszufinden. Vorausgesetzt, der Mann namens Leskaro hatte die Wahrheit gesprochen. Fieberhaft überlegte ich, ob ich ihn aufsuchen sollte, damit ich ihm Fragen bezüglich meiner Eltern stellen konnte. Würde er mir antworten oder würde er mir die Tür vor der Nase zuknallen, weil ich mich so daneben benommen hatte? Bei meiner dritten Zigarette entschloss ich mich, eine Nacht darüber zu schlafen und mir am nächsten Tag zu überlegen, wie ich es am besten anstellen sollte, etwas darüber herauszufinden, wer ich war. Würde ich Antworten bekommen? Wie sollte ich wissen, ob es der Wahrheit entsprach? Vielleicht würde ich auch Dinge über meine Eltern erfahren, die ich besser nicht erfahren wollte? Mein Kopf drohte zu platzen. Dröhnende Kopfschmerzen veranlassten mich, zwei Aspirin zu nehmen und ins Bett zu gehen. Fest nahm ich mir vor, mir nicht weiter den Kopf darüber zu zerbrechen, was denn nicht alles passieren könnte.

So früh ich auch ins Bett gegangen war, die Nacht verlief unruhig und ich fand nur wenig Schlaf. Träume, so real, als würde ich sie wahrhaftig durchleben, ließen mich immer wieder aus dem Bett hochschrecken. Schon wieder stand ich in meinem Traum inmitten der Lichtung, konnte die Hitze des Feuers auf meiner Haut spüren und die Wölfe umringten mich, als würden sie einen Schutzschild um mich bilden. Dann sah ich mein Gesicht. Es war bemalt in lebhaften, leuchtenden Farben. Wieder waren es uralte Runen, die diesmal mein Gesicht und meine Hände bis hinauf zu meinen Ellbogen zierten und nicht die Wände der Höhle schmückten. Dann hob ich meinen Blick zum Himmel und begann wieder, irgendwelche Worte zu flüstern, die ich nicht verstand. Die Arme zum Himmel emporgestreckt, die Augen geschlossen.

Mein ansonsten meist zu einem Pferdeschwanz zurückgebundenes Haar floss mir seidigweich über die Schultern und bewegte sich leicht im Wind, der auch die Wolken am Himmel zügig vorantrieb. Der Mond am Himmel stand hoch am Firmament und war beinahe voll ausgeleuchtet. Schon bald, das konnte ich fühlen, würde ich meine Macht zurückerhalten. Was das für eine Macht war, konnte ich nicht sagen, aber ich wusste mit Bestimmtheit, dass der Zeitpunkt kurz bevorstand. Und diese Macht, die mich durchfluten würde, war uralt und mächtig. Ich konnte körperlich spüren, dass die Wölfe in völliger Erregung darauf warteten und deshalb immer wieder ein Heulen ausstießen, in das der Rest des Rudels einfiel und zu einem richtigen Konzert anschwoll. Nicht mehr lange, dann konnten wir zurückschlagen!

Wieder schoss ich aus dem Bett hoch, schweißnass. „Zurückschlagen? Was war nur los mit mir?", schoss es durch meinen Kopf. Warum träumte ich nur so einen Blödsinn? Obwohl, es war schon ein irres Gefühl, so eine übernatürliche Macht zu haben, musste ich mir insgeheim eingestehen. Es fiel mir keine plausible Erklärung ein, warum ich so überirdisches Zeug träumte und so legte ich mich wieder nieder und wartete darauf, dass sich mein Puls beruhigte. Ich schloss meine Augen und genoss noch eine Zeit lang das Gefühl, etwas Besonderes zu sein. Macht zu haben. Den Gedanken, dass es nur ein Traum war, schob ich einfach beiseite. Irgendwie gefiel mir die Vorstellung. Kurz darauf schlief ich schon wieder tief und fest. Mein Hochgefühl sollte jedoch nicht lange anhalten. Der folgende Traum trieb mir kalten Schweiß auf die Stirn. Diesmal stand ich im Zentrum der Höhle und war allein. Vor mir, auf einer Art Altar lag ein toter Wolf. Sein zerschundener Körper war übersät mit offenen, blutenden Wunden. Seine Augen waren trüb und standen weit offen. Die Tränen rannen über mein Gesicht, als ich Vergeltung schwor, für den Tod dieses Tieres. Mein Gesichtsausdruck veränderte sich von Schmerz in Wut und meine Tränen versiegten. Entschlossen gab ich dem Toten ein stummes Versprechen. Sein Tod würde nicht ungesühnt bleiben. Mein Volk sollte nicht länger unterdrückt und abgeschlachtet werden. Es war Zeit, sich zu erheben und in den Kampf zu ziehen!

Kapitel 14

Wieder erwachte ich aus meinem Traum und schüttelte benommen den Kopf, als ich mich im Bett aufrichtete. Mein Mund war völlig ausgetrocknet und ich wollte mir ein Glas Wasser holen, um den heillosen Durst zu löschen, den ich empfand. Meine Zunge klebte mir regelrecht am Gaumen. Kurz blieb ich im Bett sitzen, um meinen Augen die notwendige Zeit zu geben, sich an die Dunkelheit zu gewöhnen. Nur mit T-Shirt und Unterhose bekleidet verließ ich mein Schlafzimmer und ging in die Küche. Ohne das Licht anzumachen öffnete ich den Kühlschrank und nahm eine Flasche Wasser heraus. Das erste Glas konnte meinen Durst nur teilweise löschen, darum schenkte ich mir ein zweites Glas ein und setzte mich in der herrschenden Dunkelheit an den Esstisch. Müde und irritiert von meinen konfusen Träumen, hatte ich keine Lust mehr, wieder ins Bett zu gehen. Darum holte ich mir eine Decke und wickelte mich darin ein. So eingekuschelt saß ich am Tisch und dachte über meine Träume nach, die mir noch immer lebhaft in Erinnerung waren. Dann hörte ich wieder das Wolfsheulen. Angespannt lauschte ich auf die Geräusche. Es schien, als käme es aus allen Richtungen gleichzeitig. Es mussten viele sein, und sie waren überall. Ich war umzingelt von ihnen und hatte keine Ahnung, was ich tun sollte. Schnell ging ich zu meiner Eingangstüre und kontrollierte, ob ich wohl richtig abgeschlossen hatte. Die Tür war stabil. Die ließ sich nicht so einfach aufbrechen. Erleichtert setzte ich mich wieder an meinen Platz und wartete, bis die Morgendämmerung hereinbrach. Das Jaulen verstummte langsam und plötzlich hörte ich keinen Laut mehr. Alles war wieder so, wie es sein sollte. Außer, dass ich nicht in meinem Bett lag und schlief. Meine Augen waren müde von der Dunkelheit, in der sie sich die letzten Stunden zurecht finden mussten und ich gähnte mehrmals hintereinander. Noch ein bisschen schlafen würde mir nicht schaden. So ging ich wieder zurück in mein Schlafzimmer und ließ mich auf das Bett fallen. Mitsamt der Decke schlief ich sofort ein. Ich erwachte erst, als ich das dringende Bedürfnis hatte, meine Blase zu entleeren. Ein Blick auf die Uhr jagte mir einen kurzen Schreck ein. Es war bereits nach Mittag und ich hatte die letzten sechs Stunden durchgeschlafen. Traumlos. Wunderbar! Die Schwere in meinen Beinen vertrieb ich mit einer ausgiebigen heißen Dusche und einer schönen, heißen Tasse Kaffee, dann machte ich mich auf den Weg ins Dorf, um dort den neuesten Klatsch aufzuschnappen. Ich war schon gespannt, welche Reaktionen ich diesmal von den Dorfbewohnern erwarten würde. Also schnappte ich mir meine Tasche und setzte mich in meinen Wagen. Ich liebte dieses Auto. Es war zwar klein, aber wendig und außerdem hatte es mich noch überall hingebracht und mich kein einziges Mal im Stich gelassen. Bei diesem herrlichen Wetter konnte ich auch endlich seit langem wieder einmal Cabrio fahren. Nach einem Knopfdruck schob sich das Dach langsam nach hinten zusammen und ich genoss die Fahrt ins Dorf und den Wind, der meine Haare zerzauste. Wie üblich stellte ich mein Auto auf dem kleinen Parkplatz in der Dorfmitte ab und ging die wenigen Schritte bis zur Trafik. Einige Leute kamen mir entgegen und sahen schnell weg, als ich ihren Blick suchte. Stumm gingen sie an mir vorüber und setzten ihr Gespräch erst fort, als ich schon beinahe außer Hörweite war. Missmutig betrat ich den Zeitungsladen und grüßte den Verkäufer. Er grüßte zurück und setzte dann seine Arbeit fort, indem er mir den Rücken zuwandte und die verschiedensten Zigarettenpackungen in ihre vorgesehenen Fächer füllte.

Wie schon bei meinem letzten Besuch stand auch diesmal eine Gruppe Leute zusammen und tuschelte. Unauffällig schob ich mich näher an sie heran, indem ich ganz interessiert die Illustrierten an der Wand der Reihe nach betrachtete. Immer wieder zog ich ein Heft heraus um es scheinbar genauer anzusehen, dann steckte ich es wieder zurück um noch näher an die Gruppe heranzukommen. Meine Taktik war nicht sehr erfolgreich, die kleine Gruppe hatte sich immer weiter in den hintersten Winkel des Ladens verkrochen. So in die Enge gedrängt hatten sie wahrscheinlich keine Lust mehr auf ein Gespräch und die Gruppe löste sich auf. Die Leute verabschiedeten sich und verließen das Geschäft. „Hmm, was nun?", überlegte ich vor mich hin. Sollte ich mein Glück in der Bücherei versuchen? „Warum nicht?", entschied ich. Sicherheitshalber kaufte ich zwei Packungen Zigaretten, damit ich welche hatte, wenn ich welche bräuchte. Dann bin ich wieder raus aus dem Laden, wo keiner mit mir reden wollte und ging die Straße entlang bis zur Bibliothek. Die Sonne brannte schon heiß vom Himmel und trieb mir den Schweiß auf die Stirn. Meine Sonnenbrille hatte ich blöderweise im Auto vergessen, wieder einmal. Zumindest konnte ich meine Fleecejacke ausziehen und mir um die Hüften binden, damit ich nicht total verschwitzt bei der Bibliothek ankam. Wenige Minuten später öffnete ich die Tür zur Bibliothek und fand zu meiner Enttäuschung nicht die junge Frau vor, die mich das letzte Mal bedient hatte, sondern eine ältere Dame mit Brille auf der Nase. Ihr graues Haar war zu einem Knoten aufgesteckt, aus dem sich einzelne widerspenstige Locken gelöst hatten und ihr eher strenges Gesicht freundlicher erscheinen ließ. Sie trug legere Kleidung und sah überhaupt nicht wie eine durchschnittliche Oma aus. Eine Jeans und eine schicke Bluse, dazu einfache Ballerinas. Hätte sie nicht so graues Haar gehabt, hätte ich sie mindestens zehn Jahre jünger geschätzt. Nicht ganz sicher, ob es sich bei der alten Dame um die gleiche handelte, die mir gestern die Hände aufgelegt hatte, blieb ich neben der Eingangstür stehen, bis sich meine Augen an das künstliche Licht gewöhnt hatten. Noch ganz in meine Überlegungen vertieft, bemerkte ich erst durch das Rascheln ihrer Bluse, dass sie ihre Hand in der gleichen Geste an ihre Stirn und danach auf ihre Brust legte, wie ich es schon Tage zuvor an anderen Leuten gesehen hatte. Den Blick hatte sie dabei auf den Boden gerichtet und erst danach sah sie mir ins Gesicht. Als sie mir in die Augen sah, wusste ich es. Sie war es. Eindeutig. Diese Augen hatten sich in mein Gedächtnis gebrannt. Fragend hob sie eine Augenbraue und wartete auf eine Reaktion von mir. Auch ich schaute ich sie an und wusste nicht, was ich sagen sollte. Täuschte ich mich, oder lag eine gewisse Enttäuschung in ihrem Blick? Egal. Ich konnte es sowieso nicht ändern. Außer mir waren nur noch eine Frau mit ihrem Kind da, die in der Kinderbuchabteilung stöberten und ein junger Mann, der Reiseführer durchsah. Sie schenkten uns keinerlei Beachtung, wie wir so dastanden und uns anschwiegen. Ein Räuspern meinerseits unterbrach die unangenehme Stille, die sich zwischen uns aufgebaut hatte. Unsicher, was ich sagen sollte, ging ich auf die ältere Dame zu und reichte ihr meine Hand. Sie aber trat zur Seite und drehte das Geöffnet-Schild um, sodass „Geschlossen" von außen zu lesen war. Dann nahm sie mich am Arm und bugsierte mich entschlossen in den ersten Stock, in welchem ein kleiner Aufenthaltsraum untergebracht war. Nachdem ich ihr wortlos gefolgt war, setzte ich mich auf die gemütlich aussehende Couch und stützte, gespannt auf das, was noch kommen würde, meinen Ellbogen auf die Sofalehne.

„Wie geht es dir heute?", sprach sie mich an.

„Alles Ok", antwortete ich ihr.

„Hast du noch Kopfschmerzen?", fragte sie.

„Nein, heute nicht mehr, aber woher wissen Sie, dass ich Kopfschmerzen hatte?", wollte ich von ihr wissen.

„Das ist immer so, wenn man versucht, so tief in das Gedächtnis von jemandem vorzudringen."

„Aha", machte ich nur und wusste nicht, was ich sonst noch sagen sollte. Meine Augen suchten die Regale ab, nur um der Frau nicht direkt in die Augen sehen zu müssen. Irgendwie war es mir peinlich, weil ich am Vortag einfach so davongelaufen war. Ihre Augen waren wie tiefe Seen, in denen ich zu versinken drohte.

„Können Sie mir etwas über meine Eltern erzählen?"

„Nein, nicht jetzt. Die Zeit drängt, wir müssen uns beeilen. Es gibt noch so viel vorzubereiten und zu besprechen."

Da war es wieder, dieses Sprechen in Rätseln, das mich so verunsicherte. Langsam machte es mich verrückt. Ich brauchte Fakten, Beweise. Irgendetwas, das ich mit Händen greifen konnte. Nicht immer so vage Aussagen über irgendein drohendes Unheil, das über mich oder andere hereinbrechen würde.

„Hören Sie, mit diesen kryptischen Aussagen kann ich nichts anfangen. Können Sie mir nicht einfach sagen, was hier los ist und was ich mit der ganzen Sache zu tun habe? Bitte!"

„Es würde nichts bringen, dir zu sagen, wer oder was du bist. Nur wenn du es fühlst und akzeptierst, kannst du all deine

Macht entfesseln und für unsere Sache kämpfen. Wir alle würden uns wünschen, dass du dich endlich erinnern könntest, aber du bist noch nicht bereit, es zuzulassen. Du verschließt dich vor der Realität. Also müssen wir Geduld haben und darauf warten, bis du dein Schicksal akzeptierst. Nur dann kannst du die Herausforderungen, die dich als älteste Tochter noch erwarten, erfüllen. Die Prophezeiung wird sich erfüllen, du bist gekommen um zu bleiben. Ich kann es spüren."

Jetzt sollte ich also auch noch bleiben um irgendeine Prophezeiung zu erfüllen. Das wurde ja immer noch mysteriöser anstatt klarer! Ein innerlicher Kampf tobte zwischen meinem Kopf und meinem Bauchgefühl. Verwirrt über die kryptischen Aussagen, die keinen logischen Sinn für mich ergaben und gleichzeitig ein warmes, vertrautes Gefühl in meinem Bauch hinterließ, wusste ich nicht mehr, was ich sagen sollte.

Tief in mir drinnen konnte ich spüren, dass all das, was die alte Dame mir gesagt hatte, der Wahrheit entsprach, mein Verstand aber weigerte sich, das zu akzeptieren. Zu abgefahren war die Vorstellung all dessen, was damit verbunden war und welche Verantwortung damit einherging. Ich unterdrückte meine Gefühle und ließ der Vernunft freien Lauf. Darin war ich eindeutig besser.

„Es tut mir leid, ich habe wirklich keine Ahnung, was Sie von mir wollen. Und ich glaube nicht, dass ich ihre Erwartungen erfüllen könnte, wie immer diese auch aussehen mögen."

„Warum sträubst du dich so dagegen? Du musst doch spüren, dass du hierher gehörst, dass hier deine Wurzeln sind. Dein Zuhause. Ich weiß, dass es nicht einfach für dich ist. Zu früh wurdest du uns entrissen. Kein Wunder, dass dir alles fremd geworden ist! Mit dir wurde auch ein Teil von uns gestohlen. Wir konnten es nicht verhindern. All die Jahre haben wir uns schreckliche Sorgen gemacht, was aus dir geworden ist. Ob du überhaupt noch am Leben bist. Ob sie dir etwas angetan haben! Luna sei gepriesen, dass es dir gut geht. Nun aber liegt es an dir, deine Kräfte zu sammeln und gemeinsam mit den anderen Stämmen für unsere Zukunft zu kämpfen. Wenn du willst, helfe ich dir, aber du musst mir vertrauen und die Macht in dir zulassen, sonst ist es hoffnungslos", sagte sie mit immer leiser werdender Stimme.

Wieder einmal total verwirrt und ohne den blassesten Schimmer, was ich tun sollte, blickte auf meine Schuhe hinab. Unbeholfen rubbelte ich mit der Schuhspitze auf dem Teppichboden herum. Eigentlich hatte ich doch etwas über meine Eltern erfahren wollen und war wieder kläglich gescheitert. Sollte ich ihr vertrauen und mich auf dieses Abenteuer einlassen oder lieber die Finger davon lassen? Es klang gefährlich und ich war mir nicht sicher, ob ich dafür die nötigen Nerven haben würde. Vielleicht sollte ich einfach verschwinden und nie mehr zurückkommen, in dieses verrückte Dorf? Eigenartigerweise musste ich mir sofort eingestehen, dass ich das nicht machen würde. Keine zehn Pferde würden mich von hier fortbringen! Etwas hielt mich hier fest. Als würde mich ein starkes, unsichtbares Band mit diesem Ort verbinden.

„Bitte lassen Sie mir etwas Zeit zum Nachdenken. Ich weiß überhaupt nicht mehr, was Richtig und was Falsch ist. Ihre Geschichte klingt so fantastisch, dass es mir schwerfällt, sie zu glauben. Ich weiß auch nicht."

„Du bist Wenona, die erstgeborene Tochter, nur du kannst uns führen. Luna wird dir den Weg weisen. Dann wirst du erkennen, wer du wirklich bist. Ich habe getan, was ich konnte. Nun liegt es in deiner Hand", damit war für sie die Sache anscheinend erledigt, denn sie stand auf und verabschiedete sich von mir.

„Pass gut auf dich auf, Wenona. Dein Schicksal ist mit unserem verbunden. Du kannst jederzeit zu mir kommen, ich werde immer für dich da sein." Ein letzter Blick in meine Richtung, dann stieg sie die Treppe nach unten und ich folgte ihr nach kurzem Zögern.

Kapitel 15

Bei meinem Auto angekommen, machte ich mir selbst Vorwürfe. Dieser Ausflug ins Dorf hatte mich keinen Schritt weiter gebracht. Stattdessen hatte ich jetzt mehr Fragen im Kopf, als je zuvor. Überhaupt nichts hatte sich geklärt, es wurde immer noch undurchschaubarer. Ich musste nachdenken. Allein. Ganz dringend. Diese Onatha, wie sich die alte Frau nannte, klang ehrlich. Und irgendwie glaubte ich ihr. Das größte Problem für mich bestand darin, dass ich dafür verantwortlich sein sollte, was mit den Leuten hier geschah, oder wie sonst sollte ich es verstehen, wenn mein Schicksal mit dem ihren verknüpft war?

Noch nie im Leben war ich für jemanden verantwortlich gewesen. Noch nicht einmal für ein Haustier! Früher wollte ich unbedingt einen Hund haben. Ich musste mir aber eingestehen, dass ich zu wenig Zeit hatte, mich ordentlich um einen Hund zu kümmern, als ich noch arbeiten ging. Bei Mike brauchte ich erst gar nicht mit diesem Thema anfangen. Er hatte nichts übrig für etwas, das nur Dreck machte und Geld kostete, wie er mich eines Tages wissen ließ. Und hier ging es um Menschen! Ich wusste nicht, ob ich diese Last auf mich nehmen wollte und konnte.

Auf dem Parkplatz würde ich all meine Bedenken sicher nicht loswerden, also steckte ich den Schlüssel in das Zündschloss und fuhr zu einer Pizzeria, die etwas außerhalb des Dorfes lag. Beim Essen würde es mir vielleicht leichter fallen, über all das nachzudenken, was ich mit meinem rationalen Denkmuster nicht auf die Reihe bekam.

Als ich mich an einen kleinen Tisch niederließ, brachte mir die Kellnerin die Karte. Mit leicht ausländischem Dialekt fragte sie mich, ob ich etwas trinken möchte. Ich hatte Lust auf eine Limo und die nette, etwas mollige Bedienung riet mir zu einer lokalen Spezialität, als sie meinen unentschlossenen Gesichtsausdruck sah. Sie deutete auf eine Zeile der Karte, wo CHABESO stand. „Warum nicht?", dachte ich. Meistens trank ich die gleichen Limos, die auf beinahe jeder Getränkekarte zu finden waren und mit der Zeit einfach nur fad und künstlich schmeckten. „Das wird im Tal produziert, das gibt's schon ewig.", erzählte sie munter drauflos. „Bei uns in der Gegend bekommt man es fast überall. Haben Sie es noch nie ausprobiert?" Ungläubig schaute sie mich an und zeigte dabei zwei nette Grübchen in ihren Wangen, als sie lächelte.

„Nein, noch nie gehört. Wie schmeckt es?" Neugierig sah ich zu der rundlichen Kellnerin empor und wartete auf eine Antwort.

„Hmm, schwer zu sagen. Außergewöhnlich. Nicht zu definieren. Lassen Sie sich überraschen! Ich wette, es schmeckt Ihnen! Darf ich Ihnen eine Flasche bringen?" Fragend zog sie die Stirn in Falten und wartete auf meine Entscheidung.

„Überredet. Warum nicht mal was Neues probieren." Das übliche Zeug kam mir eh schon aus den Ohren raus, weshalb ich in letzter Zeit nur noch Wasser trank. Zustimmend nickte ich der netten Dame zu und gab noch meine Lieblingspizza in Auftrag.

Als meine Pizza endlich dampfend vor mir stand und ich sie in acht Teile schnitt, entspannte ich mich so weit, dass meine Gedanken nicht mehr nur um diese komische Geschichte kreisten, sondern dass es auch noch etwas anderes gab. Nämlich Hunger und den konnte in diesem Moment ganz deutlich spüren. Laut grummelte mein Magen, als mir der Duft von Käse in die Nase stieg. Ich schnitt die innerste Ecke des Pizzastücks ab und schob mir die Gabel genüsslich in den Mund. Es war herrlich, den geschmolzenen Käse wie Kaugummi langzuziehen und die Schärfe der Pepperonis auf der Zunge zu spüren. Das war real, damit konnte ich etwas anfangen. All die anderen Geschichten schob ich beiseite und beschloss, mich später damit auseinander zu setzen. Diese Pizza würde ich einfach genießen und damit basta. Das Getränk namens CHABESO war erstaunlich gut. Eiskalt stand die grüne Flasche auf dem Tisch und wartete darauf, dass ich mir ein Glas davon einschenkte. Vorsichtig nippte ich daran, um einen ersten Eindruck zu haben. Die Frau hatte nicht zu viel versprochen. Der Geschmack war wirklich einzigartig. Unbeschreiblich. Irgendwie erinnerte es mich an meine Kindheit. Es löste wahre Glücksgefühle in mir aus, als ich einen ordentlichen Schluck trank und es seinen Geschmack entfaltete. Zuerst kribbelte es auf der Zunge und hinterließ einen einzigartigen fruchtigen Geschmack. Dann entfaltete sich der anfangs leicht zitronige Geschmack eine zarte Süße. Zufrieden lehnte ich mich zurück und nahm die Flasche zur Hand. Sie war total beschlagen und hinterließ auf dem Tisch einen nassen Ring aus Kondenswasser. Ich füllte mein Glas mit der restlichen Limonade auf und stellte die leere Flasche wieder auf den Tisch. Meine Finger waren ganz feucht von der Flasche und ich wischte mir mit der Serviette zuerst den Mund und anschließend meine Hände trocken. Die Pizza schmeckte fantastisch, die Limo ebenfalls. „CHABESO, das muss ich mir merken", trichterte ich mir ein. Zufrieden schob ich meinen Teller von mir weg und zündete mir eine Zigarette an, während ich darauf wartete, die

Rechnung zu bekommen. Zumindest war es in diesem Lokal noch erlaubt, zu rauchen.

Nachdem ich bezahlt hatte, verließ ich das Lokal und machte mich auf den Heimweg. Jeden Gedanken an das Mystische, das mir in den letzten zwei Tagen hier widerfahren war, versuchte ich auszublenden.

Stattdessen versuchte ich mich abzulenken. Immer wieder checkte ich meine Mails, ob Marie mir zurückgeschrieben hatte, aber Fehlanzeige. Dann nahm ich mir wieder meinen Krimi zur Hand, um auf andere Gedanken zu kommen. Nachdem ich die erste Seite dreimal gelesen hatte und noch immer nicht wusste, was da geschrieben stand, legte ich es beiseite und schaltete das Radio ein. Die Stille machte mich ganz verrückt, meine Gedanken kreisten nur noch um mein Schicksal, das mit dem der Bewohner hier verbunden wäre. „Verdammt nochmal, das können die doch nicht mit mir machen, ich bin doch keine von ihnen, ich bin lediglich auf Urlaub hier", maulte ich vor mich hin, als ich in der Küche umherlief und gedankenverloren das Geschirr abspülte, das sich bereits in der Spüle gestapelt hatte.

Dann saß ich wieder vor meinem Laptop und starrte auf den Bildschirm, bis dieser vor meinen Augen verschwamm. Noch immer war kein Mail von Marie dabei. „Schade", dachte ich traurig, „gerade jetzt würde ich meine beste Freundin so dringend brauchen!"

Enttäuscht klappte ich den Laptop zu und schob ihn zur Seite. Dann stützte ich meinen Kopf auf beide Hände und dachte noch einmal über alles nach, was ich in den letzten vierundzwanzig Stunden gehört hatte. Was konnte ich schon verlieren? Keinen Freund, keine Familie, ja nicht einmal ein Zuhause konnte ich vorweisen. Vielleicht würde ich hier wirklich meine Wurzeln finden, wenn ich mich auf diese Menschen und ihre Geschichte einließ?!

Mit diesem Gedanken stand ich auf und ging auf die Veranda hinaus. Ich setzte mich auf den bereits vertrauten Schaukelstuhl und schloss die Augen. Kaum hatte ich mich entspannt, wäre ich beinahe eingeschlafen. In diesem Dämmerzustand zogen Bilder durch meinen Kopf, unzusammenhängend und chaotisch stürzten sie auf mich ein. Eine junge Frau mit langen, braunen Haaren, die wild im Wind flatterten. Sie stand auf einem Berg und hatte ihre Arme weit ausgestreckt. Ihre Augen hatte sie geschlossen. Neben ihr stand ein Mann. Er hatte hellbraunes Haar, das ihm bis zur Schulter reichte. Seine blauen Augen spiegelten den Himmel wider und leuchteten beinahe, so hell erstrahlten sie in seinem Gesicht. Dann machte die Frau die Augen auf und sah mich an. Ihr Gesicht war nur wenige Zentimeter von meinem entfernt. Ihre dunkelbraunen Augen waren mit kleinen goldenen Sprenkeln übersät. Dann verzog sich ihr Mund zu einem Lächeln, als sie zu mir sagte:" Endlich bist du heimgekommen, Wenona, Tochter der Luna. Wir haben auf dich gewartet! Es ist an der Zeit, dass du dein Erbe antrittst und deinen rechtmäßigen Platz auf dem Thron einnimmst." Es war nur ein Flüstern, trotzdem verstand ich jedes Wort ganz genau. Nicht nur die Worte an sich, sondern auch der Inhalt ihrer Bedeutung wurde mir offenbart. Ich verstand plötzlich, wo mein Platz auf dieser Welt war und welche Aufgabe ich zu erfüllen hatte. Mit nur einem einzigen Wimpernschlag traf mich die Erkenntnis wie ein Blitz. Vollkommen logisch erkannte ich, was meine Träume mir zu zeigen versuchten. Welche Bedrohungen auf mich warteten. Die Bedeutung des Steinkreises samt Höhle und sogar die Wölfe erschienen mir nun ebenso selbstverständlich, wie die Erkenntnis, dass Wolfsmenschen und Vampire wirklich existierten. Nichts konnte mich mehr erschüttern. Es fühlte sich vollkommen normal an, darüber Bescheid zu wissen. Wie weggeblasen waren meine Skepsis und meine bisherige Weltanschauung. Mir erschloss sich eine vollkommen neue Welt, die genauso real war, wie meine bisherige, nur war sie eben reicher an Möglichkeiten. Es gab nicht nur schwarz und weiß, sondern ganz viele Töne dazwischen.

Dann stand ich plötzlich mitten auf der Lichtung im Wald. Ich streckte mit geschlossenen Lidern meine Arme zum Himmel empor und flüsterte:" Erde, Wasser, Luft und Feuer, ich bin bereit. Zeig mir meinen Weg, Luna, Hohepriesterin der Wölfe." Kaum hatte ich diese Worte ausgesprochen, als Lichtblitze aus meinen Fingerspitzen schossen und den Himmel erleuchteten. Dann kam Wind auf, der an meinen Kleidern zerrte. Dicke, schwere Wolken zogen am Horizont auf und ballten sich unheildrohend zusammen, um sich schließlich in einem Unwetter, wie ich es noch nie zuvor erlebt hatte, zu entladen. Regen prasselte auf mein Gesicht herab, welches ich noch immer dem Himmel entgegenreckte.

Dann folgte der erste Donner, der das drohende Unwetter untermalte. Immer wieder durchbrachen die ohrenbetäubenden Donnerschläge und die grell leuchtenden Blitze die herrschende Ruhe. Noch nie in meinem ganzen bisherigen Leben hatte ich Regen als so angenehm empfunden, wie in diesem Augenblick. Als würde das Wasser all meine negativen Erinnerungen wegspülen und ich eine neue Chance auf ein neues, aufregenderes Leben bekommen. Meine Finger glühten noch von den Flammen, die daraus erwachsen waren und die Erde unter meinen Füßen verschaffte mir trotz des kühlen Regens einen wohligen Teppich, der mich warmhielt und mir das Gefühl gab, tief mit der Erde verwurzelt zu sein. Hier war mein Zuhause und nichts und niemand wird es mir je wieder wegnehmen. Endlich wusste ich mit Gewissheit, wo ich hingehörte. Das Gefühl, endlich angekommen zu sein durchflutete mich in einer nicht enden wollenden heißen Welle der vollkommenen Zufriedenheit. Es war überwältigend. Eine schier nie enden wollende Kraft durchströmte mich mit solcher Wucht, dass ich glaubte, keine Luft mehr zu bekommen.

Keuchend und noch ganz außer Atem sank ich auf die Knie. Das Wissen um meine Macht, die ich mit jeder Faser meines Körpers spüren konnte, war unbeschreiblich. All die Herausforderungen, die auf mich warteten und die Hoffnungen, die viele Menschen in mich setzten, wollte ich unbedingt erfüllen. Es war meine Aufgabe, meine Bestimmung, dessen wurde ich mir in diesem Moment bewusst. Da saß ich nun auf dem Boden, die Augen geschlossen und unablässig prasselte der Regen auf mich herab. Blitze zuckten am Himmel und ich sah klarer als je zuvor, wie wunderschön es war, Teil dieser Natur zu sein. Die Faszination, die ich schon Zeit meines Lebens für die gewaltige Kraft eines Gewitters empfand, verstärkte sich noch. Noch immer in der gleichen Position ausharrend, genoss ich jeden Tropfen auf meiner Haut. Jeder Blitz, der durch die Nacht zuckte ließ mich meine eigene Macht noch deutlicher spüren und die Frage nach meiner Herkunft versank in Unwichtigkeit. All meine Fragen lösten sich in Luft auf und ich wusste plötzlich ganz instinktiv, wo mein Platz im Leben war.

Erst als ich meine Augen wieder öffnete, realisierte ich, dass ich nicht mehr alleine auf der Lichtung war. Um die kalte Feuerstelle saßen Wölfe, die mich beobachteten. Jedem Einzelnen schaute ich der Reihe nach in die Augen. Und sobald ich die Runde vollendet hatte, begann der schwarze Wolf mit den dunklen Augen zu jaulen. Innerhalb kürzester Zeit fielen die restlichen Wölfe ebenfalls in das Wolfsgeheul mit ein und übertönten sogar den Lärm des Gewitters. Die Macht des Rudels war beinahe greifbar und das Jaulen schwoll immer noch weiter an. Der Lärm war ohrenbetäubend laut und doch empfand ich es wie das schönste Liebeslied der Welt. Das war mein Rudel, meine Familie. Und diese würde ich schützen, koste es, was es wolle. Sogar mein eigenes Leben würde ich dafür opfern!

Kapitel 16

Dann verstummten die Wölfe und richteten ihre Aufmerksamkeit erneut auf mich. Die Zeremonie konnte beginnen. Allein die Kraft meiner Gedanken reichte aus, um ein Feuer zu entzünden, das die Größe eines Menschen übertraf. Dann tapste der schwarze Wolf auf mich zu und blieb vor mir stehen. Er neigte seinen Kopf und ich wurde Zeuge seiner Verwandlung. Erst saß er noch, dann begannen seine Hinterbeine, sich zu verformen. Fließend setzte sich die Veränderung seines Körpers über seine Vorderbeine und seinen Rumpf weiter fort, um schlussendlich bei der Verwandlung seines Kopfes zu enden. Vor mir stand der aufregend gut riechende junge Mann mit dem lockigen schwarzen Haar, den ich beinahe überrannt hätte. Vollkommen nackt stand er vor mir. Wäre es kein Traum gewesen, wäre ich wahrscheinlich vor Scham im Erdboden versunken. In meinem träumenden Zustand aber erschien es mir ganz natürlich, dass er so nackt vor mir stand und ich jedes Detail seines wohlgeformten Körpers deutlich erkennen konnte. Seine nur leicht behaarte Brust, die muskulösen Beine, auf denen sich die Muskeln gut abzeichneten. Sogar das Grübchen in seinem Kinn war klar zu sehen.

„Leskaro, Anführer meines Rudels, es ist mir eine Ehre, dich kennenzulernen!" Ganz und gar nicht peinlich berührt begrüßte ich den Leitwolf.

Er legte seine Faust mit ausgestrecktem kleinen Finger und Zeigefinger an die Stirn und dann auf sein Herz. „Priesterin, ich schwöre euch meine Treue und werde euch bis in den Tod folgen!"

Mein Kopfnicken entließ ihn aus seiner untergebenen Haltung und er nahm rechts von mir Platz.

Nach ihm trat jene Wölfin vor, die ich bereits als Shimigami kennengelernt hatte und verwandelte sich ebenfalls vor meinen Augen in einen Menschen. Sie war eine richtige Schönheit. Kein Makel, der ihre blasse Haut verunstaltete. Ihr langes blondes Haar bedeckte ihre Brüste, während sie ihre hellgrauen Augen auf mich richtete und ihre zarten Finger zur Faust schloss, um mich zu begrüßen: „Wenona, Priesterin unseres Rudels, ich schwöre euch ewige Treue und werde stets an eurer Seite sein."

Auch ihr nickte ich wohlwollend zu und sie nahm das Kleid von Shenandoah entgegen, in das sie schnell schlüpfte, um an meiner linken Seite Platz zu nehmen.

Onatha, die sich als silbergraue Wölfin mit grauen Augen, vor mir in die ältere Dame aus der Bücherei verwandelte, verbeugte sich und brachte mir ihre Untergebenheit zum Ausdruck. Ihre Haut schimmerte wie Pergament, als sie so nackt vor mir stand. Das halblange graue Haar reichte bis auf ihre Schultern und die Haut an ihren Armen hing deutlich herab, als sie ihren Arm zum Gruß hob. Sie war ganz eindeutig älter, als ich vermutet hatte. Die Zeit hatte eindeutige Spuren auf dem gebeugten, alten Körper hinterlassen. Ihre Brust hing tief herab und alte Risse zogen sich durch ihre Haut. Auch an beiden Seiten ihres kleinen Bäuchleins konnte ich noch immer die hellen, verräterischen Schwangerschaftsstreifen erkennen.

„Wenona, unsere Priesterin, ich will euch auf ewig meine Treue schwören. Unsere Mutter Erde möge euch mit Kraft segnen, damit ihr euren Aufgaben stets gewachsen seid", dann küsste sie mich auf die Stirn, zog sich ebenfalls das ihr gereichte Kleid über und nahm ihren Platz neben Shimigami ein.

Danach folgten noch etliche Wölfe, die das gleiche Ritual durchführten, und mir die Treue schworen. Namida, Mingan, Toopi, Chesmu, Moira, Anubis, Freki…, jeder auf seine Art einzigartig und mir so innig verbunden, als hätten sie mich schon mein ganzes Leben lang begleitet.

Schließlich blieb nur noch ein grauer Wolf übrig, der mich mit seinen gelben Augen fixierte. Akando. Er schlich um das Feuer herum und war unschlüssig, was er machen sollte. Sein Schwanz zuckte nervös hin und her während er neben dem Feuer herumtänzelte. Er hatte seine Ohren zur Seite gedreht und beobachtete jede meiner Bewegungen. Meine Augen hielten seinen Blick gefangen, bis er sich überwand und vor mir stehen blieb. Seine Verwandlung ging erstaunlich schnell vonstatten und als er vor mir stand, konnte ich das Knistern zwischen uns ganz deutlich spüren. Er machte keinen Hehl aus seiner Nacktheit. Ganz im Gegenteil. Er präsentierte mir seinen Penis geradezu auf dem Silbertablett. Stolz wie ein Gockel drehte er sich leicht zur Seite, um mir sein Ding in aller Herrlichkeit zu zeigen. Auch er hatte große, starke Hände, wobei er seine rechte Hand lässig auf seine Hüfte legte und die andere an seinem Oberschenkel baumeln ließ. Wie gebannt starrte ich auf sein erigiertes Glied, das beinahe waagrecht von seiner dunklen Scham abstand. Mein Blick folgte der dunklen Lockenpracht seiner Schamhaare, bis zu seiner Brust, die ebenfalls stark behaart war. Nach diesem kurzen Schockmoment konnte ich meine Augen wieder auf sein Gesicht lenken. Herausfordernd sah er mich an und wartete mit einem schiefen Grinsen auf eine Reaktion von mir. Wie gut, dass er nur ein sehr intensiver Traum war. Spätestens zu diesem Zeitpunkt wäre ich vor Verlegenheit ganz sicher gestorben. Ein Mann, der mir in aller Öffentlichkeit sein Geschlechtsteil derart entgegenstreckte, hätte mich unter anderen Umständen tot umfallen lassen. Als ich keine Anstalten machte, irgendetwas zu sagen, hob er schließlich seinen Arm und legte sich die Hand zum Gruß wie die anderen an Stirn und Herz. „Priesterin, ich grüße euch", war alles, was er sagte. Keine Verbeugung noch sonst irgendeine Ehrenbekundung. Noch immer waren meine Augen auf ihn gerichtet, als er sich ohne weiteres Wort umdrehte und Shenandoah ignorierte, die ihm eine Hose hinhielt. Stattdessen ging er ganz gelassen wieder an seinen Platz und zog sich seine Klamotten an.

Ein ungutes Gefühl beschlich mich und ließ sämtliche Alarmglocken in mir schrillen. Vorsicht war geboten bei diesem Wolf, das stand fest. Ich würde mich vorsehen müssen und durfte ihm nicht den Rücken zukehren. Diesem Wolf war alles zuzutrauen.

Der starke Regen hatte sich in einen leichten Nieselregen verwandelt und die Wolken verzogen sich. Der Blick war wieder frei auf den Mond, der hell erleuchtet über uns schien. Unzählige Sterne funkelten am tiefschwarzen Himmel und ich dankte meiner Hohepriesterin, die mir mein wahres Ich endlich offenbart hatte. In wenigen Tagen würde nicht nur der Vollmond, sondern auch mein ganzes Rudel auf dem Höhepunkt seiner Kraft angelangt sein. Dann würde ich erfahren, welche Richtung mein Schicksal einschlagen würde.

Das Ritual war beendet und die Leute zerstreuten sich, um in ihre Häuser zurückzukehren.

Zitternd vor Kälte schlug ich die Augen auf. Orientierungslos blickte ich mich um. Warum saß ich in meinem Schaukelstuhl? Wo waren all die Menschen? Endlich dämmerte mir, dass ich alles nur geträumt hatte. Tiefrot lief mein Gesicht an, als ich an Akando und die Show dachte, die er mir mit seinem besten Stück geboten hatte. Mein Herz raste und mein Atem ging schneller. Siedend heiß fiel mir ein, dass ich mir schnellstens eine Strategie überlegen musste, wie ich so eine Situation verhindern konnte. Ich war einfach nicht cool genug, so locker mit der Nacktheit umzugehen, wie andere Menschen. Beschämt dachte ich an das erste Mal, als mich Mike nackt sah. Es war mir so unangenehm, meinen Körper so schutzlos seinen begehrlichen Blicken ausgeliefert zu wissen! Lange Zeit wurde ich rot, wenn Mike nackt vor mir stand. Beschämt blickte ich dann immer zur Seite, um nicht noch mehr zu erröten. Mike fand das süß und zog mich manchmal damit auf. Es machte ihn richtig an, wenn er nackt vor mir stand und ich ihm auswich. Dann kam er ganz nah an mich heran und nahm meine Hand. Dann führte er mich zu seinem steifen Glied und hielt meine Hand weiter umklammert, während sich meine Finger um seinen Penis legten. Stöhnend beobachtete er jede Regung in meinem Gesicht. Er lachte, wenn ich ganz große Augen machte, weil sein Ding sich so stark und mächtig in meiner Hand anfühlte. Es erregte ihn auf ganz eigene Weise. Einmal gestand er mir, dass er jedes Mal das Gefühl hätte, er vögle eine Jungfrau, weil ich immer noch Scham hatte, mich oder ihn bei Tageslicht nackt zu sehen. Das turnte ihn noch mehr an. „Schluss jetzt!", mahnte ich mich lautlos. „Mike hat nichts mehr verloren in deiner Welt."

Entschlossen verscheuchte ich jeden weiteren Gedanken an Mike und konzentrierte mich wieder auf die Gegenwart. Das war eine lange, aufregende Nacht und ich konnte spüren, dass ich in naher Zukunft all meine Kraft brauchen würde, um das drohende Unheil abzuwenden. Onatha hatte mich bereits gewarnt, jetzt aber verstand ich ihre Worte erst so richtig. Leider konnte ich nicht sagen, was auf uns zukam, ich spürte nur, dass es gewaltig sein würde. Interessanterweise verspürte ich keine Angst in mir, eher fühlte ich mich wie neugeboren. Aber ich war auch wahnsinnig erschöpft. So Vieles war in dieser Nacht passiert, so viel Neues und Unglaubliches, dass mein Verstand noch nicht einmal die Möglichkeit gehabt hatte, all das Erlebte zu verarbeiten. Mir kam es vor, als hätte ich das eben Geträumte wirklich erlebt, so hautnah hatte es sich angefühlt. Vielleicht war es nicht notwendig, für Alles eine Erklärung zu haben, aber die Macht der Gewohnheit ließ mir keine Ruhe, als ich noch einige Minuten schweigend sitzen blieb und meine Gedanken wieder auf das Hier und Jetzt lenkte. Manche Dinge ließen sich nicht erklären. Zumindest nicht mit wissenschaftlichen Methoden. Keine Ahnung, woher ich wusste, wie ich meine Kraft einsetzen konnte, wie ich mit den Elementen kommunizierte oder die Wölfe beim Namen kannte. Für all das und noch vieles mehr gab es keine logische Erklärung. Und doch war es real.

Darüber musste ich erst einmal schlafen! Mein ganzes Leben hatte sich gerade um 180 Grad gedreht, das verlangte auch von mir etwas Zeit, um mit der neuen Situation klar zu kommen.

Ich ging ins Bad und schlüpfte total erledigt aus meinen Klamotten. Dann ging ich noch schnell unter die Dusche. Mein Traum hatte mir sehr reale Schweißausbrüche beschert, die ich schnellstens vergessen wollte. Endlich verkroch ich mich unter meiner Bettdecke und war auch sofort eingeschlafen.

Am nächsten Morgen erwachte ich schon vor dem Morgengrauen und war mir nicht sicher, ob die Ereignisse des Vortages einem Traum zuzuschreiben waren oder ich es wahrhaftig durchlebt hatte. Als mein Kopf wieder klarer wurde, entschied ich, gleich nach dem Frühstück eine Runde im Wald zu laufen, um mir die Lichtung bei Tageslicht anzusehen. Meine Laufsachen hingen noch immer auf dem Kleiderbügel, auf den ich sie zum Trocknen aufgehängt hatte. Schnell schlüpfte ich hinein und zog mir anschließend noch meine Turnschuhe an. Dann setzte ich mir meine Sonnenbrille auf, um gegen das grelle Sonnenlicht geschützt zu sein und verließ meine Hütte. Im Wald würde ich sie nicht mehr brauchen, aber bis dahin wollte ich meine Augen schonen.

Gemütlich lief ich den schmalen Weg in Richtung Lichtung und ging im Kopf noch einmal die Erlebnisse der letzten Nacht durch. Tief sog ich die noch taufrische Luft in meine Lungen, um einen klaren Kopf zu bekommen. Noch immer fiel es mir schwer, mich an den Gedanken zu gewöhnen, dass es außer der mir bekannten Welt noch eine andere geben sollte. Sie existierte im Verborgenen, im Schatten meiner mir bisher vertrauten Welt und war ein gut gehütetes Geheimnis, das nur Wenige kannten und zu der jetzt auch ich Zutritt hatte.

Im Handumdrehen war ich bei der Lichtung angekommen und ging langsam um den Steinkreis herum. Dabei glitten meine Augen über die bereits vertrauten Steine, die den Kreis bildeten und weiter über die Holzreste, die noch immer leicht glühten, um anschließend in Asche zu zerfallen. Die Gewissheit, dass es ein Traum war, ließ meinen Puls trotzdem leicht ansteigen. Traum oder nicht, ich war mir sicher, dass alles wahr war. Mein neues Leben konnte beginnen, ich war bereit. Mit diesem Gedanken drehte ich mich um und rannte den Weg wieder zurück. Schneller diesmal, ich wollte meine Kondition verbessern. Immer wieder nahm ich absichtlich Hürden in Kauf, um meine Reaktion und meine Beweglichkeit zu testen. So sprang ich über umgefallene

Bäume und balancierte auf schmalen Baumstämmen, als ich den Pfad bewusst verließ, um quer durch den Wald zu laufen. Meine anfängliche Unsicherheit, ob ich wohl wieder meine Hütte finden würde, wenn ich den gewohnten Pfad verließ, war unbegründet. Meine Beine wussten instinktiv, wo sie hinlaufen mussten, ohne dass mein Gehirn extra dafür einen Befehl erteilt hatte. Ich wusste ganz einfach, was ich zu tun hatte. Selbst in meinen Ohren klang das merkwürdig, aber ich konnte es nicht anders erklären.

Kapitel 17

Nachdem ich meine Hütte schon aus einiger Entfernung erkennen konnte, nahm ich beim Näherkommen eine Gestalt wahr, die es sich in meinem Schaukelstuhl gemütlich gemacht hatte. Auf alles war ich gefasst, nur nicht auf den Menschen, den ich sosehr vermisst hatte. Marie sah mir grinsend entgegen und sprang mir in die Arme, noch ehe ich mit beiden Beinen fest auf der Veranda stand. Wir lachten und weinten gleichzeitig, als wir uns in den Armen lagen und nicht mehr loslassen wollten. Keiner sprach ein Wort, wir sahen uns nur an und ließen unseren Freudentränen freien Lauf. Nach einer halben Ewigkeit fand ich schließlich meine Sprache wieder und überschüttete Marie mit Fragen. „Was machst du hier? Wie hast du mich gefunden? Geht es dir gut? Ich freue mich so, dass du hier bist, ich habe dich so vermisst!" Marie lachte nur und sah mich von oben bis unten an.

„Du schaust gut aus! Erzähl mal, ich will alles wissen!"

„Was willst du denn wissen? Es gibt so viel Neues, dass ich gar nicht weiß, wo ich anfangen soll."

„Na von Anfang an! Warum hast du dich von Mike getrennt? Und was machst du überhaupt hier in der Einöde?"

„Das ist eine lange Geschichte. Du bleibst doch hier, oder?" Meine Stimme zitterte ganz leicht, als mir der schmerzhafte Gedanke kam, Marie könnte mich bald schon wieder verlassen.

„Ja, wenn du möchtest, bleibe ich. Ich freue mich so sehr, dich endlich wieder zu sehen! Auch bei mir gibt es viele Neuigkeiten."

„Mach es dir gemütlich, ich geh nur schnell unter die Dusche, dann quatschen wir, OK? Du kannst uns schon mal etwas Kaltes aus dem Kühlschrank holen! Wenn du Hunger hast, dann nimm dir, was du willst. Bin gleich wieder da!"

„Nur kein Stress, ich schaue mich in der Zwischenzeit ein bisschen um", entgegnete Marie gelassen, während sie ihren Rundgang startete. „Nett hast du es hier", rief sie mir durch die geschlossene Badezimmertür zu. Dann hörte ich nichts mehr, weil ich gerade dabei war, das Shampoo aus meinen Haaren zu waschen. Schnell schlüpfte ich in meinen Bademantel und kämmte mein Haar. Dann ging ich wieder in die Stube, um Marie von meinen Abenteuern zu erzählen. Sie hörte mir aufmerksam zu und gab nur hin und wieder einen

Kommentar ab. Ungläubig zog sie ihre Augenbrauen hoch, als ich ihr von Mike und seinen Gewaltausbrüchen erzählte.

„Ich dachte mir schon, dass Mike dahinterstecken würde, als du dich immer seltener gemeldet hast. Aber dass es so schlimm war, hätte ich nicht gedacht. Ich war der Meinung, ihr seid so verliebt dass ihr einfach nicht die Hände voneinander lassen könnt. Warum hast du mir nichts davon erzählt?"

Das war eine gute Frage. Darüber musste ich erst einmal nachdenken, ehe ich ihr auf diese Frage eine Antwort geben konnte. „Das kann ich dir gar nicht richtig beantworten, seine Veränderung ging so schleichend voran. Und als ich dann endlich merkte, in was für einer Art Beziehung ich gefangen war, war es bereits zu spät. Es war mir peinlich, dich anzurufen, nachdem ich mich so lange nicht gemeldet hatte. Was hätte ich denn sagen sollen? Dass Mike mich schlägt? Das ließ mein Stolz nicht zu. Ich wollte es alleine schaffen. Außerdem hatte ich ein schlechtes Gewissen, weil ich mich nicht mehr bei dir gemeldet habe. Kannst du mir verzeihen?"

„Da gibt es nichts zu verzeihen, du bist meine beste Freundin und wirst es immer bleiben."

Tränen rannen mir schon wieder über das Gesicht und ich nahm Marie ganz fest in die Arme und drückte ihr einen Kuss auf die Wange. „Danke, ich hab dich lieb!

„Ich hab dich auch fest lieb. Aber jetzt lass uns von was Anderem reden, sonst werde ich noch ganz melancholisch!"

Widerwillig ließ ich Marie los und setzte mich wieder auf meinen Platz. Dann putzte ich mir die Nase und erzählte Marie von meinen Träumen. Vorsichtig tastete ich mich an das Thema Wölfe heran, um Maries Reaktion darauf zu testen. Sie blieb ganz locker und hörte sich in Ruhe an, was ich ihr zu sagen hatte.

Nachdem sie mich weder ausgelacht noch für verrückt erklärte, wagte ich den nächsten Schritt und berichtete ihr von meiner Begegnung mit dem Wolf im Wald, sowie vom Kampf der beiden Wölfe in meinem Vorgarten.

Noch immer hörte sie mir aufmerksam zu und wenn ich eine kleine Pause einlegte, um ihre Reaktion abzuwarten, nickte sie mir aufmunternd zu, damit ich fortfuhr. Unsicher, ob ich ihr alles erzählen sollte, hielt ich kurz inne, um zu überlegen, wie ich weitermachen sollte. Wir hatten uns so lange nicht mehr gesehen, dass ich mir nicht sicher war, ob Marie mich auslachen oder in eine Anstalt einweisen lassen würde, wenn ich ihr auch noch die Sache mit den Werwölfen und meiner Magie erzählte. Unschlüssig, was ich machen sollte, fing ich an, auf meiner Unterlippe herum zu kauen und starrte aus dem Fenster. Ganz in Gedanken versunken, merkte ich gar nicht, dass sich Marie neben mich setzte. Erst als sie mir die Hand auf den Arm legte, und aufmunternd drückte, schaute ich ihr in die Augen und fasste den Mut, ihr auch den Rest zu erzählen. Aber zuerst wollte ich noch ein Glas Wein, um mir etwas Mut anzutrinken.

„Komm mit, setzen wir uns auf die Veranda. Dann reden wir weiter." Im Kopf überlegte ich schon fieberhaft, wie ich Marie begreiflich machen konnte, dass ich ihr hier keinen Bären aufbinden wollte, sondern alles wirklich erlebt hatte.

„Ich weiß, dass du etwas Besonderes bist. Das habe ich schon immer gespürt. Jetzt rück schon raus mit der Sprache, ich werde schon nicht umkippen!"

Mit dieser Aussage machte mich Marie wirklich sprachlos. Was meinte sie damit? Das wollte ich genauer wissen. „Was meinst du damit?"

„Du hattest schon immer eine ganz besondere Ausstrahlung. Beinahe, als könnte man sie angreifen und festhalten. Und manchmal wenn wir nachts nicht schlafen konnten und bis in die Nacht geredet haben, dann leuchteten deine Augen wie Sterne am Himmel. So etwas habe ich noch nie bei einem anderen Menschen gesehen. Es war faszinierend, nur wusste ich damals nicht, was ich davon halten sollte. Jetzt sind wir beide erwachsen und wissen, dass es viel mehr auf dieser Welt gibt, als wir uns je träumen ließen. In letzter Zeit hatte ich immer öfter das Gefühl, ich müsste bei dir sein, dir helfen, bei was auch immer. Ich weiß auch nicht, wie ich das erklären soll. Ich wusste nur, dass ich dich finden muss und zwar dringend. Auch ich habe dich in meinen Träumen gesehen. Du warst allein und hattest schreckliche Angst. Das wiederum hat mir echt Angst eingejagt. Darum habe ich dir auch geschrieben. Ich wollte wissen, ob es dir gut geht und wo du bist. Ich weiß, du brauchst mich. Deshalb bin ich gekommen."

„Hast du wirklich von mir geträumt? Ich bin froh, dass du mich nicht für verrückt hältst. Aber ich schwöre dir, alles, was ich dir erzählt habe, ist die Wahrheit. Das sind keine Hirngespinste!"

„Natürlich glaube ich dir, du würdest mich niemals anlügen. Du bist wie eine Schwester für mich!"

Dieser letzte Satz von Marie bedeutete mir sehr viel und ließ mich auch meine letzten Zweifel über Bord werfen. Von Anfang an erzählte ich ihr, was ich bisher erlebt hatte. Das merkwürdige Verhalten der Leute, die eigenartige Geste, mit der mir die Menschen hier ihre Treue gelobten, auch mein plötzliches Wissen um meine Macht und wie sie sich immer wieder in erstaunlicher Weise zeigte. Marie hörte mir aufmerksam zu und glaubte mir jedes Wort. Das war das Wichtigste. In all seinen Details erzählte ich ihr von der Lichtung, der gewaltige Höhle mit den Wandmalereien und dem wunderschönen See. Erst zum Schluss berichtete ich ihr von der Verwandlung der Wölfe in Menschen und ihre Untergebenheit mir gegenüber. Unsicher blickte ich ihr abschließend in die Augen, um zu sehen, was sie davon hielt.

Sie staunte nicht schlecht und war ganz aufgeregt. Immer wieder stellte sie mir Fragen, die ich dann haarklein beantworten musste. Irgendwie überraschte es mich, dass sie mir so bedingungsloses Vertrauen entgegenbrachte. Hätte mir jemand so eine Geschichte erzählt, hätte ich ihm wahrscheinlich empfohlen, sich ärztlich behandeln zu lassen.

„Warum fragst du mich nach so vielen Einzelheiten", sprudelte es aus mir heraus.

„Das ist eine lange Geschichte. Aber ich werde versuchen, sie so kurz wie möglich zu halten."

„Jetzt hast du mich echt neugierig gemacht! Raus mit der Sprache. Schlimmer als das, was ich dir gerade erzählt habe, kann es auch nicht sein, oder?"

„Da bin ich mir nicht so sicher. Aber da du ja bereits selber Erfahrung mit diesen Dingen gemacht hast, wirst du es vielleicht verstehen. Hoffe ich jedenfalls!"

Jetzt war es Marie, die gedankenverloren vor sich hinstarrte und überlegte, wie sie beginnen sollte, mir ihre Geschichte zu erzählen.

„Alles begann damals, als du immer weniger Zeit für mich hattest. Du warst so verliebt und sprachst nur noch über Mike. Mike hier, Mike da. Naja, du sahst alles durch die rosarote Brille. Wie konnte ich dir da sagen, dass merkwürdige Dinge vor sich gingen. Ich hatte ein paar scheinbar nette Leute kennengelernt, mit denen ich manchmal abhing. Zuerst war alles noch ganz harmlos. Wir gingen in Clubs und tanzten, hatten Spaß und tranken viel".

Marie stockte in ihrer Erzählung und sah mich an. In ihren Augen lag so viel Traurigkeit, dass ich sie am liebsten in den Arm genommen hätte. Doch sie räusperte sich kurz und erlangte ihre Fassung wieder zurück, um in ihren Ausführungen fortzufahren.

„Du weißt ja, dass ich totalen Stress mit meinen Eltern hatte, bevor sie mich in das Heim steckten. Nun, jedenfalls versuchte mein Vater immer wieder, sich mit mir zu versöhnen. Er schickte Briefe und Geld. Aber ich habe jeden seiner Versuche, sich mit mir zu treffen, abgelehnt. Ich hasste ihn sosehr für das, was er und meine Mutter mir angetan hatten, dass ich ihn nicht sehen wollte. Für mich waren sie tot. Die Clique mit der ich unterwegs war, hat das irgendwann mitbekommen und nach einiger Zeit meinten sie, es wäre nun soweit, dass ich in ihren Kreis aufgenommen werden sollte. Ich wusste nicht, was sie damit meinten, aber all meine Fragen haben sie ignoriert. Sie sagten dann nur, ich würde schon noch verstehen, wenn es soweit wäre. Natürlich konnte ich es kaum abwarten, zu erfahren, was die ganze Geheimniskrämerei sollte."

Wieder machte Marie eine Pause und trank einen Schluck Wein, ehe sie weitersprach.

„Jedenfalls fragten sie mich immer detaillierter über meine Familie aus. Sie wollten alles ganz genau wissen. Wo mein

Vater lebte, was er beruflich machen würde und so weiter. An meiner Mutter zeigten sie keinerlei Interesse, als ich ihnen erzählte, dass sie bereits vor Jahren mit einem anderen Mann nach Frankreich gegangen war. Sie merkten natürlich sofort, dass ich ein sehr angespanntes Verhältnis zu meinem Vater hatte und ihn hasste. Das war auch das Wichtigste für sie. Fast wäre es zu spät gewesen, aus dieser Gruppe wieder rauszukommen, das sag ich dir! Nun, jedenfalls fanden unsere Treffen immer öfter in abbruchreifen Häusern oder auf Friedhöfen statt. Zuerst dachte ich mir nichts dabei, fand es abgefahren und genoss den Nervenkitzel. Dann, eines Tages hielten sie eine Art Zirkel ab, um mich offiziell in ihren Kreis aufzunehmen. Wir standen alle in dieser Bruchbude und hielten uns an den Händen. Rundherum standen brennende Kerzen auf dem Boden. Dann trat einer der Jungs vor und hielt ein Messer in der Hand. In der anderen hielt er einen Stoffbeutel, in dem sich etwas bewegte. In der Mitte des Raums standen eine Schale und daneben ein Ständer mit Räucherstäbchen. Die Luft war zum Schneiden dick, das Atmen fiel mir schwer. Dann erst fiel mir auf, dass sie ein Pentagramm auf den Boden gemalt hatten, an dessen Spitzen jeweils eine schwarze Kerze brannte. Es war echt gruselig! Wie gebannt glotzte ich auf den Boden und bekam gar nicht mit, wie sich Robert das Messer über seine Handfläche zog und sein Blut in die Schale tropfen ließ. Erst als er mich wiederholt mit meinem Namen ansprach wurde ich aus meinen Gedanken gerissen. Wie hypnotisiert ging ich auf ihn zu und er nahm meine Hand. Dann nahm er wieder das Messer und schnitt mir in die Hand. Mein Blut tropfte in die Schale und alle im Raum begannen zu singen. Mir war schon ganz schwindelig von dem Duft der Räucherstäbchen, dass ich meinte, jeden Moment umzukippen. Robert stand noch immer neben mir und fragte mich, ob ich bereit sei für den zweiten Schritt. Ich nickte nur, meine Angst schnürte mir die Kehle zu und ich bekam keinen Ton mehr raus. Noch immer tropfte unser Blut in die Schale und ich überlegte fieberhaft, was sie nun vorhatten. Verstehst du, was ich meine? Es war total abgefahren, ich fühlte mich endlich verstanden von Jemandem. Ich wollte Teil dieser Gruppe sein, die so cool war." Betrübt wischte sich Marie mit einem Taschentuch über ihre Augen, die verdächtig schimmerten.

„Das ist schon in Ordnung. Warum hast du mir nichts davon erzählt? Ich hätte dir vielleicht helfen können!" Ich hatte ein ganz schlechtes Gewissen, dass ich Marie während dieser Zeit nicht zur Seite gestanden war. Jetzt konnte ich nur noch zuhören und ihr Trost spenden. Und das tat ich auch.

„Ich wollte dich nicht in diesen ganzen Schlamassel mit reinziehen. Meine Angst, du würdest dich dann von mir abwenden, war zu groß." Wieder glitzerten Tränen in ihren Augen, als sie sprach.

Heftig schüttelte ich meinen Kopf. „Niemals, du bist meine beste Freundin! Meine einzige Freundin. Wir haben uns immer alles erzählt! Also, mach´ weiter!" Fest hielt ich Maries Hände umklammert und lächelte sie aufmunternd an.

„Oh Mann, Lisa, das fällt mir echt schwer. Am liebsten würde ich alles vergessen und nie wieder daran erinnert werden! Versprich mir, dass du mich nicht verachtest, wenn du den Rest der Geschichte hörst! Ich wundere mich, dass ich so blind sein konnte. Ich war so naiv!"

„Du kannst mir alles sagen. Ich bin deine Freundin, deine Schwester. Erinnerst du dich, als wir versuchten, Blutsbruderschaft zu feiern? Wir hätten uns beinahe in die Hosen gemacht, weil wir zu feige waren, uns ein bisschen in den Finger zu schneiden. Wir haben dann eine Nadel genommen und uns nach langem Gejammer gerade so tief in den Finger gestochen, dass ein winziger Tropfen Blut zu sehen war!?"

„Ich erinnere mich. Oh Gott, haben wir uns angestellt, wegen so einem bisschen Blut!" Diese Erinnerung zauberte sogar Marie ein kleines Lächeln ins Gesicht.

„Möchtest du noch ein Glas Wein?"

„Ja gern, dann geht's vielleicht leichter!"

Marie schämte sich offensichtlich sehr für das, was sie getan hatte und druckste weiter rum.

„Bitte verachte mich nicht, wenn ich dir das jetzt erzähle."

Unsicher suchte sie meinen Blick, bevor sie weitersprach. Ernst nickte ich ihr zu, damit sie fortfuhr. „Robert nahm dann die Schale vom Boden und trank einen Schluck daraus. Dann hielt er sie mir hin und forderte mich auf, auch einen Schluck daraus zu nehmen. Er meinte, wir seien dann verbunden in alle Ewigkeit, und das sei es doch, was ich wollte. Also nahm ich einen kleinen Schluck. Mir wurde so schlecht, dass ich mich beinahe übergeben musste. Mühsam unterdrückte ich den aufsteigenden Reiz, mich zu übergeben und versuchte, tief durchzuatmen. Das war aber wegen des ganzen Rauchs, der in der Luft hing, nicht möglich. Der schwere Duft der Räucherstäbchen machte mich ganz benommen. Dann reichte er die Schüssel an die anderen weiter, die reihum jeweils einen Schluck tranken. Als alle davon getrunken hatten, nahm Robert die Schale und stellte sie auf den Boden. Mein Blick richtete sich auf den Stoffbeutel, den er noch immer in der Hand hielt. Ich wusste, dass etwas Grausames passieren würde und blieb trotzdem noch immer neben Robert stehen. Wie hypnotisiert blieb ich an meinem Platz. Ich versteh´ es bis heute nicht, warum ich nicht schon längst von dort abgehauen bin! Robert reichte mir das Messer und sagte mir, dass mir nun der letzte Schritt bevorstehen würde, ehe der Meister kommen würde, um mich zu einem vollwertigen Mitglied der Gruppe zu machen."

„Der Meister?" Irritiert unterbrach ich Marie.

„Ja, er nannte denjenigen den Meister. Keine Ahnung warum. Aber zuerst musste ich noch eine letzte Prüfung machen. Also, Robert griff in den Sack und holte eine kleine Katze raus. Er packte sie am Kopf und bei ihren Hinterbeinen und biss ihr in den Hals. Es war ekelhaft. Seine schmatzenden Geräusche, die kleine Katze! Als er sie wieder wegnahm, tropfte Blut von seinen Lippen und er überreichte mir die Katze. Er forderte mich auf, es ihm nachzumachen. Doch das konnte ich nicht. Wie hätte ich so einer süßen kleinen Katze wehtun können?!"

Mitfühlend streichelte ich ihr beruhigend über den Arm.

„Das hat mich irgendwie wachgerüttelt. Die machten einen auf Vampire! Frag mich nicht, ob es echte Vampire waren oder nur irgendwelche Spinner, ich kann es dir nicht sagen. Also weiter. Ich stürmte aus dem Haus, die Katze noch immer im Arm und lief so schnell ich konnte. Robert schrie mir nach, dass wir uns schon bald wiedersehen würden und dass es mir noch leidtun würde. Niemand würde ungestraft aus dem Zirkel austreten und der Meister würde mich finden und bestrafen. Ich lief und lief, als wäre der Teufel höchstpersönlich hinter mir her, bis ich irgendwann total erschöpft an einer Hauswand zusammenbrach. Ich weinte, wie seit langem nicht mehr. Ich weiß nicht mehr, wie ich nach Hause gekommen bin. Jedenfalls war die Katze weg und ich hab versucht, all das zu vergessen. Immer wieder bekam ich Anrufe von einem der Mitglieder der Gruppe. Zuerst habe ich noch versucht, mit ihnen zu reden. Ihnen verständlich zu machen, dass ich das nicht tun wollte. Das interessierte aber Niemanden. Deshalb habe ich mir schnellstens eine neue Handynummer besorgt. Ich habe mich versteckt, traute mich kaum noch aus der eigenen Wohnung, aus Angst, ich könnte einem von ihnen über den Weg laufen. Dann, etwa ein halbes Jahr später starb mein Vater auf mysteriöse Weise."

„Was meinst du mit mysteriös?"

„Naja, mein Vater war kerngesund, wie mir sein Hausarzt später berichtete. Es war ihm unerklärlich, dass mein Vater anscheinend an einem Herzinfarkt gestorben sein soll. Zumindest stand das in seinem Totenschein. Lisa, er war beinahe blutleer, als sie ihn fanden. Der Rechtsmediziner fand nur eine harmlos aussehende Wunde, die ein Biss sein könnte. Er hat dem aber keine Bedeutung geschenkt! Und diese Wunde befand sich auf dem Hals meines Vaters. Das kann kein Zufall sein. Ich habe dann selber ein Detektivbüro eröffnet und begann zu recherchieren. Im Laufe der nächsten Monate konnte ich noch mehrere solcher Todesfälle ausfindig machen. Und immer wurde eine natürliche Todesursache angegeben. Dass die Körper so gut wie blutleer waren, wurde geflissentlich übersehen! Sie haben alles vertuscht, verstehst du?! Und kein einziger dieser Toten wurde in irgendeiner Zeitung erwähnt. Nicht der kleinste Artikel über einen der Morde! Meine Versuche, die Polizei einzuschalten, waren vergeblich. Sie glaubten mir nicht. Alles wurde unter den Tisch gekehrt. Ich bin diesen Leuten heimlich gefolgt, habe sie beobachtet. Mit eigenen Augen habe ich gesehen, wie Menschen das Blut ausgesaugt wurde. Viele der Opfer tauchen nie wieder auf, gelten noch heute als vermisst. Dabei weiß ich, dass sie getötet und anschließend entsorgt wurden. Diese Leute sind erfinderisch, wenn es darum geht, Menschen für immer verschwinden zu lassen. Du kannst dir gar nicht vorstellen, wer da alles seine Finger im Spiel hat! Inzwischen bin ich ganz fest davon überzeugt, dass all diese Morde absichtlich vertuscht wurden. Die Machenschaften dieses Zirkels reichen bis in die höchsten Regierungskreise!"

Jetzt war es an mir, entsetzt zu schauen. Während der letzten Sätze lief es mir eiskalt über den Rücken, während ich mir bildhaft vorstellte, wie ein Mensch einem anderen Menschen so schreckliche Dinge antun konnte. Dann fiel mir wieder mein Traum ein, in dem diese komischen Gestalten anderen Menschen das Leben aussaugten. Als mir klar wurde, dass auch dieser Traum nicht meiner lebhaften Fantasie entsprungen war, wurde mir ganz schlecht. Was hatte ich mit diesen Wesen zu schaffen? Irgendwie gab es einen Zusammenhang zwischen meinen Träumen und Maries Erlebnissen mit dieser Clique. Ich musste nur herausfinden, was. Und zwar dringend! Ich hatte das ungute Gefühl, dass wir auf ein tiefes, schwarzes Loch zusteuerten!

Kapitel 18

Marie konnte mir meine Gedanken wohl vom Gesicht ablesen, denn als ich mein Glas zur Hand nahm, um einen Schluck zu trinken, hob sie ihr Glas ebenfalls hoch und prostete mir zu.

„Auf in den Kampf!" Marie versuchte optimistisch zu klingen, was ihr aber nicht wirklich gelang.

Nur ein müdes Lächeln konnte sie mir damit entlocken. Aber wenigstens war ich nicht mehr allein, sondern hatte meine beste Freundin an meiner Seite.

„Außer dir habe ich niemanden mehr, der mir wichtig ist. Also lass uns das gemeinsam machen."

Ich fiel meiner Freundin um den Hals und drückte sie ganz fest an mich. „Wenn du wüsstest, wie sehr ich dich vermisst habe!"

„Und ich dich erst!"

„Morgen am Abend werde ich dich dem Rudel vorstellen. Dann kannst du alle kennenlernen und wir können gemeinsam darüber entscheiden, wie es weitergehen soll. Einverstanden?"

„Einverstanden! Ist es OK, wenn ich jetzt schlafen gehe? Ich bin hundemüde von der langen Fahrt. Und außerdem muss ich das erst einmal verdauen, was ich heute alles gehört habe. Ich bin mir nicht sicher, was abgefahrener ist. Deine Sache oder mein Drama?"
„Es gibt noch ein kleines Zimmer, ich zeige es dir. Wir müssen nur noch das Bett herrichten. Ich habe nicht mit Besuch gerechnet!" Auch ich war müde und wollte noch einmal in aller Ruhe darüber nachdenken.

Nachdem wir Bettzeug aus dem Schrank genommen und das Bett frisch bezogen hatten, ging Marie als Erste ins Bad, um sich bettfertig zu machen. Ich saß währenddessen auf der Veranda und rauchte eine Zigarette. Als Marie mich entdeckte, lachte sie und meinte:" Ich dachte, du wolltest aufhören mit der Raucherei? Und ich zünde mir aus Rücksicht auf dich keine an!" Damit holte sie ein Päckchen Muratti aus ihrer Tasche und zündete sich eine Zigarette an. Schweigend saßen wir auf der Treppe, die von der Veranda zum Garten hinabführte und bliesen den Rauch in die Luft. Wir sprachen kein Wort miteinander. Jede hing ihren eigenen Gedanken nach. Schließlich erhob sich Marie und wünschte mir eine gute Nacht. Ich winkte ihr zu und stand dann ebenfalls auf, um ins Bett zu gehen.

Der nächste Morgen verlief anders, als erwartet. Marie war schon vor mir aufgestanden und hatte Frühstück gemacht. Mit großem Appetit verschlang ich die Spiegeleiger, die bereits auf dem Tisch standen. Auch Marie langte ordentlich zu. Marmeladenbrote, Kaffee und Spiegeleier. Was konnte es schon Besseres zum Frühstück geben?

„Gehst du nachher mit mir Laufen?" Sprach ich Marie mit vollem Mund an.

„Seit wann bist du denn sportlich?" Konterte sie.

„Erzähl ich dir ein anderes Mal. Ich laufe beinahe täglich ein paar Kilometer und seit etwa einem Jahr trainiere ich auch Kampfsport. Anfangs nur Karate, inzwischen trainiere ich aber allerlei bunt gemischt. Es macht mir Spaß und ich fühle mich gut dabei."

„Dann lass uns gemeinsam Laufen, mal schauen, ob du mit mir mithalten kannst!", damit verschwand Marie im Flur, wo noch immer ihr Rucksack stand und zog ihre Sportklamotten an. Gemeinsam liefen wir ein Stück durch den Wald. Ich genoss es, Marie neben oder hinter mir zu haben, je nachdem, wie breit der Weg war. Alleine zu laufen war angenehm, wenn ich über bestimmte Dinge nachdenken wollte, aber mit jemand anderem durch den Wald zu rennen, verschaffte mir noch mehr Ansporn, schneller und weiter zu laufen als üblicherweise. Marie hatte eine gute Kondition, sie hielt locker mit mir mit, warf mir aber immer wieder mal einen anerkennenden Seitenblick zu. Marie war schon immer sportlich. Schon als kleines Mädchen wurde sie zum Ballettunterricht gefahren, ihre Eltern waren der Ansicht, das wäre gut für ihre Haltung. Als Marie älter wurde, interessierte sie sich mehr für Leichtathletik. Darin war sie richtig gut und kam bei Wettkämpfen meistens unter die besten Drei. Als sie mitten in der Pubertät war, hatte sie keinen Bock mehr auf Meisterschaften und dergleichen. Sie rebellierte gegen ihre Eltern und deren mangelnde Aufmerksamkeit und landete schlussendlich bei mir im Heim. Für mich war Marie wie eine Schwester, die ich nie hatte.

„Was ist los? Du schaust so verträumt?", riss mich Marie plötzlich aus meinen Gedanken.

„Ach nichts, ich dachte nur gerade an die Vergangenheit, als wir uns kennenlernten."

„Erinnere mich nicht daran. Das war eine schreckliche Zeit für mich."

„Ja, du warst ganz schön temperamentvoll. Die Betreuer hatten ganz schön viel mit dir zu tun", sagte ich lächelnd und zwinkerte Marie zu.

„Ich wollte nicht dableiben. Es war schrecklich für mich, so eingesperrt und allein zu sein und hasste meine Eltern dafür, dass sie mir das angetan hatten."

„Ja, ich weiß, du hast mir leidgetan." Marie hatte mein ganzes Mitgefühl. Ich kannte nichts anderes. Es machte einen Riesenunterschied, sein ganzes Leben im Heim zu verbringen oder unfreiwillig mitten aus seiner gewohnten Umgebung gerissen und dorthin verfrachtet zu werden.

„Heute bin ich froh darüber, sonst hätte ich dich nie kennengelernt. Du bist der wichtigste Mensch in meinem Leben, Lisa." Ihre Stimme wurde ganz leise, als sie das sagte. Dann lachte sie laut auf und grinste. „Na los, ist das alles, was du drauf hast?", damit rannte sie an mir vorbei und ich musste mich anstrengen, mit ihr Schritt zu halten. Kurz darauf wurde Marie langsamer. Wir hatten den Wald hinter uns gelassen und standen auf der Lichtung.

„Wow, ist das schön hier!"

„Ja, genau das wollte ich dir eigentlich heute Abend zeigen. Aber wenn wir schon mal hier sind, zeige ich dir alles. Siehst du den Steinkreis, da in der Mitte, von dem ich dir bereits erzählt habe? Die Steine sind riesengroß, ich möchte nur wissen, wie sie die da raufgeschafft haben." Marie stellte sich die gleiche Frage beim Anblick der Steinblöcke.

Sie machte einige Schritte auf die Mitte des Platzes zu und drehte sich dann erstaunt zu mir um. „Wow, die sind echt groß und total schön!"

Auch ich war die paar Schritte auf die Mitte des Steinkreises zugegangen um gemeinsam mit Marie die Steine aus der Nähe zu betrachten. Marie war noch immer ganz fasziniert von der Schönheit der Steine, als sie sich niedersetzte um mit ihren Händen sanft darüber zu streichen. „Diese Steine haben etwas Magisches an sich, findest du nicht?"

„Als ich das letzte Mal hier war kribbelte mein ganzer Körper, als ich sie berührte", erwiderte ich. „Komm mit, ich will dir die Höhle zeigen!" Damit stand ich wieder auf und ging auf die zwischen ein paar Bäumen versteckte Felswand zu. Marie fiel es sichtlich schwer, sich vom Anblick des riesigen Steinkreises zu lösen, und ich hielt inne, um auf sie zu warten. Als ich mich wieder umdrehte, um weiter zu gehen, blieb ich so abrupt stehen, dass Marie in mich reinlief.

„Au, was ist los?"

Wortlos zeigte ich auf den Boden, ein Stück entfernt von mir. Ein junges Mädchen lag auf dem Gras. Ihre Arme und Beine weit von sich gestreckt, wurde sie x-förmig an Bäumen festgebunden. Ihre Brust war blutverschmiert. Verschiedene, mir völlig unbekannte Zeichen, waren in ihre Haut geritzt worden. Am merkwürdigsten allerdings empfand ich die Blässe, die den Körper der jungen Frau beinahe leuchten ließ. Die Lippen waren leicht bläulich verfärbt, wie ich beim

Nähertreten feststellen konnte und an ihrem Hals sah ich zwei Wunden, aus denen ebenfalls Blut ausgetreten sein musste. Es hatte sich bereits eine Kruste an den Wundrändern gebildet. Marie wurde kreideweiß, als sie die Wunde am Hals ebenfalls sah. Eigenartigerweise konnte ich auf dem Boden nur wenig Blut entdecken, zu wenig, als dass es die blasse Haut des Mädchens erklären würde. Mein Instinkt hatte mich bereits gewarnt, dass hier jede Hilfe zu spät kommen würde. Trotzdem musste ich mich vergewissern, ob das Mädchen wirklich tot war, oder ob sie noch eine Chance hatte. Ich legte Zeige- und Mittelfinger auf die unversehrte Seite ihres Halses, um einen eventuell noch vorhandenen Pulsschlag zu ertasten. Nichts. Das Mädchen war tot. Keiner konnte ihr mehr helfen. Völlig entgeistert sah ich Marie an. „Was hat das zu bedeuten?" Marie schüttelte nur den Kopf. „Keine Ahnung, aber die Wunde sieht gleich aus, wie bei den anderen toten Menschen, die ich gesehen habe. Wahrscheinlich ist sie noch nicht lange tot, sie ist noch nicht ganz kalt", erklärte sie, nachdem auch sie die Tote am Hals berührt hatte.

„Was machen wir denn nun?", fragte ich Marie. Noch nie in meinem Leben hatte ich mit einer Leiche zu tun. Marie, praktisch veranlagt, zückte ihr Handy und machte noch ein paar Fotos von den verschiedenen Wunden und den eigenartigen Zeichen, die in ihre Haut geritzt waren. Dieser Schweinerei wollten wir auf den Grund gehen. Auch wenn ich befürchtete, ebenso wenig Hilfe von der zuständigen Polizei zu bekommen, wie Marie. Normalerweise ließ ich mein Handy zu Hause liegen, wenn ich joggen ging. Da ich aber heute mit Marie unterwegs war, steckte ich mir das Handy in die Hosentasche. Man konnte ja nie wissen, ob man es brauchen würde oder nicht. Nachdem auch ich ein paar Fotos gemacht hatte, wählte ich den Notruf und verständigte die Polizei über die Leiche der jungen Frau. Mein Gesprächspartner stellte mir allerlei Fragen, die ich so gut es ging, beantwortete. Auch meine Personalien wurden aufgenommen und ich wurde gebeten, mich zur Verfügung zu halten, falls noch weitere Fragen auftauchen sollten. Ich wollte weg von diesem Ort, der auf einmal so viel Negatives ausstrahlte. Vorher fand ich diesen Platz wunderschön, an diesem Tag lag jedoch so viel Traurigkeit darin, dass ich nur noch fliehen wollte. Auf dem schnellsten Weg liefen wir den Weg zurück, den wir gekommen waren. Immer wieder stolperte ich über Baumwurzeln und kratzte mir die Beine an Himbeersträuchern auf, deren dünne Äste quer über den Weg hingen. Total erleichtert, als ich meine Hütte sah, drosselte ich mein Tempo und versuchte, ruhiger zu werden. Marie wurde ebenfalls langsamer. Immer wieder suchte sie meinen Blick. Ich wollte aber nicht reden, war zu geschockt. Die anfänglich so angenehm ruhige Gegend bekam einen schalen Nachgeschmack, hatte ich doch immer noch den toten Körper der jungen Frau vor Augen. Den Rest des Tages ging ich nicht mehr aus dem Haus. Marie leitstete mir Gesellschaft. Wir saßen auf der Veranda und rauchten. Marie tröstete mich und erzählte mir, dass es ihr am Anfang auch so ergangen war. Die erste Leiche sei immer die Schlimmste. Aber ihrer Meinung nach war das erst der Anfang, ich sollte mich auf mehrere schreckliche Morde einstellen. Ganz entsetzt starrte ich sie an, noch immer nicht fähig, über das Gesehene zu sprechen. Marie überließ mich meinen Gedanken und setzte sich neben den Schaukelstuhl auf den Boden. Sie war da für mich und ließ mir trotzdem meinen Freiraum. Das war Marie.

Dann hörten wir das Heulen von Sirenen, das immer näher kam und eine ganze Kompanie an Autos fuhr die Straße neben der Hütte entlang, den Berg hoch. Bis in die Abendstunden ging mir das tote Mädchen nicht mehr aus dem Kopf, ständig musste ich an sie und die Hintergründe dieser schrecklichen Tat denken.

Einige Zeit später klopfte es an der Tür und ein Polizist stellte sich vor. Er fragte, ob ich bereit sei, ein Gespräch mit ihm zu führen, oder ob ich lieber am nächsten Tag auf die Polizeiwache kommen wollte um ein Protokoll aufzunehmen. Dann entdeckte er Marie und wollte wissen, ob sie auch dabei gewesen sei, als ich das tote Mädchen fand. Uns war es lieber, wenn wir diese Sache so schnell wie möglich hinter uns brachten und erzählten dem Beamten, wie wir die Tote gefunden hatten. Immer wieder stellte er Detailfragen und nickte mit dem Kopf. Genauestens wollte er wissen, warum wir dort oben waren, in dieser abgelegenen Gegend und was genau wir dort zu suchen hatten und ob sonst noch jemand bei uns war und, und, und. Eine halbe Stunde später verabschiedete sich der Polizist, nachdem wir alle seine Fragen beantwortet und er unsere Personalien aufgenommen hatte. Mit einem etwas mulmigen Gefühl schloss ich die Tür sorgfältig hinter dem Mann ab und setzte mich an meinen Laptop, um im Internet ein wenig zu recherchieren. Das war schließlich meine Spezialität. Als Reporterin musste ich mir meine Informationen aus allen möglichen Quellen besorgen, also auch aus dem Internet. Vielleicht konnte ich im Netz etwas über diese Gegend finden. Völlig vertieft in meine Internetrecherche bemerkte ich gar nicht, wie schnell die Zeit verging.

Die Nacht war völlig unbemerkt über mir hereingebrochen und ich musste das Licht einschalten, um noch etwas anderes sehen zu können, als nur meinen Bildschirm. „Wo steckt eigentlich Marie?", schoss es mir durch den Kopf. Dann ging ich zum Kühlschrank, um etwas Wurst und Käse rauszunehmen, um zumindest eine kleine Jause zu mir zu nehmen. Den ganzen Tag über hatte ich nichts gegessen und von den Zigaretten war mir jetzt schwindlig geworden. Genussvoll biss ich das Brot, das ich mir gerichtet hatte und vertiefte mich wieder in das Internet. Finden konnte ich nichts, absolut gar nichts, das darauf hingewiesen hätte, dass mit diesem kleinen Ort irgendwas nicht stimmen würde. Keine Geheimnisse, keine unerklärlichen Todesfälle, keine Wölfe oder sonst irgendetwas, das mir einen Hinweis hätte liefern können, mit was ich es hier zu tun hatte. So stand ich wieder am Anfang und musste mir etwas Neues überlegen. Daher machte ich zuerst einmal Feuer im Kamin, um es gemütlicher zu haben. Ich liebte es, zuerst zerknülltes Papier, dann kleinere Holzspäne in den Kamin zu legen. Darauf stapelte ich dann ein paar Holzscheite und zündete das Papier an. Sobald das Papier Feuer fing und die Flammen höher stiegen, um das Holz zu erreichen, machte sich ein wohliges Gefühl in mir breit. Marie kam herein, sie war mit Duschen fertig und wollte ebenfalls etwas essen. Mit großem Appetit machte sie sich über die noch immer auf dem Tisch stehenden Lebensmittel her. „Wie geht es dir?", fragte sie mich vorsichtig.

„Ganz okay. Ich habe versucht, im Internet etwas über diese Todesfälle, beziehungsweise irgendwas Seltsames über diese Gegend, rauszufinden. Aber nichts, nicht der kleinste Anhaltspunkt!"

„Hab ich dir doch gesagt! Es wird alles vertuscht! Es würde mich nicht wundern, wenn auch dieses Mädchen spurlos verschwinden und niemand davon jemals hören würde!"

Irgendwie schien das von zu weit hergeholt zu sein, um das zu glauben. Die Polizei würde doch keinen Mord verheimlichen, oder doch? Es fiel mir schwer, die ganze Heimlichtuerei der Behörden zu verstehen, aber ich vertraute Marie. Sie würde mich niemals anlügen. Darum nickte ich ihr nachdenklich zu, als sie sich zu mir vor das Feuer setzte und ebenfalls in die Flamme starrte.

Seit dem Auffinden der Leiche empfand ich eine unnatürliche Kälte in mir, die mich immer wieder frösteln ließ. Nicht einmal die angenehme Wärme des Feuers ließ das kalte Gefühl, welches sich in meinem Inneren ausgebreitet hatte, verschwinden. Wir beobachteten die Flammen, wie sie hochzüngelten und versuchten gleichzeitig, wieder Ordnung in unsere Gedanken zu bringen. Jede für sich. Nachdem nur noch wenig Glut im Kamin war, machte ich mich fürs Bett fertig. Der Tag war anstrengend gewesen und ich wollte nur noch abschalten, die Augen zumachen und schlafen. Marie ging auch zu Bett. „Morgen ist auch noch ein Tag", sprach sie mir Mut zu. Vielleicht würde der morgige Tag ja neue Erkenntnisse für uns bereithalten?

Kapitel 19

Die Nacht verlief absolut ruhig. Nur meine Träume, die schon zur Gewohnheit wurden, ließen mich Einblick nehmen, was auf uns zukommen würde. Wieder stand ich auf der Lichtung, umgeben von meinen Wölfen und Marie, die neben mir stand. Marie sah aus, als wäre sie Lara Croft. Bis oben hin bewaffnet mit Messern und einer Pistole, die in einem Schulterholster steckte. Auch ich hatte mich verändert. Mein Haar war ein ganzes Stück länger als sonst. Von meiner Stirn aus war es nach hinten geflochten, um mein Blickfeld nicht einzuschränken. Ab der Schulter fiel es dann frei meinen Rücken hinab. Wir machten uns bereit für den Kampf, der bevorstand und die Wölfe heulten aufgeregt durch die Nacht. Der Mond stand voll erleuchtet am Himmel und zeigte uns den Weg, den wir einschlagen würden. Mehr blieb mir nicht in Erinnerung, als ich aufwachte und versuchte, herauszufinden, was mir der Traum hatte zeigen wollen. Dann fiel mir das tote Mädchen wieder ein und ich ging in Maries Zimmer, um sie aufzuwecken. So schnell wie möglich wollte ich in das Dorf fahren, um mir Zeitungen zu besorgen, die etwas über das tote Mädchen berichteten. Marie war einverstanden mit meinem Vorschlag und schälte sich langsam aus ihrem Bett. „Unglaublich! So gut habe ich das ganze letzte Jahr nicht geschlafen!"

„Macht wahrscheinlich die Bergluft aus", meinte ich nur.

„Kann sein, jedenfalls fühle ich mich topfit!"

Wir gingen ins Bad und putzten uns die Zähne. Dann wechselten wir unsere Schlafshirts gegen frische Kleidung und machten uns daran, ins Dorf zu fahren. Während der Fahrt berichtete ich Marie von meinem Traum. Jedes Detail, an das ich mich erinnern konnte.

„Klingt cool!"

„Du verstehst nicht! Meine Träume sind nicht nur Träume. Seit ich hier bin, träume ich diese Sachen, irgendetwas sagt mir, dass es passieren wird und zwar alles! Ich kann spüren, dass es gefährlich wird, lebensgefährlich! Verstehst du?", versuchte ich Marie eindringlich verständlich zu machen.

„Ist schon klar. Du kannst dich auf mich verlassen. Wir werden das gemeinsam durchstehen, OK?!"

„OK, ich bin froh, dass du hier bist!"

Die restliche Fahrt hörten wir im Radio die neuesten Hits und Nachrichten. Keine Silbe von dem toten Mädchen. Vielleicht hörten wir den falschen Sender? Die Zeit war zu kurz, um auf einem anderen Sender wieder auf die Nachrichten zu warten. Wir bogen auf den Hauptplatz ein und stellten den Wagen ab. Marie stieg aus und sah sich erst einmal um in diesem kleinen Nest.

„Viel ist hier nicht los, oder?", meinte sie nach einem Rundumblick und hochgezogenen Augenbrauen.

„Was hast du erwartet? Wir sind nicht in Wien oder London! Das hier ist ein kleines Kuhdorf mitten in den Tiroler Alpen. Hier sagen sich maximal Fuchs und Hase gute Nacht. Aber bisher habe ich hier noch alles bekommen, was ich brauchte. Das Wichtigste zumindest.", ließ ich Marie mit einem Schmunzeln wissen. Sie grinste zurück und wir machten uns auf den kurzen Weg zum Zeitungsladen. Bereits beim Eintreten wurde Marie von oben bis unten gemustert. Der Verkäufer machte einen gestressten Eindruck und räumte hinter seinem Tresen herum, als er uns sah. Ich fragte mich, was der wohl immer zum Einräumen hatte, wenn er mich sah.

Schnurstracks gingen wir auf den Zeitungsständer zu, in dem die neuesten Ausgaben der verschiedenen Tageszeitungen geordnet in ihren Fächern lagen. Marie nahm sich eine raus und blätterte sie schnell durch. Ich machte es ihr nach und nahm ebenfalls eine Zeitung heraus. Marie war schon bei der nächsten Zeitung, als der Verkäufer hüstelte, um auf sich aufmerksam zu machen und meinte, wenn wir schon Interesse an einer Zeitung hätten, dann sollten wir sie auch kaufen. Perplex schauten wir einander an und nahmen dann drei verschiedene Tageszeitungen, um sie zur Kasse zu bringen. Ein regionales Blatt und zwei Zeitungen, die landesweit vertrieben wurden. Irgendwo würden wir schon etwas über den Tod des Mädchens finden. Marie bezahlte die Zeitungen und Zigaretten und wir verließen den Laden. Auf einer nahegelegenen Parkbank ließen wir uns nieder und begannen, die Zeitungen zu durchsuchen. Irgendwo musste doch etwas über den Tod dieses Mädchens zu finden sein. Meine Suche verlief ergebnislos. In keiner der Tageszeitungen konnte ich auch nur die Spur eines Artikels finden. Auch Marie erging es nicht besser. War es noch zu früh für einen Bericht? Hatten die Redaktionen zu spät davon erfahren? Wir hatten keine Ahnung und mussten uns eine andere Strategie überlegen, um an Informationen ranzukommen. Schweigend hingen wir unseren Gedanken nach, als eine junge, etwas pummelige Frau an uns vorüberging. Sie trug einen knielangen Jeansrock und ein buntes ärmelloses Shirt, aus dem zwei stämmige Arme ragten. Als sie uns sah blieb sie stehen und legte sich die geschlossenen Faust mit ausgestrecktem kleinen und Zeigefinger an die Stirn und anschließend auf ihr Herz. Dabei sah sie zu Boden. Marie starrte mich fragend an, ich zuckte nur mit den Achseln und bedeutete ihr, dass ich sie später darüber aufklären würde. Dann sah mir die junge Frau in die Augen. „Wenona, Lunas Tochter, heute Abend ist es soweit. Der Mond hat seine volle Kraft und wir brauchen dich. Die Weihe steht bevor und die Zeit wird knapp. Sobald die Sonne untergegangen ist, treffen wir uns am Wolfsfelsen." Sie senkte ihren Blick erneut und ging ohne weiteres Wort weiter die Straße entlang.

„Was war das denn gerade?", Marie starrte mich erstaunt an. Dabei streckte sie ihre Beine von sich, die in engen Jeans steckten und wackelte mit ihren Zehen. Ihre Nägel waren blutrot lackiert und bildeten einen starken Kontrast zu den offenen, braunen Ledersandalen, die sie trug. Neben Marie kam ich mir oft wie ein graues Mäuschen vor. Ich trug einfache khakifarbene Shorts und eine weißes T-Shirt. Dazu meine Lieblings-Crocs. Ebenfalls in khaki. Nicht aufregend, aber bequem.

„Hab ich dir doch erzählt. Es hat irgendwie mit Treue zu tun. Ich bin die Priesterin ihres Rudels. Viel mehr weiß ich auch nicht. Es ist alles noch ziemlich verwirrend."

„Kennst du sie?"

„Ich hab sie nur einmal gesehen. Sie ist eine Wölfin und wir werden sie heute Abend wiedersehen. Dann wirst du auch mehr verstehen. Es ist schwer zu erklären. Und außerdem verstehe ich ja noch nicht mal selbst alles. Ich fühle es mehr, als dass ich weiß, was hier abläuft."

Marie sah mich zwar noch immer fragend an, gab sich aber damit zufrieden. Sie kannte mich einfach zu gut, um noch weitere Fragen zu stellen, die ich ihr nicht beantworten konnte. Sie holte ihre Zigaretten aus der Tasche und zündete sich eine an. Dann reichte sie die Zigaretten an mich weiter. Stumm saßen wir die restliche Zeit da und rauchten. Jede hing ihren eigenen Gedanken nach. Ich fand es ganz schön beeindruckend, dass Marie so locker blieb. In mir sah es etwas anders aus. Ich spürte die Gefahr, in der wir schwebten und versuchte krampfhaft, positiv zu denken. Entschlossen ließ ich meinen Zigarettenstummel auf den Boden fallen und trat ihn mit dem Fuß aus. Dann forderte ich Marie auf, mir zu folgen.

Unser nächster Weg führte uns in das kleine Lebensmittelgeschäft, in welchem wir unseren Proviant ordentlich aufstockten. Viel Obst und Schokolade. Marie schnappte sich noch einen Sixpack Bier und Cola. Das war gesund und wichtig für unsere Nerven, meinte Marie grinsend. Brot, Milch und Kaffee sowie Müsli und ein paar Konserven, die immer praktisch waren. Es kamen noch etliche andere Lebensmittel in den Einkaufswagen, der immer voller wurde. Marie war der Meinung, wir müssten uns ordentlich eindecken. Wer wusste schon, wann wir das nächste Mal Gelegenheit hatten, in das Dorf zu fahren. Auch sie hatte inzwischen verstanden, dass eine schwierige Aufgabe vor uns lag, die unsere Zeit ganz und gar in Anspruch nehmen würde. So schleppte jede von uns eine große Tasche mit Nahrungsmitteln und Getränken zum Auto. Geschafft ließ ich mich hinters Steuer fallen und wartete, bis Marie ebenfalls im Wagen saß. „Was nun?", fragte sie mich.

„Keine Ahnung. Glaubst du, wir sollten irgendwas mitnehmen, um uns im Falle des Falls wehren zu können?", stellte ich Marie die Frage, die mich schon den ganzen Tag über beschäftigte.

„Naja, wenn du dir sicher bist, dass deine Träume dir die Zukunft zeigen, dann sollten wir besser vorbereitet sein, meinst du nicht auch?" Das war typisch Marie. Sie war so praktisch veranlagt und mit vollem Elan bei der Sache.

Die Auswahl an Geschäften war nicht wirklich groß. Marie entschied sich deshalb für ein Haushaltswarengeschäft. Ihrer

Meinung nach hätten wir dort am ehesten die Möglichkeit, etwas zu finden, mit dem wir uns im Notfall verteidigen könnten. Sie zog mich hinter sich her in den Laden und ließ sich verschiedene Messer zeigen. Endlich ging mir ein Licht auf. Natürlich! Wir mussten nicht nur gewappnet sein, für die Gefahr, die über uns schwebte. Nein, es bedurfte mehr, sollte es wirklich zu einer ernsten Auseinandersetzung kommen. Es würde gefährlich werden, dessen war ich mir sicher. Und Marie wusste es auch. Sie hatte mir wohl besser zugehört, als ich dachte. Beim Eintreten ertönte eine Glocke und ein älterer Herr grüßte uns freundlich. Auch er machte das Zeichen mit seiner Faust und verbeugte sich. Marie sah sich bereits im Laden um und verzog gelangweilt die Miene. „Schaut nicht gut aus. Ich dachte da eher an etwas Größeres als ein Buttermesser und eine Bratpfanne.", flüsterte sie mir enttäuscht zu.

„Mein Name ist Chaska, Wenona, Tochter der Luna. Bitte folgt mir." Mit einer einladenden Geste, die unmissverständlich war, folgten wir seiner Aufforderung und stiegen die Kellertreppe hinunter. Der Raum, in den er uns führte, war von oben bis unten mit Kartons vollgestellt. Verwirrt schaute ich Marie an und konnte ihrem Gesichtsausdruck ablesen, dass auch sie nicht ganz verstand, was wir hier unten sollten. Der alte Mann ging bis zur rückwärtigen Wand und fummelte irgendwo im Regal herum. Plötzlich schwang die ganze Wand auf und gab einen dunklen Gang frei. Gespannt blickte ich in das große schwarze Loch, ohne zu erkennen, was sich dahinter befand. Der Mann zündete eine Fackel an, die er von einem Wandhalter nahm und ging uns voraus in die Dunkelheit. Wir folgten ihm gehorsam und fanden uns staunend in einem richtigen Waffenarsenal wieder. Pistolen, Gewehre, Messer jeder Größe und Art, Seile, Handschellen, Kabelbinder sogar Wurfmesser waren hier aufgebahrt. Äxte und Schwerter hingen an der Wand. Es war einfach unbeschreiblich, was hier alles lagerte. Bei manchen Sachen wusste ich nicht einmal, für was sie gut waren und wie sie funktionierten. Auf Maries Gesicht machte sich ein breites Grinsen bemerkbar und voller Begeisterung staunte sie über die Auswahl an Waffen. „Ich glaub es einfach nicht! Sieh dir das an! Das lässt keine Wünsche offen!" Marie hatte einen Säbel in der Hand und fuchtelte damit in der Gegend herum. Kaum hatte sie ihn zurückgelegt, als sie schon das nächste Gerät, einen Morgenstern schwang. Ihre Augen glänzten begeistert und ihre Wangen hatten sich vor Aufregung rötlich verfärbt. „Da weiß ich ja gar nicht mehr, für was ich mich entscheiden soll!", beschwerte sie sich lautstark nach einer Weile. Der alte Mann lächelte nur stumm vor sich hin und ließ uns Zeit, all die Sachen in die Hand zu nehmen und auszuprobieren. Auch mir hatte es die Sprache verschlagen. Dieses Versteck war genial. Nie im Leben hätte ich mir träumen lassen, dass dieser Opa in seinem altertümlichen Laden ein derart ausgefeiltes Waffenlager verbarg. Sollten wir uns wirklich bis an die Zähne bewaffnen? War das nicht etwas übertrieben? Schon wieder war ich verunsichert, was ich hier eigentlich zu suchen hatte. War mein beschauliches, langweiliges Leben wirklich vorbei und es warteten Abenteuer der gefährlichen Art auf mich, oder bildete ich mir nur etwas ein? Welche Wendung würde mein Leben nehmen, wenn ich Recht behielt? Mein

Bauchgefühl übertönte meine sachlichen Überlegungen und drängte mich dazu, mir geeignete Waffen für den Notfall auszusuchen. Eine Armbrust hatte es mir besonders angetan und ich wollte sie gerade näher betrachten, als Marie aufschrie. Erschrocken drehte ich mich zu ihr um. Begeistert hielt sie einen Wurfstern in der Hand. „Wahnsinn! Der ist aus reinem Silber! Und sieh mal, wie schön verziert der ist!" So aufgedreht hatte ich sie schon lange nicht mehr erlebt. Es kam mir vor, als hätte sich für Marie ein langersehnter Traum erfüllt. Sie stand vor den Regalen mit einem Gesichtsausdruck, als stünde sie vor einem Weihnachtsbaum. Total euphorisch nahm sie eine Waffe nach der anderen in die Hand und wägte ab, was sie gut fand. Auch ich musste mich für etwas entscheiden, aber die Wahl fiel mir extrem schwer. Marie entschied sich für ein Messer, das in einer Schutzhülle am Fußknöchel getragen wurde. Dazu noch ein scharfes, spitzes Messer mit Wellenschliff, das wie ein größerer Dolch am Gürtel befestigt wurde. Die Wurfsterne waren Maries erklärte Favoriten. Sie kaufte gleich mehrere davon. Auch eine Pistole wollte Marie haben. Sie hatte vor kurzem einen Waffenschein erhalten, als sie sich als Detektivin selbstständig machte. Marie erklärte mir, sie hätte zwar schon eine Glock, aber da diese Waffe registriert war, wäre es zu gefährlich, sie zu benutzen. Deshalb wollte sie eine Pistole haben, die nicht nachverfolgt werden konnte. Marie erstaunte mich immer wieder. Daran hatte ich noch gar nicht gedacht.

Der alte Mann legte zuerst einige Pistolen auf den Tresen und holte dann verschiedene Schachteln mit Munition aus einer Schublade. Dann breitete er alles auf dem Tisch vor ihr aus. Er empfahl ihr Hohlspitzgeschosse und Patronen, die mit Silber gefüllt waren. Irritiert fragte Marie, warum sie Silberkugeln brauchen würde. Der Mann antwortete ihr, dass sie schon bald selber herausfinden würde, dass manche Wesen nur mit Silber zu töten wären. Hier gab es keine normalen Pistolen oder Munition zu kaufen. Alles in diesem versteckten Raum war darauf ausgerichtet, eine ganz bestimmte Art zu töten. Maries Skepsis schien verflogen, denn sie wählte zwei verschiedene Kugelarten und legte dann alles zu einem Haufen zusammen. Ein fragender Blick auf mich veranlasste sie, ihre Schätze zurückzulassen und mit mir gemeinsam nach Etwas zu suchen, mit dem ich umgehen konnte. Marie bestand darauf, dass auch ich zumindest ein, besser noch zwei Messer haben sollte, um mich verteidigen zu können. Dazu noch etwas, das nicht zu schwer und handlich im Gebrauch war. So stöberten wir mindestens zwanzig weitere Minuten zwischen den Regalen herum, fanden aber nichts, mit dem ich mich wirklich anfreunden konnte. Auch war ich mir nicht sicher, ob es wirklich notwendig war, sich wie Marie, bis an die Zähne zu bewaffnen. Wir lebten doch nicht im wildesten Dschungel unter Wilden, sondern mitten in Europa, wo es zivilisiert zuging, oder etwa nicht? Meine Logik war wieder einmal dabei, das drohende Unheil, das ich spürte, zu verharmlosen. Aber es gelang mir nicht wirklich. Die Unruhe blieb und machte mich vorsichtig.

Nachdem ich endlich zwei handliche Messer gefunden hatte, mit denen ich mich anfreunden konnte, legte ich sie ebenfalls auf den Tresen. Geduldig verpackte uns der alte Mann die

Sachen so, dass nicht gleich jeder sehen konnte, was sich in unseren Tüten befand. Marie zückte ihre Geldbörse und bezahlte. Meinen Einwand, ich würde selbst für meinen Teil aufkommen, schob Marie mit einem Kopfschütteln und entschlossener Miene beiseite. „Lass stecken, ich habe so viel Geld geerbt, dass ich eh nicht weiß, was ich damit anfangen soll. Und noch was. Als ich sagte, du wärst meine Schwester, meinte ich das auch so. Was immer auch geschieht, wir stehen das gemeinsam durch. Und das gehört dazu." Marie duldete keinen Widerspruch und so akzeptierte ich stillschweigend.

Damit drehte sich Marie entschlossen um und stieg die Treppe hinter dem Mann wieder hoch. „Chaska", murmelte ich vor mich hin, um mir den Namen des Mannes einzuprägen. Wahrscheinlich würden wir noch öfter miteinander Geschäfte machen, wenn es wirklich hart auf hart kommen sollte. Und ich hatte so ein Bauchgefühl, dass das erst der Anfang war.

Wir verließen den Laden und standen wieder einmal vollgepackt auf der Straße. „Was nun?", wandte ich mich fragend an Marie.

„Lass uns zurückfahren, damit du mir endlich deine coole Höhle zeigen kannst, bevor wieder etwas dazwischen kommt."

Kapitel 20

Das Auto war vollgestopft mit unseren Einkäufen, als wir die schmale Straße in Richtung Hütte fuhren. Im Radio lief gerade Mamma Mia von ABBA und ich sang lauthals mit, als ich beinahe ein Reh, das direkt vor uns über die Straße lief, übersehen hätte. Ich trat voll auf die Bremse und Marie stieß sich den Kopf. „Aua! Bist du wahnsinnig? Das war knapp! Pass ein bisschen besser auf, okay? Sonst sind wir tot, bevor es überhaupt richtig losgegangen ist!", schon hatte sie ihre gute Laune wieder und grinste mich spitzbübisch an.

„Sorry, ich habe es echt nicht gesehen, es kam wie aus dem Nichts. Sprang mir einfach so vor die Motorhaube. Wenn wir ein bisschen schneller unterwegs gewesen wären, hätten wir jetzt eine Kühlerhauben-Figur!", gab ich sarkastisch zurück. Das Adrenalin in meinem Körper, das mir den Puls in die Höhe getrieben hatte, beruhigte sich langsam wieder und wir setzten unseren Weg fort. „Das war echt knapp", murmelte ich vor mich hin. Um mich abzulenken, fragte ich Marie, was wir uns denn Leckeres kochen würden. Sie schaute mich an und schüttelte den Kopf. „Du hast vielleicht Nerven! Wenn du anstatt zu bremsen auf das Gaspedal getreten wärst, könnten wir jetzt Rehbraten machen!" Wir mussten beide darüber lachen und vergessen war der Beinahe-Zusammenstoß mit dem Reh. Wenige Minuten später stellte ich meinen Wagen ab und zog die Handbremse an. Vollbepackt marschierten wir den kurzen Weg zur Hütte und stellten unsere Taschen erleichtert auf die Arbeitsfläche. Die Hitze blieb draußen und wir atmeten erleichtert auf, dass alles gut gegangen war. Schön kühl war es im Inneren der Hütte, als wir den Proviant verstauten und unsere Waffen auf dem Küchentisch ausbreiteten. Marie nahm jedes einzelne Stück in die Hand und betrachtete es genauestens. „Weißt du eigentlich, wie lange es her ist, dass ich so einen Wurfstern in der Hand hielt"?

Ganz perplex schaute ich sie an. „Du hattest so ein Ding schon mal in Händen? Du überraschst mich immer wieder!"

„Naja, weißt du, als ich aus dem Heim rauskam hatte ich noch immer so eine Wut wegen meiner Eltern im Bauch, dass ich sie irgendwie rauslassen musste. Da fing ich mit dem Kickboxtraining an. Das hat mir geholfen, meine angestauten Aggressionen loszuwerden. Ich habe mich dabei völlig verausgabt. Mein Trainer meinte, ich hätte Talent und förderte mich. Er zeigte mir alle möglichen Kampftechniken. Darunter war zum Beispiel auch ein Schwert. Du weißt schon, so ein langes Samurai-Schwert aus Japan. Das ist echt nicht leicht, mit so einem Ding umzugehen. Scharf wie ein Rasiermesser, sag ich dir! Aber mit der Zeit war ich ganz schön gut darin. Eines Tages kam er dann mit Wurfsternen zum Training. Er fragte mich, ob ich es einmal probieren möchte und ich sagte ja. Wahnsinn, wie scharf diese Dinger sind. Anfangs hab ich mir öfter mal einen blutigen Finger geholt, wenn ich sie nicht richtig hielt. Bei diesen Sternen heißt es echt aufpassen!"

„Ich glaub es nicht! Du hast echt Ahnung von diesen Sachen, oder?" Verblüfft, mit was Marie mich noch alles überraschen würde, setzte ich mich auf den nächstbesten Stuhl.

„Von einigen zumindest. Aber lass uns jetzt den Rest auspacken und dann in den Wald gehen. Ein bisschen Training schadet nicht!" Maries Energie schien unerschöpflich und ich nickte ergeben.

Gesagt, getan. Wir machten uns belegte Brote und verstauten sie gemeinsam mit zwei Flaschen Wasser in einem kleinen Rucksack. Fertig umgezogen machten wir uns dann auf den Weg. Es war so drückend schwül, dass uns schon beim Gehen der Schweiß ausbrach. Richtig angenehm wurde es, als wir den Wald erreichten und die Temperatur um einige Grad niederer war als noch kurz zuvor. Marie erzählte mir währenddessen von den wenigen Einzelheiten, die sie zwischenzeitlich über das Leben ihrer Mutter in Erfahrung bringen konnte. Sie hatte wieder geheiratet und lebte noch immer irgendwo in Frankreich. Wo genau, wusste sie nicht. Es war ich auch egal. Für sie war ihre Mutter gestorben, als sie sie und ihren Vater verließ. Die Wut, die sie noch immer verspürte, weil ihre Eltern sie so ignoriert hatten, war noch immer präsent. Sie wurde nur überschattet vom Tod ihres Vaters, dessen Ursachen für Marie nicht geklärt, sondern verheimlicht wurden. Fest entschlossen wollte sie hinter das Geheimnis all dieser Todesfälle kommen und das wollte ich auch. Wir hatten eine Mission, es war unser Schicksal, all diesen Geheimnissen auf die Spur zu kommen!

Es war schon interessant. Kaum war ich im Wald, fühlte ich, wie meine Kraft anstieg und meine Akkus voll aufgeladen wurden. Es kam mir vor, als würde ich eine unsichtbare Kraftquelle anzapfen, ohne mir dessen bewusst zu sein. Marie war begeistert von der Unberührtheit dieses Waldes und brachte das immer wieder mit überschwänglichen Hopsern über den uneben Boden zum Ausdruck. Wie bei einem kleinen Kind leuchteten ihre Augen, wenn sie mir wieder einmal, begleitet von einem kleinen Aufschrei, eine ihrer Entdeckungen zeigen konnte. Egal, ob es sich um einen Hasen, der im Zickzack durchs Unterholz hüpfte oder einen Specht handelte, der wild auf einen Baum einhackte. Sie war begeistert von der kraftstrotzenden Natur, die uns umgab. Vielleicht lag es daran, dass wir Stadtmenschen empfänglicher für die unberührte Schönheit dieser Wälder waren. Für uns war es nicht selbstverständlich, die klare frische Luft einzuatmen. Ich jedenfalls fand es wahnsinnig befreiend, dem abgasgeschwängerten Smog der Stadt entkommen zu sein und mich frei zu fühlen, wie ein Vogel. Und ich glaube, Marie erging es ebenso.

Bei der Lichtung angekommen staunte ich nicht schlecht. Weder Absperrbänder noch Sprühfarbe auf dem Boden deuteten darauf hin, dass es sich hier um einen Tatort handelte. Vor gerade einmal vierundzwanzig Stunden hatte hier vor mir noch die misshandelte Leiche einer jungen Frau gelegen. Und nun war alles weg. Niemand würde vermuten, dass es sich hier um einen echten Mordschauplatz handelte. Auch Marie hatte es die Sprache verschlagen. Sie hatte den Rucksack abgelegt und stand nun stirnrunzelnd neben mir.

„Was hältst du davon?", war das Einzige, das mir dazu einfiel.

„Ich glaub´s einfach nicht! Wetten, dass diese Leiche ebenso spurlos verschwindet, wie die anderen?"

„Da bin ich mir nicht so sicher. Im Dorf hab ich vor wenigen Tagen mitbekommen, dass ein junges Mädchen vermisst wird. Ich kann mir nicht vorstellen, dass die Eltern tatenlos zusehen, wie die Leiche ihres Kindes in der Versenkung verschwindet."

„Und wer sagt dir, dass es sich um das Mädchen aus dem Dorf handelt?"

„Gute Frage. Ich dachte nur, dass es wohl dieses Mädchen sein müsste, oder glaubst du, dass hier öfter mal Menschen verschwinden?"

„Keine Ahnung. Das müssen wir herausfinden!" Entschlossen schaute sie mich an.

Zustimmendes Nicken meinerseits, ehe ich mir die Stelle von einer anderen Perspektive ansah. Wie genau wir auch suchten, es waren keine Spuren des Mordes mehr erkennbar. Die Polizei hatte ganze Arbeit geleistet. Trotzdem konnte ich spüren, dass noch immer negative Energie von dieser Stelle ausging. Ein ungutes Gefühl und der Schweiß auf meiner Stirn veranlassten mich, Marie bei der Hand zu nehmen und sie in die kühle Höhle zu führen. Sofort wurde mein

Herzschlag langsamer und die Faszination des grünen Leuchtens hatte mich wieder in seinen Bann gezogen. Marie erging es nicht anders. Ihr stand der Mund offen, als wir vor dem See standen und auf die grünschimmernde Oberfläche starrten. „Oh Lisa! Das ist der Wahnsinn! So etwas Schönes habe ich noch nie in meinem ganzen Leben gesehen! Kann man da auch schwimmen?"

„Keine Ahnung, ich hab´s noch nie ausprobiert."

Marie zog ihre Schuhe aus und tauchte ihre Zehen in das Wasser. „Hui! Ganz schön kalt, das Wasser."

„Traust du dich rein?"

„Weiß nicht? Wie tief ist es hier?" Neugierig versuchte Marie die Tiefe des Sees abzuschätzen.

„Du fragst mich Sachen! Das weiß ich doch nicht!"

Sie zog ihren Schuh wieder an und wir gingen vorsichtig an der Seite entlang in den hinteren Bereich der Höhle. Gemeinsam betrachteten wir die Bilder an der Wand und Marie überlegte, was diese Runen zu bedeuten hätten. „Wir müssen unbedingt herausfinden, was diese Zeichen zu bedeuten haben. Hast du Fotos gemacht?"

„Nein, noch nicht. Glaubst du, es ist wichtig?"

„Wer weiß? Vielleicht kommen wir so einen Schritt weiter, was es mit diesem Ort auf sich hat?"

Also zückte ich mein Handy und machte ein paar Schnappschüsse von den Wänden.

„Schreckliche Geschichte, was?", Marie hatte die Wandbilder entdeckt und war genauso tief betroffen wie ich, als ich diese Bilder das erste Mal sah.

„Hmm, schrecklich trifft es ganz gut."

Erschrocken drehte ich mich um, als plötzlich eine dunkle Stimme hinter mir erklang.

„Es ist Zeit, meine Priesterin, wir dürfen nicht länger warten. Sie sind da und werden alles vernichten, wenn wir nichts dagegen unternehmen!"

„Hast du mich erschreckt", stieß ich erschrocken hervor. „Vielleicht könntest du dich das nächste Mal weniger anschleichen! Mir ist das Herz fast in die Hose gerutscht!" Mein Herz hämmerte laut in meiner Brust und ich warf ich ihm einen vorwurfsvollen Blick zu. „Darf ich vorstellen? Das ist Marie, meine beste Freundin." Meine Hand zeigte dabei auf Marie, die noch immer vor der Felswand stand. „Und das ist…?", ich räusperte mich, weil ich mich nicht mehr an den Namen des Mannes erinnern konnte. „Oh Gott, wie peinlich", schoss es mir durch den Kopf!

„Hallo! Ich bin Leskaro. Anführer des Rudels und Beschützer unserer Priesterin." Damit verbeugte er sich vor mir und legte sich die Hand in bereits vertrauter Geste auf die Brust.

„Oh hallo! Freut mich, dich kennen zu lernen!", damit hielt sie ihm ihre Hand hin, die er ergriff und schüttelte. Freundlich lächelte er Marie an, die sogleich ein wenig rot im Gesicht wurde. Ich verkniff mir ein Lachen und sah den jungen Mann nur an, der sich wieder mir zuwandte.

„Wenona, ich weiß, dass das alles neu und fremd für dich ist. Ich werde dich mit all meiner Kraft unterstützen, bis du deinen Platz eingenommen hast und das Rudel mit mir zusammen anführen wirst."

„Könnte mir vielleicht mal jemand erklären, um was es hier eigentlich geht? Es geschehen merkwürdige Dinge, die ich einfach nicht verstehe. Ich träume wirres Zeug und bin mir nicht mehr sicher, was wahr und was Traum ist. Alles scheint so surreal. Ich weiß ganz einfach nicht mehr, was ich von all dem halten soll.

„Doch, das weißt du. Dein Verstand weigert sich noch immer, die Wahrheit zu akzeptieren. Aber tief in dir drinnen kannst du spüren, dass es Realität ist. Lass dich fallen und du wirst alles klarer sehen. Du musst es nur zulassen!"

„Na du bist gut! Ich komme hier her um meine Ruhe zu haben und mein Leben neu zu ordnen und dann erlebe ich Sachen, von denen ich nicht weiß, ob ich träume oder wach bin. Ich zweifle selber schon an meinem Verstand!"

„Lass es geschehen und deine Zweifel werden verschwinden. Hör auf deinen Bauch und vertraue auf deine Instinkte.

Versuche, dein Gehirn möglichst auszuschalten, dann wird es dir leichter fallen. Vergiss alles, was du bis jetzt zu wissen glaubst. Du wirst Dinge erleben, die du dir in deinen wildesten Fantasien nicht hättest ausdenken können. Dein Geist muss offen sein für die Verantwortung, die du tragen wirst."

„Und was genau erwartet sie?" Marie schaltete sich ein.

„Die alte Prophezeiung ist wahr geworden, Wenona ist zurückgekehrt. Das Gleichgewicht muss wieder hergestellt werden. Andernfalls werden viele Menschen mit ihrem Leben dafür bezahlen."

„Na super, und wie soll das gehen?", warf Marie dazwischen.

„Heute ist Vollmond und wir haben unsere ganze Kraft zur Verfügung. Unsere Priesterin wird geweiht und wird dann ihren vorherbestimmten Platz einnehmen. Du bist ein Mensch und hast nichts mit der ganzen Sache zu tun. Es wäre am besten, wenn du wieder nach Hause fahren würdest. Es ist nicht dein Krieg, der hier geführt wird. Es ist unserer."

„Glaubst du wirklich, ich würde meine beste Freundin im Stich lassen? Es ist mir egal, wessen Krieg das ist, ich werde bei ihr bleiben. Sie ist meine Schwester! Und nichts auf der Welt wird daran etwas ändern, verstanden!?" empörte sich Marie lautstark.

„Es ist deine Entscheidung, Priesterin, ob diese Frau bleiben soll oder nicht. Aber ich sage euch, es wird gefährlich werden. Für uns alle."

Ich sah den entschlossenen Ausdruck auf Maries Gesicht und wusste, dass nichts, was ich sagen würde, sie von ihrem Vorhaben abbringen würde. Zustimmend nickte ich ihr zu und umarmte sie. „Wie du willst. Du kannst bleiben oder gehen. Ich werde dir nicht böse sein, egal wie du dich entscheidest."

„Mein Platz ist hier, das weißt du.", war ihre Antwort.

Kapitel 21

„Also gut, dann lasst uns rausgehen und mit der Zeremonie beginnen." Mit diesen Worten ging er vor uns um den See herum und wir folgten ihm nach draußen. Marie und ich staunten nicht schlecht, als wir all die Leute sahen, die sich bereits um den Steinkreis versammelt hatten. Neugierig sah sich Marie um und kniff mir immer wieder in den Arm, wenn sie mir etwas zuflüstern oder mich auf etwas aufmerksam machen wollte. Eine Angewohnheit, die mir so manch blauen Fleck bescherte. Noch immer kamen neue Menschen hinzu, die einzeln oder in kleineren Grüppchen über die Lichtung gingen, um sich neben dem Steinkries zu sammeln. Eine junge rothaarige Frau kam auf uns zu und verbeugte sich während ihres Grußes vor uns.

„Namida, ich erinnere mich an dich!", platzte ich heraus.

Sie lächelte mich an, offensichtlich erfreut, dass ich ihren Namen nicht vergessen hatte, bevor sie sich umdrehte, um es sich auf dem Boden bequem zu machen.

„Siehst du Priesterin? Du kannst es. Du musst es nur zulassen. Es wurde dir in die Wiege gelegt." Leskaro machte eine kleine Pause, ehe er weitersprach. „Es sind deine Wurzeln, die dir den Weg zeigen werden."

Noch immer ziemlich verblüfft, dass mir ihr Name im Gedächtnis geblieben war, schaute ich mich weiter um. Noch immer strömten Menschen heran und füllten den Platz. Es mussten so um die dreißig Leute sein, die sich einfanden, um die Weihe mitzuerleben.

Dann ergriff Onatha das Wort. „Meine Brüder und Schwestern, ihr wisst, dass uns Schreckliches bevorsteht. Aber es gibt Hoffnung. Wenona ist zurückgekehrt und wird ihren Platz an der Spitze des Rudels einnehmen. So wie es schon seit vielen Generationen Brauch ist. Wie ihr alle wisst, wurde sie aus unserer Mitte gerissen, als sie noch ein kleines Kind war. Sie wird daher die Unterstützung von uns allen brauchen, bis sie sowohl mit ihren eigenen Fähigkeiten als auch mit unseren Bräuche und Sitten wieder umzugehen weiß. Wenona hat nicht mehr genug Zeit, ihre ganze Macht zu entfesseln und sich all ihrer Kraft bewusst zu werden. Deshalb bitte ich euch, alle, die ihr gekommen seid, beschützt sie mit eurem Leben! Seit vielen Jahrhunderten stehen wir unter dem Schutz unserer Hohepriesterin Luna. Sie leitet und beschützt uns, also tut das gleiche für unsere Priesterin!"

Völlig außer Atem stützte sich die alte Dame auf ihren Stock und blickte eindringlich in die Runde. Soweit ich das beurteilen kann, hoben alle ihre Faust mit den zwei ausgestreckten Fingern an die Stirn, dann auf ihr Herz. Dazu stampften sie mit dem rechten Fuß im gleichen Rhythmus immer wieder auf den Boden. Ein dumpfes Beben erschütterte die Erde unter meinen Füßen. Die Luft war von einer solchen Energie aufgeladen, die mich an ein Kraftwerk erinnerte. Marie war ausnahmsweise einmal sprachlos. Sie stand dicht neben mir und beobachtete die Szene mit wachsamem Blick.

„Wenona, es liegt an dir, das Vermächtnis deiner Ahnen anzunehmen oder abzulehnen. Solltest du dich dafür entscheiden, mit uns zu kämpfen, so werden wir die Weihe vollziehen. Wenn du aber lieber in dein altes Leben zurückkehren möchtest, werde ich dir deine Erinnerungen an diesen Ort nehmen und es steht dir frei, zu gehen, wohin du möchtest. Aber bedenke, die Wahl die du heute triffst, ist eine endgültige Entscheidung, es gibt kein Zurück!", ihre grauen Augen schauten mir bis auf den Grund meiner Seele.

Es bedurfte keiner Worte, sie kannte meine Entscheidung. Auch ohne Worte. Obwohl es nicht wirklich eine Entscheidung im herkömmlichen Sinne war. Es war mein Schicksal, Bestimmung, also würde ich es annehmen. Etwas anderes kam gar nicht in Frage. Onatha nickte und wandte sich den anderen zu. Sie hob ihren Stock, auf den sie sich zuvor gestützt hatte und rief mit Blick auf den Mond, der langsam im Osten zum Vorschein kam: "Luna, ich danke dir!

Segne unsere Priesterin und öffne ihr Herz! Erfülle sie mit deiner Kraft, damit sie uns beistehen kann im Kampf gegen unsere Feinde und halte deine Hand schützend über sie! Lass sie teilhaben an deinem Wissen und führe sie!"

Zustimmende Rufe und Klatschen von vielen Anwesenden ertönte, als ich mich an Marie wandte um sie noch einmal zu fragen, ob sie noch immer an meiner Seite bleiben wollte. Noch ehe ich meinen Mund aufmachen konnte kam mir Marie zuvor. „Du brauchst mich nicht nochmals zu fragen. Du kennst meine Antwort. Wir halten zusammen!", damit umarmte sie mich und flüsterte mir zu: „Du bist der einzige Mensch auf der ganzen Welt, der mir noch etwas bedeutet. Glaub ja nicht, dass ich dich hier alleine lassen werde. Ich hab dich nämlich verdammt lieb."

Meine Augen füllten sich mit Tränen, als mir so richtig bewusst wurde, dass es die Wahrheit war. Die reine Wahrheit. Auch ich hatte niemanden auf der Welt, den ich als Familie bezeichnen konnte, außer Marie. „Ich hab dich auch ganz fest lieb. Was auch immer passiert, wir werden für immer Freunde bleiben, versprochen!"

Onatha verfolgte unser Gespräch mit gerunzelter Stirn. „Noch niemals hat ein Mensch für unsere Sache gekämpft. Normalerweise bleibt jede Rasse unter sich." Nachdenklich zog sie ihren Umhang fester um ihre Schultern.

„Dann wird's aber Zeit!", konterte Marie mit solcher Entschlossenheit, dass es Onatha die Sprache verschlug.

Zögernd, aber anscheinend von Marie´s Worten überzeugt, nickte sie nach einigen Sekunden und nahm uns dann beide bei der Hand. Die Menschen waren in der Zwischenzeit alle in der Höhle verschwunden, zu der uns nun auch Onatha führte. Beim Eintreten entzündete Onatha eine Fackel und ging voraus. Schon bald konnte man das grüne Schimmern an den Wänden sehen, das immer stärker wurde, je näher wir dem See kamen. Onatha umrundete vor uns den schmalen Steig des Sees und wir folgten ihr. Die Höhle war gut gefüllt von all den Menschen, die noch kurze Zeit vorher um den Steinkreis gestanden waren. Erwartungsvoll beobachteten sie, wie wir näherkamen. Mir wurde ganz heiß, als ich all die erwartungsvollen Blicke auf mir spürte. Meine einzige Hoffnung in diesem Moment war, dass ich die Zeremonie nicht vermasselte. Es wäre ganz schön peinlich, wenn ich Mist bauen würde. Das Gemurmel wurde immer leiser und erstarb endgültig, als wir die Höhle betraten. Die Aufmerksamkeit der Menschen richtete sich auf Onatha, die zwischen den Stühlen hindurchging und ihren Stock hob.

„Hoher Rat, nehmt bitte eure Plätze ein!" Auf Onathas Aufforderung reagierten mehrere Personen, die in die Mitte traten und auf den Steinstühlen Platz nahmen. Ein Platz links direkt neben dem großen, ebenfalls leerstehenden Stuhl blieb unberührt. „Lasst uns mit der Weihe beginnen". Onathas Stimme hallte wie ein Donnergrollen. Die Felswände warfen ihre Stimme zurück und verstärkten sie noch. Ein Schauer lief über meinen Rücken, als sie mich aufforderte, ebenfalls in die Mitte des Rates zu treten. Kurz blickte ich zurück auf Marie, die mir zunickte, dann trat auch ich in den Kreis.

Onatha zog einen kleinen Dolch aus ihrem Gürtel und reichte ihn Leskaro, der rechts neben dem großen Steinstuhl saß. Dann nahm sie eine kleine silberne Schüssel zur Hand, die ihr jemand aus der Menge reichte und hielt sie ihm ebenfalls hin.

Leskaro fixierte mich mit seinem Blick, während er sich in den Finger schnitt und ein paar Tropfen seines Blutes in die Schalte fallen ließ. Anschließend vollführte er die Geste mit seiner Faust, wobei sein blutender Finger sowohl einen Fleck auf seiner Stirn als auch auf seinem Shirt hinterließ, als er damit seine Brust berührte. „Ich, Leskaro, Anführer des Rudels der Wenona, schwöre hiermit meiner Priesterin ewige Treue. Ich werde ihr beistehen und sie mit meinem Leben beschützen." Damit reichte er sowohl Schale als auch Messer weiter. Es war Shimigami. Ihre langen blonden Haare glänzten golden im Licht der Fackeln, als auch sie sich in den Finger schnitt und das Blut in die Schale laufen ließ. Nach vollendeter Geste, die auch bei ihr blutige Abdrücke hinterließ, erhob sie ihre Stimme. Ihre hellgrauen Augen hatte sie auf mich gerichtet, als auch sie mir ihre bedingungslose Treue schwor. Der Reihe nach wiederholten alle der anwesenden Männer und Frauen dasselbe Ritual. Der vorletzte Mann aber gab die Schüssel an den Nächsten weiter, ohne auf sein Blut geschworen zu haben. Alle Blicke waren auf ihn gerichtet aber keiner sagte ein Wort. Seine gelbgrünen Augen waren angestrengt zusammengekniffen, ehe er mir einen kurzen, bohrenden Blick zuwarf, der nichts Gutes verhieß. Leises Gemurmel und eine gewisse Unruhe, die von den anwesenden übrigen Menschen ausging, war zu vernehmen. Onatha war die Letzte, um den Kreis zu schließen. Sie schnitt sich in den Finger und vollführte ihren Schwur. „Als Älteste in diesem Rat schwöre ich dir, Wenona, Tochter der Luna, meine immerwährende Treue. Mit großer Freude stehe ich dir als Beraterin zur Seite und werde dich mit ganzem Herzen und all meinem Wissen unterstützen, wie es meine Vorfahren schon seit Jahrhunderten vor mir getan haben.", mit diesen Worten beendete Onatha das Ritual.

„Und was nun?", flüsterte ich leise vor mich hin.

„Jetzt ist es an dir, deinen Schwur gegenüber dem Rudel zu leisten. Auch du musst bedingungslose Treue schwören, damit dir das Rudel Folge leistet und dich als Priesterin ihres Wolfsrudels akzeptiert. Andernfalls kann es zu blutigen Machtkämpfen innerhalb der Gruppe kommen. Es wird schon schwierig genug, Akando zu überzeugen. Luna steh uns bei!" Bei ihren Worten schaute sie kurz zu ihrem Stuhlnachbarn, der ihren Blick trotzig erwiderte.

„Akando ist derjenige, der nicht geschworen hat, oder?" Onatha blickte kurz auf und nickte dann traurig.

Ich schob den Gedanken an diesen Mann beiseite, der mir Gänsehaut verursachte und versuchte mich wieder auf Onatha zu konzentrieren.

„Was soll ich tun?" Mein fragender Blick wurde von Onatha mit einem gutmütigen Lächeln erwidert.

„Komm mit.", sagte sie und nahm mich bei der Hand.

„Du musst in das Wasser steigen. Es muss dich vollständig bedecken. Erst wenn dein ganzer Körper von der heiligen Quelle berührt wurde, darfst du wieder aus dem Wasser steigen."

„Na bravo, jetzt muss ich auch noch in das eiskalte Wasser", maulte ich stumm vor mich hin.

Ich versuchte, mir nicht anmerken zu lassen, wie mulmig mir eigentlich zumute war und redete mir ein, dass es halb so schlimm werden würde, schließlich hatten es schon unzählige Frauen vor mir gemacht, wie ich inzwischen wusste. Ich sammelte all meinen Mut zusammen und biss die Zähne zusammen, als ich an den Rand des Sees trat. Ganz ruhig lag er vor mir. Der See vermittelte den Eindruck eines Spiegels, dessen Oberfläche sanft glänzte. Nichts störte die Ruhe, die dieser See ausstrahlte. Dann zog ich mir langsam die Schuhe aus und ging entschlossen auf das Wasser zu. Der Boden unter meinen nackten Füßen war kalt und feucht. Als mein erster Fuß in das Wasser tauchte, blieb mir kurz das Herz stehen. Der See war eiskalt. Zweifel schossen mir durch den Kopf, ob ich es schaffen würde, ganz in das Wasser einzutauchen ohne dabei zu erfrieren. Aber wahrscheinlich würde ich vorher schon einen Herzinfarkt erleiden! Mit dem Gedanken, es schnell hinter mich zu bringen, ging ich noch einen Schritt weiter in den See hinein. „Mach weiter! Noch ein Schritt!", sprach ich mir innerlich selber Mut zu. Krampfhaft presste ich meine Kiefer aufeinander, dass es schmerzte, als ich mich zum Weitergehen zwang. Einige Schritte später glaubte ich schon, meine Beine nicht mehr zu spüren, als ich bis zum Bauchnabel im Wasser stand. Plötzlich erfasste mich ein so starkes Gefühl der Sicherheit, dass ich all meine Zweifel über Bord warf und mich sachte hineingleiten ließ in die wunderschöne Tiefe des geheimnisvollen Sees. Ein wohliges Gefühl ergriff Besitz von mir, als ich auch noch mit meinem Kopf unter die Wasseroberfläche tauchte. Verschwunden waren all meine Ängste. Die Kälte umhüllte mich in einer wohligen, heißen Umarmung. Ich fühlte mich wie neugeboren und erfüllt von einer Kraft, als könnte ich Bäume ausreißen. Mehrere Sekunden genoss ich das Gefühl der totalen Schwerelosigkeit, bevor ich wieder aus dem Wasser auftauchte und widerwillig zurück zum Ufer schwamm, wo alle auf mich warteten. Sobald ich wieder festen Boden unter den Füßen spürte, kam die Kälte wieder zurück. Leskaro legte mir eine Decke um die Schultern und rubbelte mich ein bisschen damit ab. Dann trat Namida aus der Menge hervor und überreichte mir ein Kleid. „Sollte ich das jetzt anziehen, oder was?", ging mir gerade durch den Kopf, als ich in dem Kleidungsstück jenes Kleid wiedererkannte, welches ich bereits in einem meiner Träume getragen hatte, als ich mich inmitten der Wölfe vor dem Feuer stehen sah.

Ich hatte den wartenden Leuten den Rücken zugekehrt und legte schnell meine nassen Kleider ab. Es war mir unangenehm, so nackt wie ich war, all den fremden Blicken ausgeliefert zu sein. Schnell schlüpfte ich in das Kleid und stellte erleichtert fest, dass es wie angegossen passte. Erst dann drehte ich mich wieder zu den wartenden Männern und Frauen um. Verblüfft musste ich feststellen, dass alle

Wolfsmenschen sich auf ein Knie niedergelassen hatten und ihren Kopf gesenkt hielten, bis ich fertig umgezogen war. Kurz war es mir peinlich, so zimperlich wegen der eigenen Nacktheit zu sein, dann verscheuchte ich den Gedanken schnell wieder und bewunderte mein Kleid. Es war aus dunkelgrüner Seide und zarter Spitze an den weiten Ärmeln. Bis zur Brust lag das Kleid eng an und ergoss sich dann in weichen Wellen bis zu meinen Knöcheln. Der Schimmer des Sees spielte mit dem Glanz der Seide und erzeugte ganz unterschiedliche Grüntöne, je nachdem, wie das Licht auf das Kleid fiel. Ein umwerfendes Gefühl der Erhabenheit durchströmte mich, als wir der Gruppe von Menschen folgten, die auf den Ausgang der Höhle zueilte. Marie sah mich immer noch staunend an, als wir nebeneinander durch den Eingang der Höhle ins Freie traten. „Du siehst umwerfend aus! Wahnsinn, als ob es dir auf den Leib geschneidert worden wäre!" Ihr anerkennender Blick zeugte von Aufrichtigkeit und ich drückte dankbar ihre Hand als wir zum Steinkreis gingen. Zu mehr war ich nicht fähig. Meine Kehle war wie zugeschnürt. Dort angekommen schloss ich meine Augen und wusste, was ich zu tun hatte. Ohne nachzudenken hob ich meine Arme zum Himmel empor und begann zu flüstern. Immer lauter kamen die Worte aus meinem Mund, ohne dass ich darüber nachdenken musste, was ich sagen sollte. Dann richtete ich meine Hände auf den Steinkreis, in dem ein großer Haufen Holz lag. Binnen Sekunden fing das Holz Feuer. Die Flammen züngelten hoch und erleuchteten die Gesichter der Leute, die sich rund um den Kreis aufgestellt hatten. Dann ging alles rasend schnell. Beinahe gleichzeitig legten die Anwesenden ihre Kleider ab und verwandelten sich in Wölfe. Dann stimmten sie ein Geheul an, das kilometerweit zu hören sein musste. Marie stand ungläubig daneben und konnte es kaum fassen, was sie sah. Ihr Blick huschte hin und her, um nichts von dem Schauspiel zu verpassen, das sich vor ihren Augen abspielte. Sie hatte eindeutig kein Problem mit der Nacktheit anderer. Daran würde ich noch arbeiten müssen!

Meine Wölfe strömten einen solchen Enthusiasmus aus, dass ich regelrecht mitgerissen wurde. Ich ertappte mich dabei, ein so starkes Zusammengehörigkeitsgefühl zu spüren, dass mir ganz warm ums Herz wurde. Mein Atem ging flach und ich fühlte nichts als Liebe in mir. Einzig Namida stand noch in menschlicher Gestalt an ihrem Platz und begann zu tanzen. Zum Rhythmus des Wolfsgeheuls tanzte sie mit Blick auf den sternenfunkelndem Himmel um den Steinkreis. Ihr langes Haar fiel ihr weit über den Rücken und schwang bei jeder ihrer Bewegungen mit. Das Heulen erreichte seinen Höhepunkt und endete plötzlich ganz abrupt. Erst dann öffnete sie ihre Augen und ließ sich auf den Boden nieder. Sie kniete auf der Erde und holte erschöpft Luft.

Leskaro kam auf mich zu und nahm mich an der Hand. Mein Herz begann schneller zu schlagen, als er mir tief in die Augen schaute. In diesen Augen könnte ich mich verlieren, stellte ich erstaunt fest. Verlegen blickte ich zur Seite, als seine schwarzen Augen neugierig jede Regung meines Gesicht beobachteten.

„Wir haben ein Problem um das wir uns kümmern müssen."

„Wir? Was für ein Problem?"

„Akando. Der Wolf, der dir nicht die Treue geschworen hat. Er ist gefährlich. Wir dürfen ihn nicht unterschätzen! Wenn wir nicht aufpassen und den Zusammenhalt des Rudels stärken, wird er versuchen sein eigenes Ding durchzuziehen. Er hat bereits einige Anhänger, die ihm folgen würden, wenn er unser Rudel verlassen sollte."

„Was bedeutet das?"

„Einige im Rudel trauen dir nicht zu, uns anzuführen. Sie sind der Meinung, du warst zu lange fort von hier und hast keine Ahnung von den Gepflogenheiten und Bräuchen unseres Stammes. Es kann sein, dass sie sich gegen dich wenden und ein eigenes Rudel gründen wollen."

„Und wo ist das Problem? Dann sollen sie halt ihr eigenes Rudel bilden, wenn sie wollen".

„Genau das ist das Problem. Unser Rudel würde zu klein werden, um gegen andere bestehen zu können. Die Gefahr droht nicht nur aus den eigenen Reihen. Es gibt noch mehr da draußen, vor dem wir uns in Acht nehmen müssen. Dazu brauchen wir die ganze Kraft unseres Rudels, verstehst du?"

„Dann müssen wir uns eben etwas überlegen, wie wir das verhindern können. Was schlägst du vor?"

„Lass uns die Versammlung auflösen und die Leute nach Hause schicken. Ich werde dann später zu dir kommen, dann können wir uns in Ruhe einen Plan überlegen, einverstanden?"

„OK. Du weißt, wo du mich findest?"

„Natürlich. Ich war immer über alle deine Schritte informiert, seit du hier angekommen bist. Das gehört mit zu meinen Aufgaben. Erinnerst du dich an unsere erste Begegnung im Wald? Ich war immer in deiner Nähe, um dich zu beschützen".

„Beim ersten Mal, als ich dich im Wald sah, bin ich ganz schön erschrocken! Ich wusste nicht, ob ich meinen Augen trauen sollte oder nicht. Du warst so schnell verschwunden, dass ich mir nicht sicher war, ob ich mir alles eingebildet hatte oder nicht. Außerdem brauche ich keinen Bodyguard, ich kann ganz gut alleine auf mich aufpassen".

„Das mag schon sein. Trotzdem wirst du noch viel lernen müssen. Aber lass uns das später besprechen, OK?"

„OK".

Er führte mich wieder zurück zu den Anderen und ich streckte meine Arme in den Himmel. Viele der Leute hatten wieder ihre menschliche Gestalt angenommen, nur eine kleine Gruppe war noch nicht zurückverwandelt. Ein Donnern durchbrach die Stille und viele der Anwesenden schauten nach oben zum Himmel. Sofort verstummten sämtliche Gespräche. Alle Aufmerksamkeit war auf mich gerichtet, als ich zu sprechen begann. „Für heute schließe ich diese Versammlung. Danke für euer Kommen. Ich werde euch wissen lassen, wann wir uns wieder hier versammeln werden. Kommt gut nach Hause!"

Die Ersten machten sich bereits auf den Weg, kaum dass ich zu Ende gesprochen hatte. Manche führten ihre unterbrochenen Gespräche zu Ende und andere wiederum verfolgten jeden meiner Schritte. Ich verabschiedete mich und trat gemeinsam mit Marie den Heimweg an.

„Mensch Lisa, das war ja der totale Wahnsinn! Ich kann´s noch immer nicht fassen! Es stimmt also doch! Die ganzen Geschichten von Werwölfen und so. Keine Märchen, sondern real. Wenn ich es nicht mit eigenen Augen gesehen hätte, würde ich es gar nicht glauben!" Marie sprang schon wieder ganz aufgeregt vor mir herum und fuchtelte mit ihren Armen in der Luft. Dann lachte sie laut auf und schüttelte den Kopf. „Wahnsinn, das glaubt mir kein Mensch!"

Entgeistert blieb ich stehen und starrte Marie an.

„Es soll dir auch kein Mensch glauben! Du darfst niemandem erzählen, was du heute gesehen hast! Was glaubst du, was dann los wäre! Eine Massenhysterie würde ausbrechen! Die Menschen würden in Panik verfallen".

„Tut mir leid. War nicht so gemeint. Das ist mir nur so rausgerutscht. Es ist mir schon klar, dass niemand davon erfahren darf. Du kannst dich auf mich verlassen, das weißt du, oder?"

„Natürlich, sorry!"

„Kein Problem. Komm schon! Sonst verbringen wir noch die ganze Nacht hier draußen!"

Den Rest des Weges gingen wir schweigend nebeneinander her. Mein Kopf arbeitete fieberhaft daran, eine Lösung für die Probleme des Rudels zu finden. Aber ich wusste noch nicht einmal genau, für was ich eigentlich eine Lösung finden musste. Trotzdem grübelte ich über Leskaro´s Worte und hoffte, er würde bald auftauchen, damit er mir endlich erklären konnte, welche Gefahr uns allen drohte.

Kapitel 22

„Ist es okay, wenn ich als Erste unter die Dusche gehe?", riss mich Marie aus meinen Gedanken. „Natürlich, ich überlege mir in der Zwischenzeit, was wir essen könnten. Ich hab heute echt keine Lust mehr, groß aufzukochen".

„Das verstehe ich. Mir ist es egal. Was hältst du von Toast? Das geht schnell und schmeckt gut". Marie hatte eine Augenbraue hochgezogen und sah mich erwartungsvoll an.

„Keine schlechte Idee, wir haben alles im Haus, was wir brauchen".

Damit steckte ich den Schlüssel ins Schloss und sperrte die Haustüre auf. Marie verschwand ins Bad und ich setzte mich an den Tisch. Dann holte ich mir eine Flasche Mineralwasser aus dem Kühlschrank und trank sie noch im Stehen zur Hälfte aus. Vor lauter Aufregung hatte ich gar nicht bemerkt, wie durstig ich eigentlich war. Anschließend nahm ich Wurst und Käse heraus und legte alles auf die Arbeitsfläche. Irgendwo hatte ich schon einmal den Toaster gesehen, aber ich wusste nicht mehr wo. Deshalb riss ich sämtliche Schränke auf, um das Teil zu finden. Als alles bereitstand wartete ich auf Marie. Das Rauschen des Wassers hatte aufgehört und einige Minuten später stand sie in frischen Klamotten im Türrahmen. Mit dem Handtuch rubbelte sie ihr Haar halbwegs trocken, ehe sie in die Küche kam und sich neben mich fallen ließ. Sie stieß einen Seufzer aus und legte den Kopf auf die Tischplatte. „Oh Mann, bin ich fertig." Dann gähnte sie laut und herzhaft, während sie mir einen Seitenblick zuwarf. „Möchtest du auch gleich unter die Dusche oder lieber erst nach dem Essen?"

„Egal. Ich bin hundemüde und würde mich am liebsten nur noch in mein Bett legen und die Augen zumachen. Aber daraus wird wohl leider nichts. Leskaro kommt noch vorbei um mit mir darüber zu sprechen, wie es weitergeht". Mit einem tiefen Seufzer stand ich auf und ging ins Badezimmer. Dann hätte ich das zumindest erledigt und könnte mich gleich anschließend, wenn mit Leskaro alles besprochen war, schnellstens ins Bett verdrücken. Marie hatte zwar das kleine vergitterte Fenster gekippt, aber die Zeit reichte nicht aus, die entstandenen Dampfschwaden ihrer heißen Dusche, zu vertreiben. Ich kam mir vor wie in einer Sauna. Müde warf ich einen Blick in den Spiegel und war dankbar, dass er noch immer beschlagen war, weshalb mir mein Anblick erspart blieb. So fertig wie ich mich fühlte, war es wahrscheinlich sowieso kein schöner Anblick. Schnell schlüpfte ich aus meinen Sachen und ließ sie achtlos zu Boden fallen. Sie waren ein klarer Fall für die Waschmaschine. Dann stieg ich in die Dusche und stellte mich direkt unter den Duschkopf. Das heiße Wasser war eine Wohltat für meinen Körper. Ich schloss die Augen und genoss das reinigende Gefühl und den Duft des Shampoos, das sich entfaltete, sobald ich damit meine Haare einschäumte. Es war erstaunlich, dass mich der Geruch meines Shampoos immer wieder erfreute, aber so war es nun einmal. Dieser zarte Geruch nach Orange und Vanille löste in mir immer totale Entspannung aus, ein himmlisches Gefühl, das ich so lange wie möglich hinauszog. Als das Wasser nur noch lauwarm aus der Leitung kam, beeilte ich mich, mir den Schaum abzuspülen, bevor ich nur noch kaltes Wasser zur Verfügung hatte. Der Boiler war nicht groß genug, um länger unter der Dusche zu stehen. Nur mit einem Handtuch um meinen Körper gewickelt verließ ich das Bad, um mir in meinem Schlafzimmer eine frische Jogginghose und ein Shirt überzuziehen. Ich hatte keine Lust mehr, meine Haare trocken zu föhnen. Das war mir definitiv zu anstrengend und dauerte bei der Länge meiner Haare viel zu lange. Also ließ ich sie an der Luft trocknen, während wir uns hungrig über unsere Toasts hermachten, die Marie in der Zwischenzeit vorbereitet hatte. Zufrieden und satt saßen wir noch immer am Tisch und rauchten gerade eine Verdauungszigarette, als es an der Tür klopfte. Ich stand auf, um zu öffnen, als die Tür auch schon aufschwang und Leskaro lässig im Türrahmen stand.

„Ist es hier üblich, dass man sich selbst die Tür öffnet, wenn man in ein fremdes Haus kommt?"

„Oh, Entschuldigung! Für mich ist das kein fremdes Haus, ich kenne es schon mein Leben lang. Auch die Besitzer".

„Aber mich nicht!"

„Du hast recht. Es tut mir leid". Zerknirscht schenkte er mir ein schiefes Lächeln.

„Schon in Ordnung, komm rein". Ich konnte ihm einfach nicht böse sein. Seine aufrichtigen Augen und sein sexy Grinsen verfehlten nicht ihre Wirkung auf mich.

Mit einer einladenden Handbewegung bat ich ihn ins Haus und er folgte mir in die Küche, wo Marie noch immer auf ihrem Platz saß. Beim Anblick von Leskaro schoss Marie von ihrem Platz hoch und beeilte sich, unser Geschirr in die Spüle zu stellen und die Lebensmittel wegzuräumen. Leskaro nahm auf einem der Stühle Platz und wartete, bis auch wir wieder unsere Plätze eingenommen hatten. Dann begann er zu sprechen.

„Also, was willst du mit mir besprechen? Aber zuerst, möchtest du was trinken?"

„Ja gern. Egal was. Ich bin nicht wählerisch". Ließ er uns wissen. Dann sammelte er sich kurz und begann zu sprechen.

„Ich weiß eigentlich gar nicht, wo ich anfangen soll. Es ist alles ganz schön kompliziert, wenn man nicht damit aufgewachsen ist. Normalerweise lernen wir von klein an, damit umzugehen. So wie Radfahren. Bei dir ging das nicht, nachdem sie dich entführt hatten". Entschuldigend zuckte er mit den Achseln. Eine kleine Pause entstand, die ich sofort nutzte, um mehr darüber zu erfahren. So gern wollte ich mehr über meine Eltern erfahren. Dieses Thema brannte mir unter den Fingernägeln. Diese Chance musste ich einfach nutzen.

„Was weißt du darüber? Ich dachte immer, ich hätte keine Eltern. Sie wären tot oder so. Mir wurde erzählt, ich wäre eines Nachts vor dem Kinderheim abgelegt worden. Niemand wusste, wer meine Eltern waren oder ob sie überhaupt noch leben würden." Mit zittriger Stimme sah ich Leskaro an und musste mich beherrschen, nicht in Tränen auszubrechen.

„Das stimmt so nicht ganz. Deine Eltern haben hier gelebt, sie waren Teil unseres Volkes, ehe du verschwunden bist. Eines Nachts, wir hatten gerade eine Versammlung am Wolfsfelsen, wurdest du von Unbekannten aus dem Haus gestohlen, während deine Großmutter vor dem Fernseher eingeschlafen war. Du musst damals ungefähr drei Jahre alt gewesen sein. Als deine Eltern nach Hause kamen und das leere Bett entdeckten, wurde sofort eine Suche nach dir eingeleitet. Das ganze Rudel hat sich an der Aktion beteiligt. Aber du bliebst verschwunden. Wir konnten dich nicht aufspüren. Nicht einmal unsere besten Spürnasen konnten deine Witterung aufnehmen. Du warst wie vom Erdboden verschluckt. Wochen und Monate haben wir damit verbracht, nach dir zu suchen und irgendwann haben wir aufgegeben. Nicht aber deine Eltern. Sie ließen nichts unversucht, dich doch noch zu finden. Nur die älteste Tochter unserer Priesterin hat die Gabe, ein Rudel anzuführen. Und das bist nun mal du! Keine andere Frau könnte deinen Platz einnehmen. Die Blutlinien sind uralt und dürfen nicht unterbrochen werden. Stirbt eine Priesterin, dauert es nicht lange, bis sich das Rudel total überwirft und auseinanderbricht. Der Alphawolf kann sein Rudel zwar immer noch anführen, aber wenn größere Probleme auftauchen, wie zum Beispiel jetzt die Vampire, dann fehlt die Magie und Kraft der Priesterin, um die Überlebenschancen des Rudels zu erhöhen, die ein solcher Kampf mit sich bringt. Deshalb verlassen in so einem Fall viele Mitglieder lieber das eigene Rudel, um sich einem Stärkeren anzuschließen. Oder sie ziehen sich irgendwohin zurück und bleiben alleine. Aber die Wenigsten machen das, weil es auch bedeutet, dass sie nicht mehr den Schutz des Rudels genießen. Wir brauchen das Rudel, um uns wohlzufühlen. Der Wolf ist normalerweise kein Einzelgänger. Das Rudel ist wie eine große Familie. Du bist nie allein. Leider hast du nie die Geborgenheit einer solchen Großfamilie gespürt, weil du entführt wurdest. Auch unser Rudel hat sehr darunter gelitten, als du einfach verschwunden warst. Mit den Jahren sank unsere Hoffnung, dass du noch am Leben wärst. Es grenzt an ein Wunder, dass unser Rudel noch vereint ist. Lange wäre es wahrscheinlich nicht mehr so weitergegangen. Immer wieder kam es in den letzten Jahren zu blutigen Machtkämpfen, wenn es darum ging, wer das Rudel anführen sollte. Seit etwa einem halben Jahr bin ich der Alpha und versuche alles in meiner Macht Stehende zu tun, um die Rivalitäten unter den Mitgliedern im Zaum zu halten. Selbst ich hatte nur noch einen kleinen Hoffnungsschimmer, du wärst noch am Leben. Zum Glück bist du noch rechtzeitig aufgetaucht." Er hielt inne und fragte, ob er doch ein Bier haben könnte.

Sofort sprang Marie von ihrem Stuhl auf und holte uns drei Flaschen aus dem Kühlschrank. Leskaro öffnete sie mit Hilfe des Feuerzeugs, das auf dem Tisch lag und reichte uns die geöffneten Flaschen. Wir prosteten uns zu und nahmen einen ordentlichen Schluck. Meine Müdigkeit war wie weggeblasen und ich konnte es kaum erwarten, dass er weitersprach. Tief erschüttert über das eben Gehörte nahm ich die Zigaretten aus meiner Handtasche und steckte mir eine in den Mund. Meine Hände zitterten so stark, dass mir Marie das Feuerzeug aus der Hand nahm und mir Feuer gab. Ich inhalierte tief und blies den Rauch in die Luft, um wieder ruhiger zu werden. Marie hatte sich ebenfalls eine Zigarette angezündet und wartete gespannt darauf, dass Leskaro weitersprach. Wie gebannt hing sie an seinen Lippen, um ja kein Wort zu versäumen.

„Dann leben meine Eltern also noch?" Platzte ich ungeduldig heraus.

„Das weiß ich nicht genau. Dein Vater starb vor ungefähr drei Jahren. Und kurz darauf hat deine Mutter unser Dorf verlassen. Zu viele Erinnerungen, hat sie gesagt. Sie hatte nicht mehr die Kraft, unser Rudel zu führen. Etwas in ihr war zerbrochen. Das ist auch der Grund, warum es zu so viel Unruhe innerhalb unserer Gruppe kam."

„Dann kann es also sein, dass meine Mutter noch lebt! Ich muss sie finden! So viele Jahre in denen ich glaubte, meine Eltern wären tot." Meine Wangen brannten gefährlich heiß und ich spürte, wie sich Tränen in meinen Augenwinkeln sammelten. Verlegen stand ich auf, um nicht vor den Beiden loszuheulen und ging ins Bad, um mir mit dem Toilettenpapier die Nase zu putzen und heimlich die Tränen wegzuwischen. Dann atmete ich ein paar Mal tief durch und zog die Spülung, um den Anschein zu erwecken, ich wäre auf der Toilette gewesen, ehe ich wieder in die Stube ging. Leskaro schaute mir stillschweigend entgegen, als ich eintrat. Sein Blick ließ mich vermuten, dass er ahnte, was gerade in mir vor sich ging. Glücklicherweise war er so taktvoll, mich nicht darauf anzusprechen. Er nahm noch einen Schluck aus seiner Flasche, ehe er weitersprach.

„Wenona, wir brauchen dich hier. Ganz dringend."

„Das weiß ich. Ich spüre es." Bedrückt starrte ich auf meine Hände. Unbewusst hatte ich schon wieder damit begonnen, an meiner Nagelhaut zu zupfen. Das machte ich immer, wenn ich nervös war. Naja, das war immer noch besser, als in Tränen auszubrechen.

„Gestern ist wieder ein Mädchen aus dem Dorf verschwunden. Spurlos. Sie ist nach der Schule nicht nach Hause gekommen. Keiner hat sie gesehen. Namida sah es in den Sternen. Eine Welle des Bösen wird über uns hereinbrechen!"

Marie ergriff das Wort. „Was genau wird von Lisa erwartet? Wie gefährlich wird es und gegen wen werden wir kämpfen?"

„Wenona, oder Lisa, wie du sie nennst, ist unsere Priesterin. Sie hat magische Fähigkeiten, die sie im Kampf gegen Vampire einsetzen kann. Das sind nicht unsere einzigen Feinde, aber im Moment richtet sich unser Augenmerk verstärktes auf diese Spezies. Sie gieren nach immer noch mehr Macht und gehen dabei über Leichen, um ihr Ziel zu erreichen. Alles deutet darauf hin, dass so eine Gruppe Blutsauger für das Verschwinden von mehreren Menschen hier in der Gegend verantwortlich ist."

„Vampire!?" Rief Marie erschrocken aus.

„Ja, Vampire. Sie existieren wirklich. Viele von ihnen leben unbemerkt unter den Menschen und machen keine Probleme. Sie lernten in den letzten tausend Jahren, sich ihrer Umgebung anzupassen. Ich bin mir sicher, auch du hattest schon mindestens einmal in der Vergangenheit mit einem Vampir zu tun. Sie bleiben meist unter sich und verhalten sich unauffällig. Leider gibt es aber wie bei jeder Spezies auch solche, die immer mehr haben wollen. Mehr Macht, mehr Geld, mehr … egal. Die sind dann so richtig gefährlich.

Wenn es Einer versteht, sich und seine Ziele gut zu verkaufen, mangelt es nie an Anhängern. Der Durchschnittstyp, egal ob Mensch, Vampir, Wolfsmensch oder sonst irgendeiner, ist glücklich, wenn er nicht selber denken muss, sondern mit der Masse mitlaufen kann. Und wenn ihm dann noch jemand sagt, was er tun soll und er dafür ein wenig Lob bekommt ..." Leskaro verstummte, doch ich wusste, was er mir damit sagen wollte. Auch ich hatte bereits Erfahrung damit gemacht, wie fanatisch Menschen werden konnten, wenn sie von einer Sache überzeugt waren. Meist brauchte es dazu nur einen überzeugenden Redner, der sich die Ängste und Träume dieser Leute zunutze machte. Geborene Anführer. Jäh riss mich Leskaros Stimme aus meinen Gedanken.

„Sie sind brillante Strategen, die es spielerisch beherrschen, andere für ihre Zwecke auszunutzen. Natürlich spielt auch Geld eine große Rolle. Macht und Geld. Das ist es, was viele Leute, egal welcher Spezies gemein haben: Die Gier nach Macht." Leskaro machte wieder eine kleine Pause um einen Schluck zu trinken, bevor er weitersprach.

„Die meisten Wolfsmenschen leben wie alle anderen Menschen auch. Sie arbeiten, haben Familie und leben ihr Leben. Nur bei Vollmond treffen wir uns alle im Wald. Nur dort haben wir die Sicherheit, dass kein normaler Mensch sieht, wie wir uns zum Wolf verwandeln. Das ist bei Vollmond beinahe unumgänglich. Zu stark ist die Kraft des Mondes, um eine Verwandlung zu verhindern. Nur wenige von uns haben die Beherrschung, dem Ruf des Mondes zu widerstehen. Es kostet enorm viel Kraft und einen eisernen Willen. Das ist auch der Grund, warum wir es bevorzugen, in kleineren Dörfern in der Nähe des Waldes zu leben. Kaum einer lebt in der Stadt. Im Gegensatz zu den Vampiren. Für sie ist es leichter, unentdeckt in den Städten zu leben. Untertags können sie sich verkriechen und nachts sind sie aktiv. Da fällt es nicht weiter auf, wenn mal ein Mensch schwer verletzt aufgefunden wird oder ganz verschwindet. Die meisten Menschen leben für sich alleine und kennen nicht einmal den Namen ihrer Nachbarn. Die Vampire verstehen es meisterhaft, ein Netzwerk aufzubauen, um ihre Bedürfnisse zu befriedigen. Blutbanken werden oft von Vampiren geleitet. Aber es gibt auch genügend Menschen, die sich freiwillig als Nahrungsquelle zur Verfügung stellen. Sie empfinden es als Rausch, sind high von den Vampirpheromonen, die über den Speichel in das menschliche Blut gelangen."

„Warte, warte. Das geht mir zu schnell. Du behauptest also, Vampire leben unbehelligt unter den Menschen und keiner weiß davon?"

„Ja. Vampire haben ebenfalls Kräfte, die sie für ihre Zwecke einsetzen."

„Welche Kräfte meinst du?"

„Naja, wenn du zum Beispiel einem Vampir zu lange in die Augen schaust, kann er dich in eine Art Hypnose versetzen. Er hat dann die Möglichkeit, dich für eine gewisse Zeit zu kontrollieren. Danach kannst du dich an nichts mehr erinnern."

„Das ist ja schrecklich!" Marie riss erschrocken die Augen auf und schlug sich mit der flachen Hand auf den Mund. „Entschuldigung, dass ich so herausgeplatzt bin. Aber die Vorstellung, es gibt da jemanden, der dich so manipulieren kann, ist einfach nur so, so, so schauderhaft! Da stellen sich mir sämtliche Härchen auf." Demonstrativ streckte Marie ihren Arm aus, damit wir sehen konnten, wie ihr die Haare zu Berge standen.

„Ja. Aber wie gesagt sind die meisten von ihnen harmlos. Unauffällig. Gefährlich sind nur diejenigen, deren Machthunger übermächtig wird. Denen sind Menschenleben egal und nicht selten hinterlassen sie eine Spur aus Leichen. Sie scharen Anhänger um sich, die verloren durch die Welt irren und nicht wissen, wo ihr Platz im Leben ist. Dann wird es richtig gefährlich. Sie haben keine Skrupel und sind absolut fanatisch. Die verhalten sich wie Söldner, gehen über Leichen, um ihren Auftrag zu erfüllen und ebenfalls ein Stück der Macht abzubekommen. Natürlich sind die meisten von ihnen nichts anderes als Schachfiguren. Bauern, die geopfert werden, wenn es die Situation verlangt. Aber das merken sie nicht, wenn sie im Blutrausch sind. Vampire sind typische Einzelgänger und lieben nur sich. Sie sind nicht fähig, andere zu lieben. Das liegt wahrscheinlich daran, dass ihr Herz nicht mehr schlägt."

„Dann sind sie also tot? Wie können sie dann leben?" Ich kam mir vor wie ein kleines Kind, als ich diese Fragen stellte. Leskaro aber nickte verständnisvoll mit dem Kopf.

„Sie können nur leben, wenn sie täglich eine gewisse Menge Blut trinken. Wenn ihnen diese Möglichkeit versagt wird, sterben sie. Ihre Körper trocknen aus und sie verwandeln sich schön langsam in Mumien."

„Stimmt es, dass man Vampire mit Silberkugeln und Holzpflöcken töten kann? Dass sie kein Weihwasser mögen und in der Sonne verbrennen?" Wenigstens Marie war imstande, wichtige Fragen zu klären, die uns im Notfall vielleicht das Leben retten konnten, ohne dabei wie ein kleines Kind zu wirken.

„Holz ist richtig. Silberkugeln sind nur dann tödlich, wenn sie das Herz oder das Gehirn durchschlagen. Bleibt eine Kugel stecken und der Vampir kann sie entfernen, ist er imstande, sich mit ein wenig Blut wieder zu heilen. Weihwasser ist Quatsch. Und Knoblauch bannt Vampire nur für kurze Zeit. Am effektivsten ist es, wenn der Kopf vollständig abgetrennt wird. Dann sind sie wirklich tot. Dafür aber braucht es ein sehr scharfes Schwert und viel Kraft. Direkte Sonne meiden sie. Es verhält sich so ähnlich wie bei Albinos. Es kann sie blind machen und ihre Haut wirft eitrige Blasen. Aber es tötet sie nicht. Außer, sie würden eine längere Zeit der prallen Sonne ausgesetzt sein."

Wieder machte Leskaro eine Pause. Marie nutzte die Zeit, um auf die Toilette zu gehen und ich saß nur ganz ruhig da. So Vieles, das ich erst richtig begreifen musste. Leskaros Augen ruhten auf mir. Er versuchte wohl zu ergründen, wie ich auf all das reagierte. Es überraschte mich selber, wie ruhig ich blieb. Aber es fühlte sich richtig an. Hier spürte ich meine Wurzeln und das verlieh mir immense Ruhe und Kraft. In der herrschenden Stille dachte ich über meine Mutter nach. Wie sie wohl aussehen würde? Sah ich ihr ähnlich? Was machte sie gerade und ging es ihr gut? Marie kam wieder ins Zimmer und öffnete den Vorratsschrank. Sie nahm einige Knabbereien aus dem Regal und füllte eine kleine Schüssel damit. Dann stellte sie sie auf den Tisch und nahm wieder Platz.

„Wie geht es jetzt weiter?", nahm ich das Gespräch wieder auf, ehe ich mir ein paar Soletti in den Mund steckte.

„Hmm. Es ist nur eine Frage der Zeit, bis wir angegriffen werden. Alle Zeichen deuten darauf hin. Es ist kein Zufall, dass diese beiden Mädchen verschwunden sind. Das war eine Warnung. Entweder, wir verschwinden hier oder es gibt ein Blutbad. Der Rat hat beschlossen, zu bleiben. Wir lassen uns nicht vertreiben. Wenn wir jetzt klein beigeben, werden wir nirgendwo mehr sicher sein. Sie werden uns überall vertreiben und wir wären dauernd auf der Flucht. Das wollen wir verhindern und deshalb werden wir uns dem Gegner stellen. Das ist unsere Heimat."

„Das denke ich auch. Wegzulaufen ist keine Lösung."

„Ich bin froh, dass du das ebenfalls so siehst. Wir werden jeden Mann, beziehungsweise jede Frau, brauchen. Keiner von uns weiß, mit wem und mit wie vielen wir es tun haben. Es könnte für uns alle den Tod bedeuten. Oder aber die Freiheit."

„Ich bin für Freiheit!", unterbrach Marie Leskaros Ausführungen. Ein Lächeln blitzte in seinen Augen auf, als er Maries Entschlossenheit spürte. Er lächelte sie an und gab ihr die Hand. „Es ist mir eine Ehre, eine so tapfere Frau an unserer Seite zu wissen." Marie schoss die Röte ins Gesicht. Ganz verlegen nahm sie seine Hand und schüttelte sie. „Ganz meinerseits."

„Wir müssen euch Waffen besorgen, damit ihr euch wehren könnt.", versuchte Leskaro das Gespräch in eine andere Richtung zu lenken.

„Haben wir schon.", gab ich kleinlaut zurück. Verblüfft sah er mich an und wusste ausnahmsweise einmal nicht, was er sagen sollte. Marie sprang vom Tisch auf und ging in ihr Schlafzimmer. Dann kam sie mit unseren neuesten Errungenschaften zurück und breitete alles auf dem Tisch aus. Leskaro staunte nicht schlecht, als er sich die Waffen genauer ansah. „Wow, das ist für den Anfang gar nicht mal so schlecht." Er stieß einen kleinen Pfiff aus und griff sich dann in die Hosentasche. Er hatte zwei Lederbänder in der Hand und hielt sie uns vor die Nase.

„Was ist das?", wollte ich von ihm wissen.

„Das sind Amulette. Ihr müsst sie immer bei euch tragen. Es sind Wolfskrallen unserer besten Krieger und Fährtenleser. Ihr werdet dadurch mit dem Rudel verbunden sein. Verliert sie nicht! Euer Leben kann davon abhängen!" Damit reichte er uns je eine Lederkette. Ich fühlte die Wärme der Kralle und konnte gleichzeitig fühlen, wie gefährlich scharf sie war. Fasziniert starrte ich sie an, bis mir Marie meine Kette aus der Hand nahm und sie mir um den Hals band. Sie hatte sich ihre Lederkette bereits um den Hals gebunden und spielte daran herum.

„Danke", erwiderten wir beinahe gleichzeitig.

„Der Tag war lang und anstrengend. Ruht euch aus, so lange ihr noch könnt. Es kann jederzeit losgehen", erklärte er uns abschließend und erhob sich von seinem Platz.

„Wie wissen wir, wenn wir gebraucht werden und wo wir euch finden?", stellte Marie noch eine letzte Frage.

„Wenona wird es wissen, wenn es so weit ist. Sie wird ihr Rudel immer spüren."

Mir fiel nichts mehr ein, das ich hätte fragen können. Deshalb hielt ich einfach die Tür auf und wartete darauf, dass Leskaro das Haus verließ. Wir verabschiedeten uns von ihm und schlossen die Tür hinter ihm ab.

„Oh Mann, ich kann es noch gar nicht richtig glauben. Vampire! Und wir haben all die Jahre nichts davon mitbekommen. Das ist doch einfach unfassbar! Glaubst du, dass diese Spinner, mit denen ich unterwegs war, auch Vampire waren oder nur Möchtegerns?" Marie war ganz aufgedreht. Ich war einfach nur müde.

„Keine Ahnung. Ich geh schlafen. Für heute habe ich genug gehört", ließ ich Marie wissen und ging in Richtung Schlafzimmer. Marie nahm ihre Zigaretten und wünschte mir eine gute Nacht, bevor sie auf die Veranda ging.

Kapitel 23

Am nächsten Morgen trank ich gerade meine erste Tasse Kaffee, als Marie noch ganz verschlafen und barfuß zu mir auf die Veranda kam. Erschöpft ließ sie sich auf einen Liegestuhl sinken und schloss ihre Augen. „Mann ist das hell hier. Da braucht man ja eine Sonnenbrille." Sie blinzelte gegen das helle Tageslicht und schirmte dann ihre Augen mit einer Hand ab. „Guten Morgen. Hast du gut geschlafen?"

„Wie ein Stein und du?"

„Auch gut, danke. Möchtest du auch eine Tasse Kaffee?"

„Ja, gerne. Vielleicht macht der mich munter." Auf Maries Gesicht erschien ein schelmisches Grinsen, ehe sie ihren Kopf wieder auf die Lehne sinken ließ und ihre Augen schloss. Ich stand auf und ging in die Küche, um das Frühstück vorzubereiten.

Nach der ersten Tasse Kaffee fühlte sich Marie schon besser und wechselte ihren Pyjama gegen Sportsachen, ehe sie sich von mir die zweite Tasse einschenken ließ. „Hast du Lust, gleich nach dem Frühstück ein wenig zu trainieren?"

„Natürlich. Aber dann darf ich nicht zu viel essen, sonst kommt mir alles hoch", erwiderte ich und freute mich darauf, erstmals mit Marie gemeinsam zu trainieren.

Völlig verschwitzt ließen wir uns gute zwei Stunden später auf die Treppe der Veranda sinken. „Jetzt brauche ich dringend was zu trinken. Mir tut jeder Knochen weh.", jammerte Marie. Also rappelte ich mich hoch und ging in die Hütte, um zwei Flaschen Wasser zu holen. Marie trank ihre in einem einzigen Zug leer. „Du hast mir nicht gesagt, dass du so gut bist.", meinte Marie vorwurfsvoll. „Eigentlich war ich immer die Sportlichere von uns!"

Mit dieser Aussage brachte mich Marie zum Lachen. Es freute mich ungemein, dass ich mit Marie mithalten konnte. Vor dem Training hatte ich da so meine Zweifel. Immerhin trainierte ich erst seit gut einem Jahr und Marie war schon immer sehr sportlich gewesen. Mein tägliches Training hatte sich absolut bezahlt gemacht. Ungewohnt war nur, dass ich heute mit Marie eine Gegnerin hatte, die ich nicht einschätzen konnte. Ich hatte keine Ahnung, auf welchen Kampfstil ich mich einstellen musste. Erstaunt stellte ich jedoch fest, dass das gar nicht wichtig war. Es zählte nur die Reaktion und Ausdauer.

„Danke für das Kompliment. Es hat Spaß gemacht, wieder einmal einen realen Gegner zu haben. In der letzten Zeit habe ich nur noch alleine trainiert. Du hast es mir aber auch nicht gerade leicht gemacht!"

„Ich bin froh, dass ich mit dir und nicht gegen dich kämpfen muss, wenn es drauf an kommt!", stellte Marie noch fest, ehe sie sich auf den Weg in die Küche machte, um sich noch eine Flasche Wasser zu holen. Maries Kompliment freute mich sehr, weil ich wusste, dass sie mir nicht irgendwelche Schmeicheleien zukommen ließ, sondern dass sie offen ihre Meinung sagen würde, wenn es anders wäre. Stolz wie Oskar konnte ich mir ein Grinsen nicht verkneifen. Mein pinkfarbenes enges Shirt war unangenehm feucht auf meiner Haut, weshalb ich mich beeilte, es loszuwerden. Beim Anblick der Dreckwäsche, die sich in den letzten Tagen angehäuft hatte, nahm ich mir ganz fest vor, am Abend die Waschmaschine einzuschalten.

Eine Weile später saßen wir frisch geduscht auf der Veranda und überlegten, was wir mit dem Nachmittag anfangen sollten. Mein Laptop lag noch immer unberührt neben mir auf dem Boden. Ich nahm ihn hoch und legte ihn mir auf die Oberschenkel. Dann öffnete ich den Browser und gab Vampire und Werwölfe in die Suchmaschine ein. Mehrere Hunderttausend Ergebnisse wurden angezeigt. Enttäuschung machte sich breit, als ich die ersten paar Seiten durchsah und nur Fantasy und Horrorgeschichten made in Hollywood fand. Mir wurde klar, dass dieses Unterfangen, wie die sprichwörtliche Suche nach der Nadel im Heuhaufen und somit im Sand verlaufen würde. Zu viele Filme, Bücher und Mythen rankten sich um diese Themen. Es fanden sich auch reichlich Spinner, die in sogenannten Vampirclubs um Mitglieder buhlten. Fotos, auf denen weißgeschminkte Männer und Frauen mit ihren falschen Zähnen und Theaterblut verzerrte Grimassen schnitten, fand ich einfach nur erbärmlich. Diese Leute spielten Vampir, um sich einen Kick zu verschaffen. „Wie langweilig musste deren Leben sein, um sich derart lächerlich zu machen?", kam mir der traurige Gedanke, ehe ich meinen Laptop wieder herunterfuhr und beiseite stellte. Diese abartigen Fantasien waren nicht hilfreich, wenn es um die Realität ging. Was wir brauchten, waren Fakten, nicht solche Kindereien gelangweilter Teenager oder unbefriedigter Erwachsener, die ein derart stinklangweiliges Leben führten, dass sie sich in aller Öffentlichkeit zum Narren machten.

Marie war in eine der Zeitungen, die wir bei unserem gemeinsamen Ausflug ins Dorf gekauft hatten, vertieft. Hin und wieder las sie mir etwas vor oder machte abfällige Bemerkungen.

Ich war gerade dabei, mich auf einen langweiligen Nachmittag in der Hütte einzustellen, als ich sah, wie ein Mann die Straße hochlief. Es war Mingan, der in seiner Wolfsgestalt so ein dunkelgraues Fell hatte, dass es beinahe schwarz wirkte und dessen hellgrüne Augen mich an den bezaubernden Schimmer des versteckten Sees denken ließ. Als er näher kam, bemerkte ich den gehetzten Ausdruck in seinen Augen. Von plötzlich aufkeimender Unruhe getrieben, sprang ich auf und beobachtete ihn ganz genau, als er auf uns zusteuerte.

„Was ist los?" schrie ich ihm entgegen.

„Ihr müsst sofort mitkommen, Toopi wurde angegriffen. Sie ist schwer verletzt und braucht deine Hilfe! Schnell, sonst stirbt sie!"

„Was ist passiert? Und wie zum Teufel wurde sie verletzt?", brach es aus mir heraus.

„Sie war im Wald, um Wurzeln und Kräuter für Onatha zu suchen, als sie von drei Vampiren hinterrücks überfallen wurde. Sie hat mehrere tiefe Biss- und Stichwunden und wird sterben, wenn du sie nicht heilst. Komm, beeil dich!"

„Wie soll ich sie heilen?", stieß ich ängstlich aus.

„Du kannst es! Jetzt komm endlich! Wir haben nicht mehr viel Zeit!", beschwor

er mir eindringlich.

Marie war ebenfalls zu uns getreten und stand mit einem schockierten Gesichtsausdruck neben mir, als ich sie anstupste und sie aus ihrer Starre riss. Wir rannten zum Haus zurück, um unsere Waffen zu holen und sprangen dann alle Drei in mein Auto, um ins Dorf zu fahren. Fahren war gar kein Ausdruck! Wir rasten den Berg in Rekordzeit hinunter und folgten Mingans Anweisungen, wo wir hinzufahren hatten. Wir parkten vor einem netten kleinen Haus, das etwas außerhalb des Dorfkerns nahe am Wald lag und hasteten den kurzen Weg bis zur Haustür. Mingan riss die Tür auf und stürmte vom Vorraum durch eine Tür auf der linken Seite ins Wohnzimmer des Hauses. Toopi lag auf der Couch und war leichenblass. Sie hatte kaum mehr die Kraft, ihre Augen offen zu halten. Kein Wort kam über ihre Lippen, als sie versuchte, mit uns zu sprechen. Sie war zu schwach. Schließlich ließ sie es bleiben und schloss ihre Augen. Ihre Lippen waren spröde und farblos. Sie musste eine Menge Blut verloren haben. Ihre gesunde Gesichtsfarbe war verschwunden und hatte einer milchig-grauen Maske Platz gemacht. Als ich einen Schritt auf sie zumachte, öffnete sie ihre Augen für einen kurzen Augenblick und ein Lächeln zeigte sich auf ihrem blassen Gesicht. Vorsichtig zog ich die Decke zur Seite, als mir auch schon schlecht wurde. Sie war übersät mit Wunden! Ihr ganzer Körper war mit Blut beschmiert und eitrige Bisswunden trieben mir einen nach Tod riechenden Geruch in die Nase. „Diese Frau wird sterben, wenn sie nicht sofort Hilfe bekommt!", durchzuckte es mich. Und diese Hilfe erwarteten sie von mir. Meine Augen wanderten ihren gesamten Körper entlang. Unter ihrer linken Brust war eine tiefe Schnittwunde, aus der unablässig Blut hervorquoll. Ich hatte keine Ahnung, wie ich ihr helfen konnte und bemühte mich, nicht den Blick abzuwenden und schreiend aus dem Haus zu laufen. Ein einziger Gedanke, dass sofort etwas geschehen musste, damit nicht auch noch der letzte Rest Blut aus ihrem Körper verloren ging, ließ mich handeln. Plötzlich machten sich meine Hände selbstständig. Mit der linken Hand berührte ich die blutende Wunde auf ihrem Bauch und die rechte legte sich wie von selbst auf ihren Unterleib. Durch die Nase bekam ich kaum noch Luft, so bestialisch stank das eitrige Zeug, das unablässig aus ihren Verletzungen quoll, also atmete ich durch den Mund, das ging besser. Ich schloss die Augen und ließ mich treiben von einer mir unerklärlichen inneren Sicherheit. Sobald meine Hände Toopis Wunden berührten, begannen meine Finger zu leuchten, als wären sie kleine Neonröhren und in meinem Bauch machte sich eine Wärme bemerkbar, die an ein Lagerfeuer erinnerte. Nach einigen Sekunden hoben sich meine Arme wieder und senkten sich auf zwei andere Wunden auf dem Körper dieser geschundenen Frau. Erstaunt über das, was sich vor mir abspielte, sah ich selber dabei zu, wie sich die Eitermassen zischend aufzulösen begannen und die Wunden gereinigt zurückblieben. Wenn ich die Verletzungen auch nicht vollständig heilen konnte, so war es doch ein Erfolg, zumindest die übelriechenden und mit irgendwelchen Viren infizierten Sekrete in Luft aufzulösen. Auch auf Toopis Rücken fanden sich etliche Spuren ihrer Angreifer. Nachdem ich sämtliche offene Stellen berührt hatte, musste ich mich setzen. Erschöpfung machte sich breit und ich hatte das Gefühl, jeden Moment umzukippen. Onatha war währenddessen ebenfalls zu Toopi ins Zimmer gekommen und reichte mir ein Glas Wasser. Vorsichtig nippte ich daran und stellte es dann auf den Tisch, weil ich derart zitterte, dass ich Angst hatte, es jeden Moment fallen zu lassen. Fasziniert betrachtete ich Toopi, die noch immer ganz grau im Gesicht war. Die letzten Eiterreste waren gerade im Begriff zu verschwinden und zurück blieben nur noch offene, sauber aussehende Wunden. Es hatte den Anschein, als würden die

Verletzungen schon langsam beginnen zu heilen. Die Wundränder waren nicht mehr dunkelrot und gelb sondern zeigten sich in einem zarten Rosa. Fasziniert starrte ich auf den Körper der Frau und konnte meinen Blick gar nicht mehr davon lösen. Onatha setzte sich neben Toopi auf die Couch und öffnete ihre Tasche. Sie holte einen Tiegel daraus hervor und öffnete ihn. Vorsichtig trug sie die Salbe auf sämtliche Verletzungen auf. Toopi verzog immer wieder schmerzhaft das Gesicht, wenn sie kurz erwachte, ehe sie wieder erschöpft einschlief. Onatha bedeckte jede Wunde abschließend mit einer stark nach Tannenzapfen riechenden Wundauflage, ehe sie die Decke wieder vorsichtig über Toopis Körper legte.

„Sie muss sich jetzt ausruhen. Es wird eine Weile dauern, bis sie sich davon erholt, aber sie wird es schaffen, Luna sei Dank!" Mit einem letzten Blick auf die schlafende Toopi verließ Onatha den Raum und bedeutete uns, ihr zu folgen. Als wir die Haustüre hinter uns geschlossen hatten, drehte sich Onatha um. Ihr Blick war unergründlich. Irgendwie staunend aber auch traurig. Ihre Stirn hatte sich in tiefe Falten gelegt, als sie zu sprechen begann. „Ich danke dir! Du kamst gerade noch rechtzeitig. Zehn Minuten später und wir hätten nichts mehr für sie tun können! Das Gift hätte sich über ihren Blutkreislauf bis in ihr Herz und das Gehirn durchgefressen. Ich darf gar nicht daran denken! Ohne deine Hilfe hätte Toopi keine Chance gehabt. Sie war bereits so gut wie tot, als wir sie im Wald fanden. Diese elenden Kreaturen haben sie so lange gequält, bis sie glaubten, sie wäre tot! So etwas darf nicht noch einmal passieren. Niemand darf mehr alleine unterwegs sein. Schon gar nicht, bei Dämmerung oder nachts.

Es ist einfach zu gefährlich. Wir wissen nicht, mit welchem Clan wir es zu tun haben."

Als Onatha zu Ende gesprochen hatte, schwieg sie und lenkte ihren Blick auf mich. Eine einzelne Träne suchte sich ihren Weg über die runzligen Wangen und hinterließ eine nasse Spur auf dem alten Gesicht.

Betretenes Schweigen herrschte zwischen Marie und mir. Ich wusste nicht, was ich sagen sollte und Marie machte auch nicht den Eindruck, als könnte sie etwas zu der Unterhaltung beitragen. Für uns war das alles Neuland. In letzter Zeit war so viel Neues, Fremdes auf uns eingeprasselt, dass wir noch nicht die Routine hatten, mit solchen Situationen umzugehen. Marie war normalerweise nicht auf den Mund gefallen und hatte immer einen Kommentar parat. Die letzten Minuten aber, als wir bei Toopi im Zimmer waren, hatten ihr ganz offensichtlich die Sprache verschlagen. Mir erging es nicht anders. Immer wieder huschte mein Blick auf meine Hände. Sie sahen aus wie immer. Und doch konnte ich das leichte Glühen nicht vergessen, das zu sehen war, als ich Toopi meine Hände auf die Wunden legte. Ich war über mich selbst erstaunt und musste erst damit klarkommen, dass ich irgendwelche Fähigkeiten hatte, von denen ich bisher nichts wusste. Gleichzeitig erwachte meine Neugier, welche Geheimnisse noch in mir verborgen lagen.

Räuspernd ergriff ich schließlich das Wort. „Ich werde tun, was in meiner Macht steht. Aber ihr dürft nicht zu viel von mir erwarten. Es ist alles so neu und unglaublich für mich.

Daran muss ich mich erst gewöhnen." Marie nickte mehrmals, um ihre Zustimmung auszudrücken.

„Das gleiche gilt für mich. Mein Verstand muss sich auch erst damit abfinden, was hier passiert. Aber eines weiß ich genau. Wir sind nicht zufällig hier. Es ist unser Schicksal!"

Erstaunt über Maries Worte, die genau das ausdrückten, was auch ich fühlte, war es nun an mir, ihr zuzustimmen. „Stimmt. Ich fühle es ebenfalls. Hier sind wir richtig. Es kann kein Zufall sein. Da steckt mehr dahinter und ich bin bereit, das Risiko einzugehen, um es herauszufinden!"

Überrascht über meine eigene Aussage umarmte ich zuerst Marie, dann Onatha. Es war mir einfach ein Bedürfnis, diesen beiden Menschen meine Zuneigung auszudrücken.

Mingan kam nun ebenfalls aus dem Haus und gesellte sich zu uns. Er machte diese Geste mit dem Herz und der Faust und ich wollte endlich wissen, was das zu bedeuten hatte. Er kam mir aber zuvor, indem er mir dankte. „Wenona, ich danke dir von ganzem Herzen, dass du meiner Toopi das Leben gerettet hast. Ich dachte schon, ich hätte sie für immer verloren!" Demütig senkte er sein Haupt und stand dann ganz still da. Einige Tränen hatten sich in seinen Augen gesammelt und es fiel ihm sichtlich schwer, seine Gefühle zurückzuhalten, als er vor mir stand und versuchte, trotzdem Stärke und Respekt zu zeigen.

„Darf ich fragen, was das eigentlich für eine Bedeutung hat, wenn ihr diese Geste vor mir macht?", fragte ich vorsichtig in die Runde.

Onatha und Mingan wechselten einen kurzen Blick, ehe mir Onatha geduldig antwortete. „Diese Geste ist uralt. Seit Anbeginn der Zeit, als unser Volk entstand, wird damit unserer Priesterin Demut und Respekt gezeigt. Der ausgestreckte kleine Finger und der Zeigefinger bei ansonsten geschlossener Faust symbolisieren Ohren und Kopf eines Wolfes. Beim Berühren der Stirn schwört der Wolfsmensch seiner Priesterin, dass er für sie seinen Kopf lassen würde und das anschließende Verweilen auf dem Herzen steht für immerwährende Treue. Vorausgesetzt, die Priesterin steht hundertprozentig zu ihrem Volk und führt ihr Rudel sicher an." Onathas forschender Blick trieb mich dazu, ihr durch ein Kopfnicken zu versichern, dass ich ihre Erklärung verstanden hatte. „Okay, klingt logisch. Das erinnert mich an die Schattenspiele, die wir im Heim manchmal nachts gemacht haben, wenn wir nicht schlafen konnten."

Marie entschlüpfte ein lauter Lacher. „Du hast Schattenspiele gemacht? Davon habe ich ja gar nichts mitbekommen!", meinte sie grinsend. Verlegen drehte ich meinen Kopf zur Seite.

„Das war lange vor deiner Zeit. Damals war ich noch klein, vielleicht sieben oder acht Jahre alt." Eine leichte Röte überzog mein Gesicht beim Eingeständnis dieses kindlichen Spieles.

Marie amüsierte sich noch immer grinsend darüber und ich wechselte schnell das Thema. „Was geschieht jetzt?"

Onatha zuckte mit den Achseln und Mingan schüttelte den Kopf.

„Im Moment müssen wir die Augen offen halten. Nicht mehr alleine irgendwo hingehen. Wir wissen nicht, wie viele von ihnen hier sind und wo sie sich verstecken."

„Wir haben bereits Suchtrupps losgeschickt. Wenn wir mehr wissen, tritt der Rat zusammen und beschließt gemeinsam mit dir, wie wir weiter vorgehen werden. Aber noch ist es nicht soweit. Es ist zu gefährlich, solange wir nicht wissen, mit wem wir es zu tun haben. Wir dürfen ihnen nicht ins offene Messer laufen!" Warnte mich Onatha eindringlich.

„Das verstehe ich. Ich habe nur Angst, dass es noch mehr unschuldige Opfer geben könnte." Meine Unsicherheit war mir wohl anzumerken, denn Onatha nahm meine Hand und drückte sie kurz.

„Du machst deine Sache gut und ich bin fest davon überzeugt, dass du eines Tages eine der mächtigsten Priesterinnen sein wirst, die unsere Welt jemals gesehen hat. Dein Instinkt wird immer besser und damit wächst deine Sicherheit. Sieh dir nur an, wie du Toopi geholfen hast. Das ist deine innere Kraft, deine Magie, die du dir zunutze machen musst um zu wachsen. Je mehr Erfahrungen du sammelst, desto selbstverständlicher werden deine

Fähigkeiten dich leiten. Glaub an dich, wir tun es auch!"
Wieder sah mich Onatha aus forschenden Augen an. Sie
strahlte eine solche Sicherheit aus, dass sich meine Zweifel in
Luft auflösten und ich nicht anders konnte, als ihren Worten
Glauben zu schenken.

„Wir werden jetzt wieder zu unserer Hütte fahren und uns für
den Abend vorbereiten. Treffpunkt ist 19 Uhr bei der Höhle.
Dann möchte ich wissen, was es Neues gibt. In Ordnung?"

Onatha schien zufrieden und nickte einvernehmlich.

„In Ordnung, ich werde es den anderen mitteilen.", meinte
Mingan und bedankte sich noch einmal bei mir, ehe er sich
verabschiedete, um wieder nach Toopi zu sehen. Marie und
ich gingen langsam in Richtung Auto, als uns auffiel, dass
kaum jemand auf der Straße unterwegs war. Nur kleinere
Straßen führten von dieser breiten Durchzugsstraße in beide
Richtungen ab. Und doch war es an diesem Tag wie
ausgestorben, als wir zum Parkplatz zurückschlenderten. Erst
als wir wieder im Auto saßen und die Straße den Berg
hochfuhren, drehte Marie die Musik leiser und wandte mir ihr
Gesicht zu. „Du warst heute fantastisch! Ich traute meinen
Augen kaum, als du diese ekligen Eiterbeulen berührt hast
und plötzlich dieses grüne Strahlen von deinen Händen
ausging. Unglaublich! Es sah so, so, selbstverständlich aus,
als würdest du das schon dein Leben lang machen." Marie
schenkte mir einen bewundernden Blick.

„Ich weiß auch nicht genau, was da passiert ist. Meine Hände haben sich von ganz alleine auf diese Wunden gelegt. Als wäre ich eine Marionette, die von unsichtbaren Fäden geführt wurde. Ich kann es nicht anders beschreiben. Auch wenn ich nicht die geringste Ahnung hatte was ich in dieser Situation tun sollte, meine Hände wussten es! Als wären sie eigenständig. Verstehst du?" Hoffnungsvoll warf ich ihr einen Seitenblick zu.

„Du musst es gar nicht wissen, wie es aussieht. Du kannst es einfach, hast ein Gefühl dafür. Also lass deine Gefühle zu und versteck dich nicht immer dahinter!" Marie kannte mich mehr als nur gut. Sie wusste, dass ich mich und meine Gefühle gerne hinter einer hohen Mauer versteckte, um so wenig Angriffsfläche wie möglich zu bieten. Aber genau diese instinktiven Gefühle, diese innere Stimme oder wie man es auch nennen mochte, waren es, die mein Handeln hier bestimmten. Nicht meine Rationalität, sondern dieser Urinstinkt, das wurde mir immer klarer. „Ich werde es versuchen ..." Ich war mir nicht sicher, ob das so einfach war, wie Marie dachte. Schon immer war ich vorsichtig im Umgang mit anderen Menschen gewesen. Es war einfach sicherer, das hatte mich das Leben gelehrt. Und hier würde ich das genaue Gegenteil von dem benötigen, wollte ich für das Rudel da sein. Ein bisschen Angst hatte ich schon, wenn ich an all die Verantwortung und die in mich gesetzte Hoffnung der Wolfsmenschen dachte. Mein Leben hatte seit meiner Weihe eine drastische Wendung genommen. Ein Abenteuer mit ungewisser Zukunft lag vor mir. Aber ich war nicht allein. Marie war bei mir. Immer wieder beruhigte mich dieser Gedanke. Dann kam sogar ein wenig Freude auf. Wie viele Menschen hatten schon die Möglichkeit, einen Blick in eine so fremde, aufregende Welt zu riskieren?

Kapitel 24

Noch immer ganz in Gedanken versunken parkte ich den Wagen vor der Hütte und stieg aus. Marie kletterte ebenfalls heraus. Sie streckte sich und ging hinter mir die Treppe zur Haustür hoch. Draußen war bereits die Dämmerung hereingebrochen und die einzelnen weißen Wolken hatten großen grauen Regenwolken Platz gemacht. Als ein Grollen in weiter Ferne zu hören war, blickte ich zum dunklen Himmel empor. Wahrscheinlich würde es bald auch noch zu regnen beginnen. Wie aufs Stichwort zuckte ein Blitz grell hinter dem Bergkamm auf. Gleich darauf der nächste.

„Oh Mann, wir werden nass werden, wie´s aussieht." Marie riss mich wieder aus meinen Gedanken und ich drehte mich zur Tür um, damit ich sie aufsperren konnte. „Sieht ganz danach aus."

„Ich hasse es", jammerte Marie. „Die ganzen Klamotten werden nass und der Boden ist rutschig. Und die Schuhe brauchen Tage, um wieder zu trocknen. Gummistiefel wären heute praktisch!"

„Jetzt mach doch nicht so ein Gesicht, vielleicht zieht es auch schnell vorbei. Und ein paar Regentropfen haben noch niemandem geschadet. Ist doch nur Wasser! Zu Jammern macht es auch nicht besser." Damit stapfte ich entschlossen in die Küche und öffnete den Kühlschrank. „Was hältst du von Spaghetti?", rief ich Marie zu. Trotz ihrer Herkunft war Marie nicht wählerisch. Sie liebte die einfache Küche und half mir, einen Topf Wasser aufzusetzen und ein Glas scharfes Sugo in einen kleineren Topf zu schütten. Als das Wasser kochte, gab ich Salz dazu und ließ die Nudeln in das Wasser gleiten. Die harten Nudeln standen zur Hälfte aus dem Wasser hoch und ich rührte so lange im Topf, bis die Nudeln alle unter Wasser waren. Marie drehte die Herdplatte mit dem Sugo etwas herunter, damit es nicht anbrannte und rieb gerade Parmesan, den wir großzügig auf unseren Nudeln verteilen würden. Im Handumdrehen waren die Nudeln al dente und ich beeilte mich, den Topf von der Herdplatte zu nehmen, ehe die Nudeln zu weich wurden. Marie stellte das Sieb in die Spüle und ich kippte den ganzen Topf Nudeln hinein. Dann nahm sie mir den Topf aus der Hand und stellte ihn wieder auf die noch warme Platte, um etwas Butter zu schmelzen. Anschließend nahm sie das Sieb mit den Nudeln hoch und ließ sie vorsichtig wieder in den Topf gleiten. Sie rührte die Nudeln ein wenig durch und lud mir eine ordentliche Portion auf den Teller. Als beide Teller bereitstanden löffelte ich das Sugo darauf und bestreute sie mit Parmesan. Der Duft stieg mir in die Nase und mein Magen grummelte ungeduldig.

Satt und zufrieden saßen wir kurz darauf vor unseren leeren Tellern und gönnten uns eine Zigarette. Es blieb uns nicht mehr viel Zeit, ehe wir aufbrechen mussten, um rechtzeitig beim vereinbarten Treffpunkt zu erscheinen. Marie war bereits in ihr Zimmer gegangen, um sich halbwegs wetterfeste Kleidung anzuziehen. Draußen regnete es in Strömen. Laut trommelten die Tropfen im Staccato auf das Dach, dass es den Eindruck vermittelte, als würde es hageln. Aber es war nur Regen. Große, schwere Tropfen platschten immer wieder gegen die Fensterscheiben in der Küche.

„Scheiße, wir werden doch nass!" Marie konnte es sich nicht verkneifen, zu fluchen, als wir vor die Tür traten. Jammernd und noch immer unzufrieden mit dem Wetter, maulte sie vor sich hin, während wir immer tiefer in den Wald vordrangen. Marie leuchtete mit ihrer Taschenlampe den Weg aus. Normalerweise wäre um diese Uhrzeit noch genügend Licht, um den Weg zu erkennen. Aber das Unwetter hatte den Wald in tiefe Dunkelheit gestürzt. Immer wieder rutschten wir auf einer Wurzel aus und konnten uns gerade noch fangen, bevor wir bäuchlings dalagen. Ich atmete richtig auf, als wir endlich die Lichtung erreichten, auf der schon einige Menschen zusammenstanden. Aufgeregtes Getuschel um die letzten Neuigkeiten drang an unsere Ohren. Was mich beunruhigte war die Tatsache, dass anscheinend mehrere Mitglieder der Suchtrupps fehlten, wie ich aus einigen Gesprächsfetzen heraushörte. Aus diesem Grund schaltete ich mich in eines dieser Gespräche ein und fragte die Leute, was vorgefallen war. Eine pummelige, kleine Frau berichtete, sie hätte gehört, dass die Gruppe von Anubis eine Frau vermisste. Ihr Name sei Yima und sie wurde seit der Suche vermisst. Außerdem fehlte Bjomolf, er hatte mit einigen anderen Männern und Frauen ebenfalls den Wald durchkämmt und war nicht beim vereinbarten Treffpunkt angekommen. Die Leute machten sich Sorgen, dass ihnen etwas passiert sein könnte. Verständlich, nach allem, was in den letzten Tagen vorgefallen war. Die allgemein herrschende Unruhe ergriff auch von mir Besitz und ich sandte lautlos ein Stoßgebet zum Himmel. „Nur nicht schwarzmalen.", murmelte ich vor mich hin, als ich Marie an der Hand schnappte, um sie zu einer ruhigeren Ecke der Lichtung zu zerren.

„Was soll ich tun? Es werden Leute vermisst! Meinst du, sie wurden ebenfalls von Vampiren angegriffen?" Panik stieg in mir hoch, als ich laut aussprach, welche Befürchtungen ich hatte.

Marie versuchte, mich zu beruhigen. „Jetzt warte erst einmal ab. Es wäre doch möglich, dass sie sich verletzt oder verlaufen haben. Wer weiß, vielleicht sind sie auch schon längst schon wieder zu Hause. Es gibt viele Möglichkeiten, warum sie nicht pünktlich am Treffpunkt waren. Es wird sich schon aufklären. Hab Geduld!"

Maries Erklärungsversuche konnten mich auch nicht beruhigen. Ein ungutes Gefühl hatte mich beschlichen und wollte mich nicht an Maries Theorien glauben lassen. Auf der Lichtung gab es keinen Schutz vor dem starken Regen, der unaufhörlich auf uns herabprasselte. Deshalb schlug ich Marie vor, in die Höhle zu gehen, um zumindest im Trockenen sein.

„Gute Idee, ich bin schon total nass. Und warm ist es auch nicht unbedingt!" Entschlossen ging Marie voraus und betrat die Höhle. Ich beeilte mich, mit ihr Schritt zu halten, um ins Trockene zu kommen.

Einige der Umstehenden machten es uns nach und schon wenige Minuten später war die Höhle voll von Menschen.

Kapitel 25

Onatha schlug mit ihrem Stock mehrmals auf den Boden, um die Aufmerksamkeit der Leute zu erlangen. Augenblicklich sank der Lärmpegel, den die vielen Diskussionen und Vermutungen auf ein kaum auszuhaltendes Niveau getrieben hatten. Dazu kam der Schall in der Höhle. Jedes Wort wurde von den Wänden verstärkt zurückgeworfen. Es war eine richtige Erlösung, als Onatha zur Ruhe mahnte.

„Liebe Freunde, es freut mich, dass ihr alle gekommen seid! Um Gerüchten vorzubeugen möchte ich euch eine kurze Zusammenfassung des heutigen Tages geben. Wie ihr wahrscheinlich schon alle gehört habt, sind zwei Mitglieder unseres Rudels von der Suchaktion nicht zurückgekehrt. Wir haben keine Spur von ihnen finden können. Unsere besten Leute haben in den letzten zwei Stunden versucht, ihre Fährte aufzunehmen. Es ist uns leider nicht gelungen. Die Spur verliert sich im Wasser. Für heute wurde die Suche beendet. Morgen Früh werden wir unsere Suche fortsetzen. Noch besteht Hoffnung, dass wir sie finden." Onatha machte eine kurze Pause, um den Leuten die Möglichkeit zu geben, sich kurz auszutauschen, bevor sie weitersprach.

„Der nächste Punkt auf unserer Tagesordnung betrifft Toopi. Die meisten von euch wissen, dass sie mir bei der Suche nach Kräutern und dergleichen hilft. Sie wurde heute im Wald angegriffen und lebensgefährlich verletzt. Nur unserer Priesterin und deren schnellen Hilfe ist es zu verdanken, dass Toopi überleben wird. Ihre Wunden werden heilen, auch wenn es eine Weile dauern wird." Wieder ließ sie einige Sekunden vergehen, ehe sie in ihrem Vortrag fortfuhr.

Als nächsten Punkt habe ich mir für heute vorgenommen, Marie in unserer Runde willkommen zu heißen. Es ist mir klar, dass Marie kein Wolfsmensch, sondern ein Mensch ist, jedoch steht sie unserer Priesterin nahe und ist bereit, an unserer Seite zu kämpfen. Bitte unterstützt auch sie mit all eurer Kraft und heißt sie in unserer Mitte herzlich Willkommen!"

Marie war so gerührt, als die ganze Menge zustimmend zu stampfen begann, dass ihre Augen verdächtig glänzten. Ich nahm kurz ihre Hand in meine und drückte sie behutsam.

„Abschließend sei nur noch gesagt, dass der Rat im Anschluss an diese Versammlung noch zusammentreten und besprechen wird, wie wir weiter vorgehen werden. Der Rest kann nach Hause gehen. Wir werden euch von unserer Entscheidung unterrichten. Danke und kommt gut nach Hause!"

Onatha machte einen Schritt nach hinten und forderte mich auf, auf dem Steinstuhl Platz zu nehmen. Die Menge zerstreute sich binnen Sekunden und es blieb nur noch etwa ein Dutzend Leute übrig. Sie nahmen ihre Plätze ein und warteten geduldig, bis ich saß. Onatha zu meiner Linken nickte mir zu und begann dann zu reden.

„Zuerst möchte ich dir die Mitglieder unseres Rates vorstellen. Beginnen wir von rechts. Leskaro kennst du bereits. Er ist der Leitwolf und führt unser Rudel an. Seine Kampfkraft ist legendär. Seit er das Rudel anführt, gibt es kaum noch gröbere Streitigkeiten. Neben ihm sitzt Shimigami, auch sie kennst du bereits von einer Zusammenkunft. Shimigami ist ebenfalls eine hervorragende Kämpferin und würde für dich ihr Leben lassen, um deines zu retten. Weiter geht es mir Akando. Auch er ist ein ausgezeichneter Kämpfer und hat schon einige Erfahrungen mit Vampiren gesammelt." Der stechende Blick aus Akandos Augen jagte mir einen unangenehmen Schauer über den Rücken. Ein ungutes Gefühl beschlich mich, dass er es war, der sich vor meiner Hütte einen Kampf mit Leskaro geliefert hatte. Schnell wandte ich meinen Blick dem Nächsten zu und schon stahl sich ein kleines Lächeln auf mein Gesicht, als ich den alten Mann aus dem Haushaltswarengeschäft wiedererkannte. Er nickte mir zu, als Onatha ihn mit seinem Namen vorstellte.

„Chaska, unser Mann, wenn es um Kaffeemaschinen oder Waffen geht", meinte sie schmunzelnd. „Er ist ein Kriegsveteran und hat mehr Ahnung von Vampiren als sonst irgendwer. An Chaskas Seite begrüßen wir Freki. Er ist unser IT-Spezialist. Wenn du an Informationen kommen möchtest, die normalerweise nicht für Jedermann verfügbar sind, dann wende dich an ihn. Achak – unser ältestes Mitglied ist trotz seiner Blindheit ein Seher. Er spürt mehr, als so mancher Mensch sehen kann. Er hat deine Rückkehr bereits vor Monaten angekündigt und Hoffnung in unsere Herzen gebracht, dass unsere Priesterin noch am Leben ist." Der alte Mann neigte seinen Kopf und machte die Faust, als sein Name genannt wurde.

„Gleich neben ihm sitzt Jaci. Sie hat eine ganz besondere Verbindung zum Mond. Du wirst es noch früh genug selber erleben. Cheveyo. Einer der Schnellsten unseres Rudels. Er ist ein überragender Sprinter und wird dir noch von Nutzen sein. Nola ist neu in unserem Rat. Sie vertritt so lange ihre Mutter, die heute von der Suche nicht nach Hause gekommen ist, bis diese wieder auftaucht, oder wir ihre Leiche gefunden haben." Onathas Gesicht spiegelte eine gewisse Traurigkeit wider. Aufmerksam betrachtete ich das hübsche Gesicht der jungen Frau. Sie war kaum älter als zwanzig. Besonders hervorstechend aber waren ihre himmelblauen Augen, die interessiert in die Runde schauten.

„Ein weiterer starker Kämpfergeist steckt in Anubis, er führt eine unserer Gruppen an und ist unverzichtbar, wenn es um die Ausarbeitung eines Planes geht. Er ist wahrhaftig ein Stratege." Irgendwie kam er mir bekannt vor. Ihn hatte ich bereits einmal gesehen. Dann fiel es mir wieder ein. Er war in Wolfsgestalt und blieb mir in Erinnerung, weil seine

Fellzeichnung etwas ganz Besonderes für mich war. Er war schwarz wie die Nacht. Nur sein Bauch war um einige Nuancen heller und setzte sich dunkelgrau von seiner sonstigen Erscheinung ab. Onatha redete bereits weiter und ich musste mich von den Bildern des Wolfes in meinen Erinnerungen verabschieden, um ihr weiterhin folgen zu können.

„....beliebter Waldaufseher, Mingan. Er ist immer in deiner Nähe und wird dich ebenfalls mir all seiner Kraft beschützen. Seine Treue und Zuverlässigkeit sind wohl seine am meisten hervorstechenden Eigenschaften. Der Wald ist seine Stärke, sein Zuhause, wenn er nicht gerade Toopi, seiner Freundin, zur Seite steht." Der Schmerz, der in Onathas Stimme lag, ließ mich erkennen, wie knapp Toopi dem Tod entkommen und wie tief erschüttert die alte Dame darüber war.

„Chesmu ist einer unserer Tapfersten. Niemals würde er fliehen und andere zurücklassen, wenn sie in Gefahr wären. Ihm kannst du blind vertrauen, wenn du dich seiner würdig erweist und erst einmal sein Vertrauen gewonnen hast. In ihm hast du den treuesten, tapfersten Freund, den du dir wünschen kannst." Chesmu verneigte sich vor mir und legte sich ebenfalls die Faust auf die Brust.

„Dann bleibe nur noch ich übrig." Onatha senkte den Kopf und blickte mir dann wieder in die Augen. „Als älteste Frau dieser Runde ist es meine Aufgabe, die Versammlungen vorzubereiten und zu leiten. Ganz nebenbei habe ich einen Kräuterladen im Dorf und stelle selbstgemachte Salben und dergleichen her. Meine Kraft beziehe ich aus den Wäldern und Feldern, ich bin sozusagen die Kräuterfrau unseres Rudels und bilde Toopi aus, meine Nachfolge anzutreten, wenn es soweit ist." Onatha setzte sich auf ihren Stuhl und beendete damit die Vorstellungsrunde.

Das war wohl mein Stichwort. Ich erhob mich von meinem Platz und trat einen Schritt vor, um von allen gesehen zu werden. „Ich danke euch für die freundliche Aufnahme in euren Kreis. Es ist mir bewusst, dass ich noch eine ganze Menge lernen muss. Über euch und eure Gewohnheiten, euren Glauben und was sonst noch so dazugehört. Ganz besonders bedanke ich mich, weil ihr es meiner besten Freundin gestattet, ebenfalls ein Teil eures, beziehungsweise unseres Rudels zu werden. Ich kann euch versichern, ihr werdet es nicht bereuen! Und jetzt lasst uns darüber sprechen, was geschehen soll, um wieder Ruhe und Frieden in dieses Dorf zu bringen."

Leskaro erhob sich und trat neben mich. Ein kurzer Blick reichte aus, um ihm zu signalisieren, dass er das Wort hatte.

„Ihr wisst, ich bin kein Mann vieler Worte. Mein Vorschlag, wir warten bis morgen, ob unsere Suche vielleicht doch noch erfolgreich abgeschlossen werden kann, wurde bereits angenommen. Da ich aber eher befürchte, dass unsere Freunde den Vampiren zum Opfer gefallen sind, möchte ich, dass ihr euch alle auf einen Kampf vorbereitet. Holt eure verstaubten Waffen aus den Kellern und seid bereit, wenn es losgeht. Es haben sich noch mehr Freiwillige gemeldet, die an der morgigen Suchaktion teilnehmen werden. Wir haben Hinweise auf einen möglichen Unterschlupf der Blutsauger und einige Suchtrupps werden morgen diese Spur verfolgen. Der Rest sucht die Vermissten. Alles andere dann morgen zur selben Zeit. Einverstanden?" Die meisten Mitglieder des Rats hoben ihren Arm, um ihre Zustimmung zu geben. Wie ich bereits vermutete, blieb der Arm von Akando unten. Ich nahm mir vor, Erkundigungen über ihn einzuholen, damit ich wusste, mit wem ich es zu tun hatte.

Die einzelnen Mitglieder standen von ihren Plätzen auf, nachdem die Mehrheit sich dafür entschieden hatte und verabschiedeten sich.

„Jetzt wird es also ernst", dachte ich, als ich zu Marie ging, die gegen die Wand gelehnt dastand und darauf wartete, mit mir gemeinsam den Heimweg anzutreten. Maries nachdenklicher Gesichtsausdruck verriet nichts Gutes. Anscheinend konnte sie es nicht erwarten, mit mir allein zu sein, um mir etwas Wichtiges mitzuteilen, das mir anscheinend entgangen war.

Wir beeilten uns trotz des strömenden Regens, unseren Weg heil zu überstehen. Marie drängte mich, mit ihr Schritt zu halten. Sie wollte so schnell wie möglich außer Hörweite sein.

„Lisa, du musst aufpassen. Dieser Mann mit den schwarzen Augen, du weißt schon, dieser Akando, er führt etwas im Schilde. Ich kann es spüren. Während dir die Mitglieder vorgestellt wurden, habe ich diesen Mann beobachtet. Er verursacht mir eine Gänsehaut, wenn ich ihn sehe. Sein Blick war so hasserfüllt, als würde er dir am liebsten an die Gurgel springen! Keine Ahnung, warum, aber ich rate dir, pass auf den Typen auf. Er spielt ein falsches Spiel! Hörst du?!" Marie war ernsthaft besorgt und starrte mir eindringlich in die Augen. Ich nickte ihr zu und drängte sie zum Weitergehen.

„Ich weiß, was du meinst. Mir ergeht es nicht anders. Er hat hinterhältige Augen und ich traue ihm nicht. Wir müssen herausfinden, wer er ist und was er vorhat." Stolpernd hielt ich mich gerade noch an einem Ast fest.

„Verdammter Regen. Alles ist glitschig!" Stieß ich hervor, um das Thema zu wechseln.

„Ja, wir müssen aufpassen. Sonst bricht sich noch jemand ein Bein und muss zu Hause bleiben.", meinte sie zwinkernd. „Wär doch schade, die ganze Aufregung zu verpassen, oder? Wie oft hat man schon die Gelegenheit, einen Vampir zu treffen?"

Maries Humor vertrieb die Sorgen, die ich mir wegen Akando machte. Den Rest des Weges liefen wir beinahe. Immer wieder spritzte Schlamm in alle Richtungen auf, wenn ein Fuß in der Dunkelheit in eine Schmutzpfütze trat. Meine Schuhe gaben bei jedem Schritt ein Quietschen von sich und Maries Turnschuhe machten schmatzende Geräusche, so vollgesaugt waren sie mit Wasser. Endlich bei unserer Hütte angekommen, zogen wir uns bereits vor der Haustür die

Schuhe aus. Marie nahm ihre in die Hand und drehte sie um, sodass das Wasser herauslaufen konnte. „Hol doch mal Zeitungspapier, damit wir die Schuhe ausstopfen können. Dann trocknen sie schneller!" Ich tat, wie mir geheißen und kam mit einer alten Zeitung zurück. Marie nahm sie mir aus der Hand und begann die einzelnen Seiten des Papiers zu zerknüllen und anschließend in ihre Schuhe zu stopfen. Das gleiche Prozedere veranstaltete sie mit meinen Schuhen. Dann gingen wir patschnass ins Bad, um unsere nassen Klamotten loszuwerden. Während Marie sich unter die Dusche stellte ging ich nur noch mit meiner Unterwäsche bekleidet in die Stube und bereitete den Kamin zum Anzünden vor. Wenige Augenblicke später züngelten die Flammen am Papier hoch und färbten die Holzspäne schwarz. Ich setzte mich vor dem Kamin auf den Boden und genoss das Knistern und die leichten Wärmewellen, die der Kamin bereits ausströmte. Dann zog ich die Decke vom Sofa und hüllte mich darin ein. Das regnerische Wetter hatte die Temperaturen stark fallen lassen und mir war echt kalt in meiner noch immer feuchten Unterwäsche. Noch bevor Marie zu mir in die Stube kam roch ich den frischen Duft und drehte mich in ihre Richtung um. Sie hatte einen rosa Pyjama an und ihre Füße steckten in dicken Wollsocken. „Du hast eingeheizt? Super! Mir ist noch immer kalt. Aber ich wollte nicht länger unter der heißen Dusche stehen, damit du auch noch heißes Wasser hast."

„Danke, das brauche ich jetzt auch. Eine schöne heiße Dusche und anschließend eine Tasse Tee. Mach´s dir gemütlich. Bin gleich wieder da." Damit verschwand ich in

Richtung Bad und kam endlich aus meinen nassen Sachen raus. Slip und BH ließ ich einfach auf den Boden fallen. Maries Sachen lagen auch noch in der Ecke. Darum würden wir uns später kümmern. Endlich unter der Dusche zog ich den Vorhang zu und drehte das Wasser auf. Erst kam es nur lauwarm aus dem Duschkopf und ich begann sofort, meine Haare zu shampoonieren. Auf keinen Fall wollte ich wieder riskieren, mir die Haare mit kaltem Wasser auswaschen zu müssen. Anschließend seifte ich den Rest meines Körpers ein und stand dann ganz still unter dem heißen Wasserstrahl, bis der letzte Rest Schaum von meinem Körper verschwunden war. Dann stieg ich aus der Dusche und rubbelte meine Haut ordentlich mit einem Handtuch ab, um die restliche Kälte, die ich innerlich immer noch spüren konnte, loszuwerden. Kurz blies ich mit dem Föhn durch meine Haare, damit sie nicht mehr ganz so nass waren. Mit nur noch feuchten Haaren schlüpfte ich in meinen Bademantel und ging in mein Schlafzimmer, um ebenfalls in meinen Pyjama zu schlüpfen. Normalerweise schlief ich nur in Unterhosen. Hier aber war es nachts viel kühler als in der Stadt, weshalb ich meist mit einem T-Shirt bekleidet ins Bett ging. An diesem Abend überlegte ich, ob ich den ganzen Pyjama auch im Bett anlassen sollte. Mir war immer noch kalt.

In der Stube herrschte schon eine angenehme Wärme, als ich eintrat. Marie hatte Holz nachgelegt und stocherte mit dem Eisenhaken in der Glut herum. „Glaubst du, dass es morgen schon losgeht?", fragte sie mich, ohne den Blick vom Feuer abzuwenden.

„Keine Ahnung, das werden wir noch früh genug erfahren. Irgendwie habe ich echt Bammel. Hast du gar keine Angst, dass es gefährlich wird und wir dabei draufgehen könnten?"

„Klar, ein bisschen schon. Aber der Nervenkitzel ist stärker. Irgendwie freue ich mich sogar auf dieses Abenteuer ... es ist etwas total Neues. Aufregendes. Ich finde es immer noch besser, als diese ewige Langeweile. Jeden Tag dasselbe. Wir werden das schon hinkriegen, meinst du nicht auch?" Marie drehte sich zu mir um und warf mir ein schelmisches Grinsen zu. Dieser Ausdruck war einfach unwiderstehlich. Bei dieser Mimik musste ich einfach lachen. „Du bist unverbesserlich! Immer Action, immer Risiko. Du bist noch genauso abenteuerlich unterwegs wie damals, als du immer wieder versucht hast, aus dem Heim abzuhauen!" Dieser Satz war der Auslöser, uns wieder an die gemeinsame Zeit im Heim zu erinnern. Abwechselnd brachten wir uns, mit einer alten Geschichte, die wir gemeinsam erlebt hatten, zum Lachen. Es war schön, mal wieder in alten Erinnerungen zu schwelgen. Vergessen waren all die schockierenden Bilder der vergangenen Stunden und die ungewisse Angst, was noch auf uns zukommen würde.

Kapitel 26

Die nächsten zwei Stunden vergingen wie im Flug. Die Wärme machte mich müde und immer öfter konnte ich mir ein Gähnen nicht verkneifen. Marie kochte gerade Kaffee und ein Topf mit heißer Suppe köchelte vor sich hin. Es war Zeit, etwas Warmes in den Magen zu bekommen. Ich deckte den

Tisch und wartete darauf, dass Marie die Teller mit heißer Suppe auf den Tisch stellte. Nach der zweiten Portion Backerbsen war ich satt und lehnte mich entspannt zurück. Auch Marie machte einen zufriedenen Eindruck, als sie sich genüsslich eine Zigarette anzündete. Sie hielt mir die Packung hin und ich nahm mir eine Zigarette heraus. Die leeren Teller standen noch immer auf dem Tisch, aber weder Marie noch ich hatten groß Lust, aufzustehen und das benutzte Geschirr zu verräumen. Außerdem war sowieso kein Platz mehr in der Spüle. Wir waren wieder den ganzen Tag nicht dazu gekommen, das dreckige Geschirr abzuspülen. Und jetzt hatten wir keine Lust mehr. Egal. Dreckiges Geschirr stand ganz unten auf meiner Prioritätenliste. Solange wir noch Geschirr und Gläser hatten, würde der Abwasch wohl oder übel warten müssen. Unser Gespräch hatte sich wieder den wichtigeren Dingen der Gegenwart zugewandt und so entschieden wir uns, eine Liste mit notwendigen Dingen zusammenzuschreiben, die wir noch organisieren mussten. Marie war der Meinung, wir müssten in die Stadt fahren, um einen Military-Shop aufzusuchen. Sie hatte im Internet gegoogelt und war in Innsbruck fündig geworden. Wir brauchten dringend bessere Ausrüstung. Angefangen bei wasserfester Kleidung und festen Schuhen bis hin zu einem Waffengürtel, an den wir unsere Messer befestigen konnten. Marie wollte außerdem noch Munition für ihre beiden Waffen besorgen. Sie hatte nur ein Reservemagazin und wollte sich richtig eindecken, wie sie wörtlich meinte. „Glaubst du wirklich, wir brauchen so viel Zeug?", fragte ich Marie unsicher.

„Hast du heute nicht aufgepasst? Diese Leute bereiten sich auf einen Krieg vor! Das heißt richtig kämpfen, Lisa. Mit Waffen und so. Das wird kein Spaziergang, das ist dir doch bewusst, oder?" Marie wirkte leicht verunsichert. Das konnte ich ihrem Gesicht ablesen.

„Natürlich ist mir das bewusst. Aber ich kann es mir einfach nicht so richtig vorstellen, wie das ablaufen wird.", brachte ich entschuldigend hervor.

„Das verstehe ich. Aber eines kannst du mir glauben. Seit ich als Privatdetektivin tätig bin, habe ich schon Vieles erlebt. Aber im Vergleich zu dem hier, was hier abgeht, war das Kindertheater. Also bitte glaube mir, wenn ich dir sage, wir brauchen unbedingt bessere Ausrüstung und mehr Munition. OK?"

„Also gut. Dann fahren wir morgen nach Innsbruck. Obwohl ich echt keinen Bock auf Stadt habe. Aber wahrscheinlich hast du recht, wie immer. Wir brauchen eine bessere Ausrüstung. Und ich habe nur Wohlfühlklamotten mit. Die sind nicht gerade prädestiniert für einen derartigen Einsatz. Brauchen wir sonst noch was?", pflichtete ich Marie bei.

„Im Moment fällt mir nichts mehr ein, aber lassen wir uns doch einfach überraschen. Wer weiß, was wir noch finden, wenn wir vor Ort sind. Wie ich mich kenne, wird es mindestens doppelt so viel, wie wir aufgeschrieben haben. Aber das macht nichts. Lassen wir es einfach auf uns zukommen!" Marie schien Gefallen daran zu finden, sich auf diese Mission vorzubereiten und steckte mich langsam mit ihrem Enthusiasmus an.

Kapitel 27

Am nächsten Morgen fuhren wir gleich nach dem Frühstück nach Innsbruck. Wir ließen uns mit dem Handy zum Shop navigieren und fanden ein Stück entfernt einen Parkplatz. Nachdem wir am Kurzparkautomaten ein Ticket gezogen hatten, marschierten wir schnurstracks zum Geschäft. Bereits beim Anblick des Schaufensters bekam Marie den Mund nicht mehr zu. Das würde lustig werden, wenn Marie wirklich all die Klamotten anprobieren wollte, die sie schon hier draußen für gut befunden hatte. Was würde sie dann erst im Geschäft noch alles finden, das ihr gefiel? Entschlossen nahm ich sie bei der Hand und zerrte sie in den Laden. Eine Verkäuferin fragte uns, ob sie uns helfen könnte. Marie nahm ihre Hilfe gerne in Anspruch und dirigierte die Verkäuferin zu der Auslage mit den Tarnhosen und Shirts. Sie zeigte ihr, was sie alles anprobieren wollte und die Verkäuferin machte sich daran, die gewünschten Kleidungsstücke in Maries Größe aus den vollgestopften Regalen zu nehmen. In der Zwischenzeit sah ich mich alleine im Laden um und nahm mir einige Stücke mit in die Umkleidekabine. Zwei schwarze, ziemlich eng anliegende Hosen hatten es mir besonders angetan. Sie passten wie eine zweite Haut und waren trotzdem praktisch, weil sie vollelastisch waren. Außerdem hatte die eine Hose eine große Tasche seitlich oberhalb des Knies und die andere Hose hatte sowohl auf dem Oberschenkel als auch unterhalb des Knies eine praktische

Tasche mit Klettverschluss. Ein paar T-Shirts in dunklen Farben fanden ebenfalls Platz auf meinem Kleiderhaufen, den ich bereits bei Seite gelegt und für gut befunden hatte. Marie stürmte in meine Kabine und wollte sehen, was ich schon gefunden hatte. „Wow, die steht dir fantastisch! So eine möchte ich auch probieren!", wandte sie sich an die Verkäuferin, die sogleich verschwand, um Marie die gewünschte Hose zu bringen.

Als erstes schlüpfte Marie in eine grüne Military-Hose. Der Stoff war dick und steif und Marie beeilte sich, wieder aus der Hose rauszukommen. Das konnte sie überhaupt nicht leiden, wenn sie sich in einer Hose nicht mehr bewegen konnte. Die nächste Hose war dunkelgrün und nicht ganz so dick wie die andere. Marie schloss den Reißverschluss und drehte sich dann vor dem Spiegel, um ihre Figur aus sämtlichen Perspektiven zu betrachten. Sie ging in die Hocke, um ihre Beweglichkeit zu testen und war wohl zufrieden, denn sie legte die Hose neben meinen Stapel, der sich bereits auf einem Stuhl in der Kabine auftürmte. Die Verkäuferin kam mit der gewünschten Hose zurück und Marie war geradezu begeistert, wie angenehm sich die Hose an ihre Figur anschmiegte. „Gibt's die auch in anderen Farben?" Marie hatte die junge Verkäuferin vollkommen in Beschlag genommen. „Ja, außer schwarz gibt es sie noch in braun und in camouflage."

„Die möchte ich sehen. Und zwar alle beide.", ließ Marie die Verkäuferin wissen.

Die Verkäuferin witterte wohl das Geschäft ihres Lebens und eilte freudig davon, die gewünschten Sachen so schnell wie möglich zu bringen.

„Die Hose ist der Wahnsinn! So praktisch und sexy zugleich. Die müssen wir unbedingt mitnehmen." Noch immer stand Marie vor dem Spiegel und betrachtete bewundernd ihr Hinterteil im Spiegel.

Als die Verkäuferin mit den beiden Hosen zurückkam, war Marie ganz begeistert. „Wie gefallen sie dir?", wollte sie von mir wissen.

„Die dunkelbraune gefällt mir gut. Das Gemusterte ist eher nicht mein Geschmack", gab ich ehrlich zurück.

Marie drehte sich zu der Verkäuferin um und sagte ihr, sie solle jeweils zwei von den schwarzen, eine braune und eine in camouflage zur Seite legen. Da wir die gleiche Kleidergröße hatten, war das praktisch. Marie war lediglich ein paar Zentimeter größer als ich. Dann reichte sie der Verkäuferin auch noch einen Stapel T-Shirts, die sie sich ausgesucht hatte und sah mich dann fragend an. „Ist das alles, was du haben möchtest?" Stirnrunzelnd sah sie auf meinen Haufen Kleidung und ich nickte. Marie wies die Dame an, auch diese Stücke zur Kasse zu bringen. Dann zog sie mich aus der Umkleide raus um nach Jacken und Pullovern zu sehen. Danach kamen noch Schuhe und Mützen dran. Nach etwa einer Stunde war der Verkaufstresen mit Klamotten derart überhäuft, dass nirgends mehr ein freier Platz war. Marie stand schon wieder vor einem anderen Regal, in dem Jagdmesser ausgestellt waren. Die Verkäuferin sperrte die Glastür auf, die die Waffen vor Diebstahl schützen sollte. Sie probierte einige der Messer aus und forderte mich auf, mir auch eines auszusuchen, das mir zusagte. Immer wieder nahm sie ein neues Messer heraus und probierte, wie gut es in ihrer Hand lag. Als auch diese Entscheidung getroffen war, setzte ich mich auf eine kleine Bank. Es war anstrengend, so viele Sachen zu probieren und gehörte nicht gerade zu meinen Lieblingsfreizeitbeschäftigungen. Mir war heiß und ich hatte Durst.

Marie war ganz in ihrem Element. Sie bog gerade mit zwei wasserdichten Jacken um die Ecke und strahlte mich an. „Was hältst du davon?" Auffordernd hielt sie mir die beiden Jacken vors Gesicht und wartete auf meine Reaktion. „Sehen gut aus", meinte ich und Marie warf mir eine zu. „Probier´ mal." Wir schlüpften rein und sahen uns dann gegenseitig das Ergebnis an. Marie hatte wirklich ein Auge für passende Klamotten. Die Jacken waren schon so gut wie gekauft, das konnte ich an Maries Gesichtsausdruck ablesen. Die Verkäuferin bekam schon rote Ohren, als wir noch mehr Sachen auf unseren Haufen packten. Sie hatte bereits damit begonnen, die Kleidungsstücke ordentlich zusammenzulegen, um einen besseren Überblick zu haben. Marie störte sich nicht daran und legte immer wieder das ein oder andere Teil oben drauf. Ein Schulterhalfter aus dunklem, weichem Leder hatte es ihr besonders angetan. Auch dieses Teil landete auf unserem Berg. Munition gab es in diesem Laden leider nicht, weshalb Marie murrend meinte, dass wir deshalb noch in ein richtiges Waffengeschäft fahren müssten. Abschließend machte Marie noch einen letzten Rundgang durch das Geschäft, um ja nichts Wichtiges übersehen zu haben und forderte dann die Verkäuferin auf, die Rechnung zu machen. Mir zog es beinahe die Schuhe aus, als diese den Betrag nannte. Marie zuckte nicht einmal mit den Wimpern. Sie nahm eine Kreditkarte aus ihrer Hosentasche und reichte sie der jungen Frau hinter dem Tresen. Diese nahm sie freudig entgegen und zog sie durch den kleinen Kartenleser, der neben der Kasse stand. Marie schleppte fünf vollgestopfte Tüten zum Auto. Ich hatte es immerhin auf vier gebracht, nachdem Marie mir noch einige Shirts aufgedrängt hatte.

Nachdem ich den Wagen aufgesperrt und wir einige Tüten auf den Rücksitz stellen mussten, weil sie im Kofferraum keinen Platz mehr gefunden hatten, sah ich Marie an.

„Du musst nicht für mich bezahlen."

„Ich will aber." Konterte sie.

„Marie, das ist wirklich nicht notwendig. Ich komme mir schäbig vor, wenn du alles bezahlst.", versuchte ich, Marie verständlich zu machen, warum mir das nicht recht war.

„Jetzt schau mal", begann Marie, „mein Vater hat mir echt eine Menge Geld und so hinterlassen. Ich bin der Meinung, es ist gut investiert. Du warst immer für mich da. Und als ich sagte, du wärst meine Schwester, meinte ich das auch so. Verstehst du? Ich will, dass du weißt, dass du immer auf mich zählen kannst. Und was ist schon Geld im Vergleich zu unserer Freundschaft?"

„Das ist echt total nett von dir, aber ich bin mir nicht sicher ob ich das annehmen kann…" begann ich von vorne.

„ Es ist nicht eine Frage des Könnens, sondern eine Tatsache. Gewöhn dich dran. Mir liegt nicht viel an der Kohle und es macht viel mehr Spaß, das Geld für uns beide auszugeben, als nur für mich alleine. Geld allein macht nicht glücklich! Also, keine Widerrede!"

Wenn Marie sich etwas in den Kopf gesetzt hatte, war es sinnlos, mit ihr zu streiten. „OK, danke. Aber übertreib es nicht, hörst du?"

Marie grinste zufrieden und gab mir Anweisungen, wohin ich fahren sollte. Mitten in der Innenstadt sollte es ein Waffengeschäft geben. Marie wollte dort Munition für ihre beiden 26er Glock besorgen. Sie hatte im Haushaltswarengeschäft absichtlich die gleiche Pistole gekauft. Als ich sie fragte, warum sie sich ausgerechnet die gleiche Pistole aussuchen würde, erklärte sie mir, dass es einfach praktischer sei. Sie könnte die gleiche Munition verwenden und die Waffe sei ihr vertraut. Außerdem hatte sie bereits ein Reservemagazin und wollte sich noch eines kaufen. Erfreulicherweise war die zweite Waffe nicht registriert und würde fortan Maries ständiger Begleiter sein, während ihre eigene Pistole nur als Reserve dienen würde. Für den Notfall sozusagen. Ihre Argumente überzeugten mich wieder einmal davon, wie praktisch sie veranlagt war. Als wir das Geschäft betraten, musterte uns ein Herr mittleren Alters und fragte sich wahrscheinlich, was zwei junge Frauen in seinem Geschäft wollten.

„Kann ich behilflich sein?" Außer uns war niemand im Verkaufsraum, weshalb die ganze Aufmerksamkeit des Verkäufers nun uns galt.

„Ich brauche 9 mm Luger. Am besten zwei Schachteln und ein Reservemagazin für meine 26er Glock." Marie trat selbstbewusst auf das Verkaufspult zu und sah sich die ausgestellte Ware in der Glasvitrine an.

„Für was brauchen Sie so viel Munition?", wollte der Verkäufer wissen.

„Das ist meine Sache", antwortete Marie nur. „Haben sie, was ich brauche, oder soll ich sie woanders kaufen?", fragte Marie spitz und schenkte dem Verkäufer ein eiskaltes Lächeln.

„Ich frag ja nur." Der Mann sah Marie verdutzt an und wandte sich dann einem versperrten Kasten an der Rückwand zu. Er zog einen Schlüsselbund aus seiner Hosentasche und sperrte den Schrank auf. Er griff nach zwei Schachteln der gewünschten Munition und stellte sie vor Marie auf die Theke. Dann holte er aus einer Schublade das gewünschte Reservemagazin und legte es neben die Munition. „Sonst noch was?"

„Nein, danke, das war's." Wieder zog Marie ihre Kreditkarte aus der Hosentasche und reichte sie dem Herrn. Zufrieden steckte sie sie anschließend wieder zurück und nahm die Tüte in Empfang, die ihr der Mann hinhielt. „Auf Wiedersehen", sagten wir wie im Chor. Der Mann blieb stumm und schaute uns nur kopfschüttelnd nach.

Endlich kamen wir wieder raus aus der Stadt. Der Lärm und die vielen Menschen strengten mich an. Die Ampeln, die immer gerade dann auf Rot umschalteten, wenn ich mich der Kreuzung näherte, gingen mir gewaltig auf die Nerven. „Wie kann man nur so viel Pech haben?", schoss mir durch den Kopf. Ich konnte mir gar nicht mehr vorstellen, dass ich bis vor kurzem noch in einer Stadt gelebt hatte. Der Gestank nach Abgas und an jeder Ecke ein Imbissstand, dessen Geruch nach einem anderen Fleck der Welt erinnerte, schlug mir auf den Magen. Leichte Kopfschmerzen kündigten sich an und pochten bereits leicht in meinen Schläfen. Neben mir auf dem Beifahrersitz Marie, die ganz ungeduldig herumzappelte und immer wieder anmerkte, dass sie endlich unsere Schätze auspacken und in Ruhe noch einmal begutachten wollte. Wie sie mir mitteilte, wollte sie alles in der Hütte ausbreiten, um noch einmal alles zu sehen und zu kontrollieren, ob wir ja nichts vergessen hätten. Ich konzentrierte mich derweil auf den Verkehr, der endlos durch die Straßen zog und all meine Aufmerksamkeit forderte, um nicht eine Straßenbahn oder einen Radfahrer zu übersehen. Unser Weg führte uns ein kurzes Stück auf der Bundesstraße in Richtung Osten, bis wir die Abzweigung nach Süden nehmen mussten, um zu unserem Dorf und anschließend zu unserer Hütte zu gelangen. Eine gute halbe Stunde Fahrt lag hinter uns, als wir endlich vor der Hütte zum Stehen kamen und Marie auch gleich aus dem Wagen sprang um die Tüten ins Haus zu schleppen. Ihre Energie schien unerschöpflich. Ich fühlte mich schlapp und ausgelaugt und brauchte dringend eine Tasse Kaffee, um wieder auf Touren zu kommen. Deshalb überließ ich es Marie, die Tüten auszupacken und alles auf dem Boden zu verstreuen. Unterdessen setzte ich Kaffee auf und zündete mir eine Zigarette an. Aus einiger Entfernung beobachtete ich, wie meine beste Freundin vor Freude durch die Küche hüpfte und mal hier, mal dort ein Teil neu anordnete. Anschießend setzte sie sich zu mir an den Tisch und fragte: "Und? Was meinst du? Schaut doch ganz gut aus, oder? Haben wir etwas Wichtiges vergessen?"

„Oh Marie, nicht jetzt. Zuerst ein Schluck Kaffee, dann gehen wir alles gemeinsam durch, einverstanden?" Müde massierte ich mit meinen Fingern meine Schläfen, um die immer stärker werdenden Kopfschmerzen zu lindern.

Ein wenig enttäuscht blickte Marie noch immer auf den Boden, der übersät war mit unseren neuesten Errungenschaften. Dann hellten sich ihre Gesichtszüge wieder auf und sie umarmte mich. „Ich freue mich schon richtig darauf, wenn es endlich losgeht. Die letzte Zeit war einfach zu langweilig für mich. Ich brauche Action, damit ich mich lebendig fühle."

„Ich weiß. So warst du schon immer!" Lachend erwiderte ich Maries Umarmung und drückte ihr dann eine Tasse mit dampfendem Kaffee in die Hand.

„Mmh, der tut jetzt gut. War ganz schön was los in Innsbruck." Genießerisch nippte ich noch einmal an meinem heißen Kaffee bevor ich die Tasse wieder auf dem Tisch abstellte. Auch Marie nahm einen Schluck, ehe wir unsere Einkäufe gemeinsam betrachteten. Es hatte ganz den Anschein, als ob wir an alles gedacht hätten. Zufrieden vor sich hin summend, begann Marie damit, Gemüse klein zu schneiden. Der Topf mit Wasser begann langsam zu kochen und ich drehte die Temperatur ein wenig herunter. Dann half ich Marie beim Zerkleinern des Gemüses und schob die kleinen Stücke mit Hilfe meines Messers vom Holzteller in das kochende Wasser. Als das erledigt war, suchten wir unsere Kleidungsstücke wieder zusammen und verstauten sie in unseren Kästen. Marie nahm den neuen Schleifstein in die Hand und begann damit, unsere Messer zu bearbeiten. Für Maries Geschmack waren sie nicht scharf genug. Also ließ ich sie machen. In dieser Beziehung war sie pingelig. Alles musste einsatzbereit sein. Währenddessen ließ ich heißes Wasser in die Spüle laufen. Jemand musste sich schließlich um den Abwasch kümmern. Wenn wir noch länger warten würden, wären die Speisereste so eingetrocknet, dass sie nur schwer wieder abzukriegen waren. Also machte ich mich mit Schwamm und Bürste daran, unser Geschirr wieder sauber zu kriegen. Als Marie vorsichtig die Klingen der Messer prüfte und mit dem Ergebnis zufrieden war, half sie mir, das Geschirr abzutrocknen. Erleichtert, als sämtliches Geschirr wieder aufgeräumt war, setzte ich mich an den Tisch und stützte meinen Kopf auf eine Hand. „Wann ist die Suppe fertig? Mein Magen knurrt schon."

„Noch ein paar Minuten, bis das Gemüse durch ist. Dann können wir essen." Gab Marie zurück und legte zwei Suppenlöffel auf den Tisch. Sie zündete sich eine Zigarette an und reichte sie an mich weiter. Ich nahm sie dankbar entgegen und Marie zündete sich eine Neue an. Nachdem wir fertig geraucht hatten, stand Marie auf um die Suppe zu probieren. Sie warf einen Suppenwürfel in das kochende Wasser und verrührte ihn. Dann gab sie noch eine Prise Salz dazu und rührte noch einmal. Vorsichtig probierte sie die Suppe und schöpfte sichtlich zufrieden mit dem Ergebnis eine Portion in die Teller. Ich liebte Suppen über alles. Es gab nur einige Wenige, die ich nicht mochte. Aber Gemüsesuppe zählte zu meinen Lieblingssuppen. Wir aßen Brot dazu und damit war unsere Mahlzeit komplett.

Kapitel 28

Es war bereits Nachmittag, als wir die Hütte das nächste Mal verließen. Diesmal jedoch wollten wir nur ein wenig trainieren. Wir hatten bereits die neuen Klamotten angezogen und testeten sie auf ihre Tauglichkeit im Zweikampf. Marie hatte im hinteren Teil des Gartens eine alte Darts-Scheibe gefunden, die sie an einem Baum befestigte. Dann holte sie ihre Wurfsterne aus der Hütte und schleuderte sie gegen die Scheibe. Sie war echt gut darin. Meistens traf sie ihr Ziel, nur manchmal ging einer daneben und Marie musste ihn dann im

Gras suchen. Als sie mit ihrer Trefferqoute zufrieden war holte sie noch ein paar Messer, um sie ebenfalls gegen die Scheibe zu werfen. Mit den Messern war Marie nicht ganz so treffsicher wie mit den Wurfsternen. Nach ein paar Versuchen forderte sie mich auf, es auch zu probieren. Anfangs verunsicherte mich der Griff an der Klinge und meine Messer landeten allesamt im Grün rings um die Scheibe. Marie erklärte mir, wie ich die Messer richtig halten und ausholen musste, um meine Trefferquote zu erhöhen. Wir wechselten uns ab und verbrachten den restlichen Nachmittag damit, die Messer zu werfen oder auf dem Boden zu suchen. Nach einiger Zeit tat meine Schulter weh von der ungewohnten Bewegung, weshalb ich meine Messerwerfversuche beendete. Marie war mit meinen Fortschritten zufrieden und sammelte alle Utensilien wieder zusammen, um sie zu reinigen. Dann gingen wir in die Hütte und verstauten die Messer in den neuen Gürteln und Scheiden. Wir probierten alle möglichen Tragevarianten durch, ehe jede die für sich angenehmste Stellung fand. Marie trug ihre Messer zur Gänze in ihrem Gürtel. Ich hatte mich dafür entschieden, das kleinste meiner Messer am Fußgelenk zu tragen. Das passende Lederetui hatten wir gekauft und ich trug es so, dass es mich nicht im Geringsten störte. Sollte ich einmal Stiefel tragen, würde ich ein Oberschenkelholster brauchen. Geistig machte ich mir eine Notiz, damit ich es nicht vergaß. Marie hatte ihre Pistole gereinigt und geladen und in ihr neues Schulterholster gesteckt, welches sie sich umgeschnallt hatte, um sich daran zu gewöhnen. Sie erklärte mir, dass das Leder anfangs noch sehr steif und nicht tragefreundlich wäre und sie es deshalb ein wenig eintragen würde. Das neue Reservemagazin steckte ebenfalls bereits in Maries Gürtel und wartete auf seinen Einsatz.

Beim Trainieren band ich meine Haare meist zu einem Pferdeschwanz zusammen, damit sie mir nicht im Weg waren. Maries halblanges braunes Haar war stufenförmig geschnitten und fiel ihr manchmal in die Augen, wenn sie eine schnelle Bewegung machte. Es störte sie nicht und darum band sie es selten zusammen.

Wir waren gerade dabei, die Waffen wieder abzulegen, als ich ein grauenhaftes Geräusch hörte und mitten in der Bewegung erstarrte. Marie sah mich verwundert an. „Was ist los?"

„Hast du das nicht gehört?"

„Nein. Was denn?!

„Dieses furchtbare Geräusch! Als würde jemand ein Tier zu Tode quälen!" Der Schock saß mir noch immer in den Knochen, während ich angespannt auf weitere Geräusche lauschte.

„Nein, sorry. Ich war ganz in Gedanken."

„Mir stehen noch immer die Haare zu Berge!"

Marie lauschte angestrengt in die Dunkelheit und verdrehte ihre Augen nach oben. Völlig konzentriert stand sie mitten im

Raum und starrte zur Decke. Dann schüttelte sie den Kopf. „Ich höre nichts. Bist du dir sicher, dass du was gehört hast?"

„Da, schon wieder!", stieß ich hervor. Marie hörte noch immer nichts. Aber sie ergriff trotzdem sofort die Initiative und schnappte sich ihre Messer.

„Los! Wir müssen nachsehen, was da los ist!" Schon stürmte sie durch die Tür nach draußen. Ich setzte mich ebenfalls in Bewegung und schnappte mir noch meine zwei kleinen Messer, die ich kurz vorher auf den Tisch gelegt hatte. Während wir den Weg entlangrannten hörte ich wieder dieses angsterfüllte Schreien, wie von einem verwundeten Tier. Jetzt hatte Marie es auch gehört. Das merkte ich sofort daran, als sie ihren Laufstil änderte. Wir rannten in die Richtung, aus der die Schreie gekommen waren. Marie überließ mir die Führung und kurz darauf konnte ich den metallenen Geruch nach Blut ausmachen. Ein schreckliches Gefühl der Angst trieb mich an, noch schneller zu laufen. Meine Panik, über die Wurzeln der Bäume zu stolpern verschwand augenblicklich, als mir klar wurde, dass ich jede Einzelheit des Bodens trotz der Dunkelheit erkennen konnte. Verblüfft über diese Erkenntnis wurde ich kurz langsamer und Marie überholte mich. Dann blieb ich stehen. Ein bedrückendes Gefühl, zu spät zu kommen, lähmte mich. „Was ist los? Warum läufst du nicht weiter?" Marie lief wieder auf mich zu und blieb erschöpft vor mir stehen. Sie stützte schwer atmend ihre Arme auf ihren Oberschenkeln ab und atmete mehrmals tief durch.

„Es ist zu spät. Wir können nichts mehr tun." Tränen traten mir in die Augen, als ich schmerzlich erkannte, dass es jemand aus meinem Rudel war, der gestorben war. Ich war mir so sicher, als läge derjenige direkt vor mir. Mein Herz fühlte sich an, als wäre es in einem Schraubstock gefangen und jemand würde immer fester zudrehen. Dann ließ ich mich auf den Boden sinken und begann hemmungslos zu weinen. Ein sehr starkes Gefühl des Verlustes übermannte mich und ließ schmerzhafte Trauer in mir zurück, als hätte ich gerade einen guten Freund verloren. Kurz darauf spürte ich, wie der Boden unter mir vibrierte. Immer stärker, bis ich hinter Marie im dunklen Wald Wölfe ausmachen konnte. Hinter den Wölfen rannten Menschen und alle kamen direkt auf uns zu! Kurz erschrak ich über das überraschende Auftauchen des Rudels. Dann wurde mir klar, dass auch sie die Schreie gehört haben mussten.

Leskaro, der schwarze Wolf mit den geheimnisvollen grünen Augen blieb vor mir stehen und stieß einen langgezogenen Heuler aus.

„Wenona! Wir wollten gerade zu dir! Bjomolf ist tot! Sie haben ihn abgeschlachtet und geschändet! Komm mit! Ich führe dich zu ihm. Wir müssen seine Leiche zum Wolfsfelsen bringen, um ihm die letzte Ehre zu erweisen!" Verzweiflung stand in seinen Augen, während er mir vom Tod seines Freundes berichtete.

„Ich habe gespürt, dass etwas Grauenhaftes passiert ist. Es tut mir so leid! Wo ist er? Ich will ihn sehen. Bring mich zu ihm." Leskaro nickte und ging am Rest des Rudels vorbei, um mir den Weg zu weisen.

Wir gingen tiefer in den Wald hinein. Dort wo kein Weg hinführte und es noch dunkler war, weil das Mondlicht nicht durch die dichten Äste dringen konnte. Zielstrebig führte mich Leskaro in eine Schlucht hinab, in der ein gewaltiger Wasserfall endete. Der Geruch nach Blut wurde immer intensiver und hinterließ einen kupfernen Geschmack auf meinem Gaumen. Als Leskaro anhielt, konnte ich ihn sehen. Einige Meter vor uns lag ein toter Wolf. Die Augen standen offen. Ein gequälter Ausdruck stand ihm ins Gesicht geschrieben und eine nicht mehr frische Spur aus dickflüssigem Blut war an seinem Mundwinkel zu sehen. Einige Krallen waren ihm ausgerissen worden und hinterließen blutige Löcher. Sein linker Hinterlauf, aus dem ein gebrochener Knochen hervorstand, war in einem unnatürlichen Winkel verdreht. Er hatte ein großes Loch in der Brust, das den Blick auf einige Rippen freigab. Geschockt über den sich bietenden Anblick musste ich er einmal schwer schlucken.

„Sie haben ihm das Herz aus dem Leib gerissen! Diese elenden Bastarde! Ich werde sie finden und dann werde ich sie alle töten!" Leskaros Worte holten mich wieder in die Realität zurück. Ich wandte mich ihm zu und sah in seine schimmernden Augen. Er hatte einen so entschlossenen Zug um den Mund, dass ich kurz erschrak.

„Wir werden das gemeinsam erledigen. Keine Alleingänge mehr." Auch ich war entschlossen, diesem Treiben ein Ende zu setzen. Aber ich wollte keine weiteren Toten. Wir mussten überlegt und gemeinsam vorgehen, wenn wir eine Chance haben wollten. Leskaros erstarrte Gesichtszüge entspannten sich nur langsam. Er setzte sich auf seine Hinterläufe und zog den Schwanz ein. Seine Augen waren noch immer auf den Toten gerichtet und funkelten in der Dunkelheit.

Kapitel 29

„Such dir die besten Leute aus, die du hast. Schick die Frauen und die Alten nach Hause. Wir brauchen Krieger. Erfahrene Leute, denen wir vertrauen können." Meine Stimme hallte laut durch die Nacht. Leskaro nickte und gab dann Anweisungen, wer von den Anwesenden bleiben und wer nach Hause gehen sollte. Ich wollte unnötiges Blutvergießen vermeiden und so effektiv wie möglich sein. Eine zu große Gruppe würde nur unnötig auffallen und Niemandem nutzen, wenn er nicht kampferprobt war. Am Ende standen nur noch etwa ein Dutzend Männer und einige Frauen neben uns. Die restlichen Mitglieder waren verschwunden. Meiner Anweisung, den Toten mitzunehmen und in die Wolfshöhle zu schaffen, wurde sofort Folge geleistet. Zwei Männer, die noch in ihrer menschlichen Gestalt waren, nahmen den Leichnam vorsichtig hoch und trugen ihn durch den Wald zurück zur Höhle. Als wir dort eintrafen, überraschte uns Onatha, die bereits sämtliche Vorbereitungen für eine Zeremonie getroffen hatte. Bei ihr stand eine junge Frau, die sich als Shenandoah vorstellte. Sie war Onathas Nichte und begrüßte mich ehrfürchtig mit ihrer zierlichen, zur Faust geballten Hand und geneigtem Kopf. Überall an den Wänden waren Fackeln entzündet worden und eine Holzbahre stand bereit, um dem Toten als letztes Lager zu dienen. Onatha erklärte mir, dass die Verstorbenen eine Woche lang in der Höhle bleiben würden, ehe sie im Feuer in die Freiheit entlassen wurden. So hatte jeder noch die Möglichkeit, sich in aller Ruhe zu verabschieden. Onathas letzter Satz blieb mir im Gedächtnis haften. „Bei der Feuerzeremonie im riesigen Steinkreis wird der Körper vollständig verbrannt und die Asche vom Wind verweht." Irgendwie fand ich das sehr schön und beruhigend.

„Das ist vor allem für diejenigen von uns wichtig, die entehrt wurden und denen das Herz gewaltsam herausgerissen wird, wie jetzt bei Bjomolf. Durch das Herausreißen des Herzens konnte er sich nicht mehr zum Mensch zurückverwandeln. Nur die Verbrennungszeremonie kann den Geist des Verstorbenen jetzt noch befreien, damit er in die nächste Ebene übergehen kann." Ich verstand, was Onatha mir zu erklären versuchte und nickte.

Dann betraten die Männer die Höhle, welche den toten Körper des Wolfes trugen. Sie gingen rund um den See und blieben schließlich vor dem Altar hinter den Stühlen stehen. Behutsam legten sie den Wolf darauf und traten dann ehrfürchtig einen Schritt zurück. Die Menge, die sich rund um den Altar gebildet hatte, begann sich zu verwandeln. Sie hatten sämtliche Kleidung abgelegt und krümmten sich nackt auf dem Boden. Anfangs sah ich noch beschämt zur Seite und war unangenehm berührt, all die nackten Körper zu sehen. Mittlerweile war es nicht mehr ganz so schlimm und ich verfolgte die Verwandlung mit großem Staunen. Es faszinierte mich noch immer, wie aus der eben noch nackten Haut plötzlich rasend schnell Haare hervorschossen und sich in ein blickdichtes Fell verwandelten. Binnen Sekunden standen keine Menschen mehr in der Höhle, sondern Wölfe, die erbärmlich jaulten und ihren Schmerz und Verlust lautstark zum Ausdruck brachten. Dieses Geheul trieb mir Tränen in die Augen und schon bald ging mein Schluchzen in hemmungsloses Weinen über. Ein tiefer Schmerz durchzuckte meinen Körper und ließ mich in die Knie gehen. Meine tränennassen Wangen wurden von Maries Händen getrocknet. Sie hatte mich in den Arm genommen und schaukelte mich sanft hin und her. Leise sprach sie mir gut zu und wollte mich beruhigen. Aber ich ließ mich nicht beruhigen. Meine Trauer saß so tief, als hätte ich einen geliebten Menschen verloren. Ein Teil meines Rudels war mir genommen worden und ich fühlte, dass der Wolf auch ein Teil von mir gewesen war, der nun unwiederbringlich fort war. Eine leere Stelle würde zurückbleiben, die kein Anderer füllen könnte. Unbeschreibliche Wellen der Wut überrollten mich plötzlich, Gefühle, so heiß und intensiv, als würde mir ein glühendes Messer über die Haut gezogen werden. Ich konnte meine Wut bis in die Fingerspitze spüren. Meine Hände fühlten sich an, als stünden sie in Flammen, als ich meine Arme in den Himmel streckte und meine ganze Aggression in einem einzigen Schrei entlud. Die Wölfe verstummten und beobachteten jede kleinste Regung von mir. Die plötzlich eingetretene Stille gab mir die Möglichkeit, ein

Versprechen abzugeben, das mir am Herzen lag. „Dieser Tod wird gerächt werden, so wahr ich hier stehe! Wir werden diese Bestien suchen! Und wenn wir sie gefunden haben, wird es Krieg geben! Ich werde nicht zusehen, wie noch mehr Mitglieder meines Rudels verschwinden oder zu Tode gequält werden! Auge um Auge, Zahn um Zahn! Los geht's!"

Kapitel 30

Das gesamte Rudel sprang auf und hetzte in Richtung Ausgang. Marie lief mitten unter ihnen und war Feuer und Flamme. Sie wurde regelrecht mitgerissen von der Energie, die sich in der Höhle aufgestaut hatte. Auch ich rannte los und wurde von Leskaro flankiert. Vor der Höhle wartete die gesamte Gruppe, um ihre Anweisungen zu erhalten. Ein Teil der Gruppe unter der Führung von Azrael, stürmte sofort nach Erhalt ihres Auftrages los. Sie waren die besten fünf Kämpfer des Rudels und sollten die Vorhut bilden. Begleitet von einer Gruppe Sucher, die nur noch aus drei Wölfen bestand, seit Toopi schwer verletzt und Bjomolf getötet wurde. Auch Akando bildete mit einigen Wölfen einen eigenen Trupp. Die hübsche blaugraue Wölfin Nola führte die Läufer an. Sie war die einzige weibliche Anführerin unter meinen Wölfen. Zurück blieben nur noch Wenige, die eine Einheit mit Marie und mir bilden sollten. Sie würden bei uns bleiben, egal was auf passieren sollte. Leskaro wich keinen Moment von meiner Seite. Ihm folgten Mingan, Namida und Chesmu. Jeder wusste, welche Rolle er innerhalb des Rudels innehatte. Auch wir machten uns auf den Weg, diese elenden Blutsauger zu finden. Unser Weg führte über die rückseitige Wand des

Wolfsfelsen hinauf in ein steiniges Gebiet. Weitläufige karge Flächen boten nur wenigen Tierarten einen geeigneten Lebensraum. Die Wölfe verständigten sich von Zeit zu Zeit durch ein lautes Heulen, um sich gegenseitig zu verständigen. Marie und ich mussten uns anstrengen, mit den Vierbeinern Schritt zu halten. Obwohl Leskaro darauf bedacht war, nicht zu schnell zu laufen, fiel es den anderen schwerer, auf uns zwei Frauen Rücksicht zu nehmen. Ein einziger Gedanke der Rache durchströmte die Wölfe und ließ sie hetzen. Marie und mich kostete dieses unwegsame Gelände enorm viel Kraft. Da hatten es die Wölfe auf ihren vier Pfoten leichter. Trotzdem gaben wir nicht auf und rannten so schnell es unsere Umgebung zuließ. Der Mond stand bereits tief am Himmel als wir kurz unterhalb eines Gipfels langsamer wurden und uns aufteilten. Die steil aufragende Felswand wurde zentimeterweise abgesucht, ob sich irgendwo eine Höhle oder sonst irgendein Versteck befand. Wir konnten mehrere Spalten im Stein entdecken, die jedoch zu schmal waren, um sich hindurchquetschen zu können. Zwei Wölfe waren bis auf den Gipfel gelaufen und suchten nun ihrerseits den Berg von oben nach unten ab. Sollten sich hier irgendwelche Vampire aufhalten, wären sie in der Zwickmühle und hätten keine Fluchtmöglichkeit. Sie würden uns direkt in die Arme laufen. Mingan war ein guter Stratege. Er beriet sich immer wieder mit Leskaro, um das weitere Vorgehen abzusprechen und teilte die Wölfe ihren jeweiligen Aufgabengebieten zu.

Marie und ich saßen unterdessen am Fuße des Gipfels und erholten uns vom anstrengenden Lauf auf den Berg. Wir hatten keine Wasserflasche mit und waren kurz vor dem Verdursten. Nur schrittweise beruhigte sich mein Herzschlag und ließ mich wieder langsamer atmen. Unsere Suche entwickelte sich zu einem Reinfall. Nirgends auch nur die kleinste Spur eines Vampirs. Resigniert und mit hängenden Köpfen kamen die Wölfe wieder zurück und versammelten sich um uns. Immer wieder konnten wir in der Ferne den Ruf eines Wolfes ausmachen, aber jeder fragende Blick meinerseits wurde mit einem Kopfschütteln von Leskaro beantwortet. „Verflucht nochmal! Die müssen doch irgendwo sein!" Ließ ich meinem Frust freien Lauf. „Nicht nervös werden, Lisa. Wir werden sie finden. Und dann Gnade ihnen Gott!"

Maries Worte waren gut gemeint, konnten mich aber nicht von meiner Wut ablenken. Die Trauer und Entschlossenheit, die die Wölfe noch immer ausstrahlten, trieben mich an, nicht aufzugeben. Gerade wollte ich aufstehen um den Rückweg anzutreten als ein lautes Geheul sämtliche Köpfe herumfahren ließ. Mit gespitzten Ohren lauschten die Wölfe dem anhaltenden Jaulen und rannten dann wie aufs Stichwort in die Richtung, aus der der Ruf gekommen war. Wir folgten ihnen über einen schmalen Bergkamm nach unten und rutschten über Geröll und schmale Stege. Feuchte Grasbüschel auf denen wir ausrutschten, erschwerten jeden Schritt Richtung Tal. Mingan begann ebenfalls zu jaulen und kündigte den anderen unser Kommen an. Die Aufregung in der Gruppe war ansteckend. Marie flog beinahe den Berg runter und auch meine Füße berührten kaum noch den Boden, so ein Tempo hatten wir drauf. Das Jaulen der Wölfe wurde immer lauter, je näher wir kamen und die Aufregung in unserer Gruppe stieg spürbar an. Wir hatten bereits die Waldgrenze erreicht und liefen gegen Osten durch dichtes Unterholz. Äste und wuchernde Stauden kratzten über meine Arme, als ich mir einen Weg durch das Dickicht bahnte, um die anderen nicht aus den Augen zu verlieren. Leskaro lief hinter mir und hielt mir den Rücken frei, während Marie vor mir lief und noch mehr Äste und dürre Zweige abbekam als ich. Immer wieder knackte ein trockener Ast unter unseren Füßen und ließ uns kurz taumeln. Einmal fiel Marie der Länge nach hin. Sie hatte sich in einem Ast verfangen und war gestolpert. Schnell rappelte sie sich wieder hoch und lief weiter.

„Hast du dir wehgetan?"

„Geht schon, ist nur ein Kratzer!", rief sie zurück.

Endlich erreichten wir Freki und seinen Suchtrupp. Sie standen vor ein paar umgefallenen Bäumen und wiesen auf einen dunklen Fleck auf dem Boden. Leskaro trat näher und beschnüffelte die Stelle. „Das ist Blut.", stellte er fest.

„Ja. Deshalb haben wir euch gerufen. Es ist Randulfs Blut", bestätigte Freki und sprach auch gleich weiter. „Wir wissen nicht, ob er tot oder nur verletzt ist, aber das Blut ist ziemlich frisch. Aber es gibt keinen weiteren Anhaltspunkt, wo sie ihn hingebracht haben. Wir haben die Umgebung abgesucht aber kein anderes verletztes oder totes Tier oder sonst irgendeine Spur gefunden, das auf einen Überfall schließen lässt oder uns den Weg weisen würde, den sie genommen haben. Bei dieser Menge Blut kann er nicht selbst gelaufen sein, sonst hätten wir seine Fährte aufgenommen. Irgendjemand muss ihn von hier fortgeschafft haben."

Leskaro nickte und legte dabei die Stirn in Falten. Dann hob er seine Schnauze und ich konnte deutlich das Zucken seiner Nase beobachten. Er schnüffelte konzentriert in alle Richtungen und blickte dann wieder zu Boden.

„Ich kann auch nichts riechen! Keine Ahnung, in welche Richtung sie gegangen sind. Als wären sie vom Erdboden verschluckt worden. Wir müssen irgendeine Spur finden, sonst war die ganze Suche umsonst." Leskaro klang deprimiert. Schon wieder fehlte jemand aus dem Rudel und hinterließ uns nur ein flaues Gefühl in der Magengegend, weil wir nicht wussten, ob er noch am Leben war. Auch ich stand nur schockiert am Rand der Blutlache und wusste nicht, was ich sagen sollte. Marie stupste mich an und deutete mit ihrem Kinn auf den Blutfleck. „Kannst du auch nichts machen? Ich meine, mit deinen Händen oder sonst irgendwie?" „Ich weiß es nicht.", flüsterte ich zurück, damit uns sonst keiner hören konnte. Irgendwie war es mir peinlich, daneben zu stehen und nichts machen zu können.

Freki hob seinen Kopf und bewegte seine gespitzten Ohren in alle Richtungen. „Da kommt jemand."

Die Wölfe gingen in Stellung und duckten sich auf den Boden. Sprungbereit starrten sie in die Dunkelheit und versuchten eine Witterung aufzunehmen. Marie und ich hatten uns zwischen den umgefallenen Bäumen versteckt und verbargen uns unter den herabhängenden Ästen. Vorsichtig schielten wir immer wieder in die Richtung, aus der Freki den leichten Geruch wahrgenommen hatte. Ein Rascheln von Blättern war zu hören und ich hielt angespannt die Luft an. Wie auf Kommando sprangen die Wölfe los und hechteten in das Dickicht vor uns. Wir blieben zurück und harrten aus, bis wir sicher sein konnten, dass die Wölfe die Situation unter Kontrolle hatten und wussten, mit wem wir es zu tun hatten. Leskaro saß vor dem Baum, hinter dem wir uns versteckten und wachte konzentriert über unsere Sicherheit.

Ein lautes Knurren durchbrach die Stille und ich erschrak heftig, als ein Mann mittleren Alters, in Begleitung der knurrenden Wölfe aus dem Schatten des Waldes trat. Der Mond schien auf seine dünne Gestalt und gab den Blick frei auf seine spitzen Zähne, die vom Blut rot verfärbt waren. Wie magisch wurde mein Blick vom leicht geöffneten Mund dieses Vampires angezogen, als er plötzlich seinen Kopf leicht drehte und mich aus toten, tiefschwarzen Augen anstarrte. „Seht ihm nicht in die Augen wenn er euch ansieht!", zischte Leskaro uns zu. „Warum?" Marie sah mich fragend an. Wieder einmal hatte ich keine Antwort auf ihre Frage und zuckte nur mit den Schultern, während ich versuchte, seinem Blick auszuweichen und stattdessen meine Augen auf seinen dürren Oberkörper richtete. Leskaros Konzentration war voll und ganz auf die unheimliche Erscheinung des Mannes gerichtet, während er seine Machposition still und klar demonstrierte. Keine Sekunde ließ er den Fremden aus den Augen und verfolgte jede seiner Bewegungen, als er näherkam. Seine Nackenhaare richteten sich auf und ein dunkles, warnendes Knurren drang aus seiner Kehle. „Keinen Schritt weiter oder ich werde dich töten!" Leskaros Warnung klang ernst und der Mann blieb stehen. Als würde er sich ergeben, hob er beschwichtigend seine Hände und ein Lächeln breitete sich auf seinem Gesicht aus. „Du bist also der Leitwolf, hmm? Nett, dich kennenzulernen." Das Grinsen auf dem Gesicht des Mannes wirkte gekünstelt.

„Warum seid ihr hier? Was wollt ihr von uns? Das ist unser Land und ihr habt hier nichts zu suchen." Leskaros Worte kamen gefährlich ruhig aus seinem Mund.

„Ich habe eine Nachricht für euch. Mein Meister wird sich hier niederlassen und alle vernichten, die sich ihm in den Weg stellen. Ihr seid zu Wenige, um es mit ihm aufzunehmen. Verschwindet von hier. Das ist die letzte Warnung! Wenn nicht, wird es euch wie euren Freunden ergehen. Dann wird es ein Blutbad geben!"

Total geschockt schlug mir das Herz bis zum Hals. Auch Marie war total verstört. Als sie ihre Hand auf meinen Arm legte, konnte ich kalten Schweiß auf ihrer Handfläche spüren. Ihr Atem ging stoßweise und heftig. Die hautnahe Begegnung mit diesem Wesen war erschreckend und hatte so gar nichts mit der grauen Theorie zu tun, mit der wir es bis zu diesem Zeitpunkt zu tun hatten. Maries Hand wanderte von meinem Arm zu ihrer Hüfte und sie umklammerte ihr großes Messer so fest, dass ich die Knöchel weiß hervor treten sah. Leskaros Stimme unterbrach meine Beobachtungen und lenkte meine Aufmerksamkeit wieder auf den unheimlichen Besucher. „Wer ist dein Meister?"

„Das wirst du noch früh genug herausfinden!" Die Stimme des Fremden klang eiskalt und boshaft. Als er lächelte, blitzten links und rechts zwei rasiermesserscharfe Zähne in voller Größe zwischen seinen Lippen auf. Eine Gänsehaut überzog wieder einmal meinen Rücken und sogar die Härchen auf meinen Armen standen zu Berge. Das hinterhältige Grinsen des Vampirs ließ nun auch mir den Schweiß ausbrechen. Meine Achselhöhlen fühlten sich innerhalb kürzester Zeit feucht an und am liebsten hätte ich mir die Jacke ausgezogen, um ein wenig frische Luft an meinen Körper zu lassen.

„Ich kann eure Angst riechen, ihr süßen Täubchen." Die Augen des Mannes waren auf Marie und mich gerichtet und ich beeilte mich, meinen Blick abzuwenden, um ihm nicht direkt in die Augen zu sehen. Auch Marie starrte auf irgendeinen Fleck auf dem Boden vor uns. Meine Augen blieben an einem Pilz hängen, der inmitten eines moosigen Plätzchens aus dem Boden schoss.

„Dein Blut schmeckt sicher köstlich!" Genüsslich leckte sich der Vampir über seine trockenen Lippen und grinste uns an.

„Richte deinem Meister aus, dass wir unsere Heimat nicht aufgeben werden. Das ist unser Zuhause und nichts und niemand wird uns von hiervertreiben!" Der selbstsichere Ton in Leskaros Stimme veranlasste mich, meine Augen über seinen Rücken wandern zu lassen. Sein seidiges Fell glänzte beinahe bläulich im Mondlicht. Der Drang in mir, darüber zu streichen, um zu spüren, ob es tatsächlich so weich war, wie es aussah, übermannte mich beinahe. In letzter Sekunde zog ich meine Hand wieder zurück und verschränkte meine Arme stattdessen vor der Brust. Marie hatte mich beobachtet und grinste schief. Sie hatte anscheinend ihre Selbstsicherheit wieder zurückerlangt, denn sie verließ unser Versteck und stellte sich breitbeinig neben Leskaro. „Verschwinde von hier. Sofort!" Wie ein Donnern schallte Maries laute Stimme durch den Wald. Verblüfft starrte der Vampir Marie an und schüttelte dann den Kopf. „Wie ihr wollt!" So schnell, dass meine Augen es kaum registrierten, war der Vampir in der Dunkelheit verschwunden. Nur das wiederholte Knacken im Unterholz ließ uns die Richtung erahnen, in die er verschwand.

Ein tiefes Seufzen drang aus Leskaros Maul. Erstaunt schaute er in Maries Richtung, ehe er mit einem Kopfzucken Freki ein Zeichen gab. Blitzschnell waren Freki und seine vier Sucher in den Wald verschwunden. Ich nahm auf einem Baumstamm Platz und dachte angestrengt nach. Wie es aussah, würde wirklich Blut fließen. Und zwar viel Blut!

Leskaro schlug vor, hier, an dieser Stelle, die Nacht zu verbringen. Es hätte keinen Sinn, den ganzen Weg wieder zurück zu laufen. Wir mussten den Feind finden, bevor er wieder zuschlug. Und dafür mussten wir in der Nähe bleiben.

Namida verwandelte sich gerade wieder zur Frau und ich blickte schnell weg, um meine Verlegenheit zu verbergen. Shenandoah reichte ihr eine Hose und einen Pullover, in die sie sogleich schlüpfte, als Mingan vorschlug, ein Lagerfeuer zu errichten. „Das hält die Vampire auf Distanz. Sie haben Angst vor Feuer, weil es sie töten kann." Wieder hatten wir etwas dazugelernt. Mingan war ein guter Lehrer. Er verstand es meisterhaft, uns beiläufig immer wieder etwas Neues zu erklären oder uns auf Etwas aufmerksam zu machen, auf das wir achten mussten, ohne dabei jedoch lehrmeisterhaft zu klingen. Er packte jede Gelegenheit beim Schopf, unser klägliches Wissen anhand von praktischen Beispielen zu erweitern. Ich war für alles dankbar, das mir half, mich in dieser fremden Welt besser zurecht zu finden. Auch Marie hörte aufmerksam zu, wenn Mingan uns etwas erklärte. Anschließend stapelten wir das gesammelte Holz zu einem Haufen, um ein Feuer zu entzünden. Namida kam gerade wieder mit einem Arm voller Holz aus dem Wald zurück, das sie neben uns auf den Boden legte. „Es reicht. Wir wollen ja nicht meilenweit zu sehen sein." Leskaros bestimmte Art ließ keine Widerrede zu und so suchte sich jeder einen Platz zum Schlafen. Mingans hellgrüne Augen konzentrierten sich auf die Umgebung, während er Wache hielt. Die anderen hatten sich in der Nähe des Lagerfeuers zusammengerollt und ruhten sich aus. Chesmu hatte seinen Kopf auf seinen Vorderpfoten liegen und starrte ins Feuer.

„Ich muss noch mal aufs Klo", wisperte mir Marie ins Ohr. „Ich auch." Schon standen wir auf und wollten uns gerade in den Wald verdrücken, als Leskaro hinter uns auftauchte. „Wo wollt ihr hin?"

„Wir müssen nur mal schnell hinter die Büsche." Ein bisschen peinlich war es mir schon, mich rechtfertigen zu müssen, nur weil wir einem dringenden Bedürfnis nachkommen wollten. Aber es war auch Leskaros Aufgabe, mich zu beschützen. Und das konnte er nur, wenn er in meiner Nähe blieb. Er drehte uns den Rücken zu, während wir hinter einem Busch verschwanden um uns zu erleichtern. Gemeinsam gingen wir wieder zu unserem Lager zurück und legten uns auf den Boden, um ein wenig Schlaf zu finden. Der harte Untergrund machte mir mehr zu schaffen, als ich ursprünglich dachte. Immer wieder drehte ich mich von einer Seite auf die andere, um eine bequemere Position zu finden. Leskaro beobachtete mich aus einiger Entfernung. Ich konnte seinen Blick in meinem Rücken spüren. Als ich mich wieder umdrehte, sah ich in sein Gesicht. Seine grünen Augen waren belustigt auf mich gerichtet, als er aufstand und näherkam. Er ließ sich neben mir nieder und bot mir seinen Körper als Polster an, nachdem ich vorher krampfhaft versucht hatte, meinen Kopf auf meine Arme zu betten. Anfangs war es mir peinlich, doch nach einigen weiteren gescheiterten Versuchen gab ich mir einen Ruck und rutschte näher an ihn heran. Vorsichtig legte ich meinen Kopf auf seinen Bauch, bemüht, mich dabei nicht allzu schwer zu machen. Seine regelmäßigen Atemzüge hatten eine beruhigende Wirkung auf mich und innerhalb weniger Minuten war ich tief und fest eingeschlafen.

Kapitel 31

Frühmorgens gegen sechs Uhr erwachte ich, als aufgeregtes Gemurmel zu hören war. Sofort war ich hellwach und setzte mich aufrecht hin. Leskaro war bereits munter, blieb aber an Ort und Stelle liegen, um mich nicht aufzuwecken. Er streckte sich ausgiebig und stand dann auf. Die restlichen Wölfe hatten sich schon zurückverwandelt und saßen etwas entfernt zusammen, um sich zu besprechen. Auch Nola war mit ihrer Gruppe eingetroffen, während ich noch schlief. Durch einen Wink ließ Leskaro sie wissen, dass er mit ihr unter vier Augen sprechen wollte und Nola folgte seiner Aufforderung sofort. Marie schlief noch neben mir, als ich vorsichtig aufstand, um sie nicht zu wecken. Ich ging zu Leskaro hinüber, der bereits mit Nola auf mich wartete, um ebenfalls zu hören, was Nola zu berichten hatte.

„Wo wart ihr so lange?" Leskaro klang ziemlich genervt und bedachte Nola mit einem vorwurfsvollen Blick.

„Wir sind über den Bergkamm rüber, um zu checken, ob sie sich dort versteckt halten. Leider Fehlanzeige. Dann sind wir wieder zurück und haben unsere Suche weiter ausgedehnt. Du wirst kaum glauben, was wir entdeckt haben!" Nola sah Leskaro gespannt an.

„Nun sag schon! Was habt ihr gefunden?" Ungeduldig klopfte er mit seinem Fuß auf den Boden.

„Du kennst doch den großen Wasserfall, der etwa hundert Meter im freien Fall in dem großen See endet?" Nola wartete auf Leskaros.

„Welchen meinst du? Es gibt hier mehrere Fasserfälle.", unterbrach Leskaro Nola, die gerade zum Sprechen angesetzt hatte.

„Wir waren vielleicht sieben oder acht Jahre alt und waren gemeinsam dort. Erinnerst du dich nicht mehr an das Wochenende, als unsere Eltern mit uns zum Campen auf diese Hochebene gingen? Du hast den ganzen Weg über gejammert, weil du eine Blase auf deiner Ferse von den neuen Wanderschuhen hattest. Und kaum waren wir am See angekommen, bist du mitsamt deinen Klamotten in den See gesprungen! Dein Vater war vielleicht sauer!"

„Ja! Jetzt weiß ich, welchen du meinst! Aber das ist doch gar nicht so weit von hier entfernt, wenn ich mich nicht täusche?"

„Naja, ein paar Kilometer sind es schon. Aber als wir noch Kinder waren, ist es uns wie eine halbe Ewigkeit vorgekommen, da rauf zu marschieren.", fügte Nola grinsend hinzu.

Ein kleiner Stich der Eifersucht durchzuckte mich, als Nola und Leskaro so vertraut miteinander sprachen. „Sie kennen sich schon ewig", mahnte ich mich innerlich.

„Habt ihr eine Spur von ihnen gefunden? Los! Erzähl weiter."
Während Leskaro ungeduldig auf Nolas Antwort wartete,
suchte er mit seinen Augen immer wieder aufs Neue die
Umgebung ab. Er war hochkonzentriert, während er seine
Hände in die Hüften gestemmt hatte und auf Nolas Bericht
wartete. Die dunkelblaue Jeans saß gerade eng genug um
seinen knackigen Po schön zu betonen und sein
wohlproportionierter Oberkörper ließ meinen Körper bei
genauerer Betrachtung leicht kribbeln. Ich musste mich
regelrecht überwinden, nicht die ganze Zeit über auf seine
Brust oder seinen Bauch zu starren. Wie von einem Magneten
angezogen, wanderten meine Augen immer wieder zu den
einzelnen Muskeln, die sich entweder gerade an- oder
entspannten, je nachdem, welche Bewegungen er mit seinen
Armen gerade machte. Völlig in seinen Anblick versunken
träumte ich vor mich hin, bis mich Leskaros Frage wieder in
die Gegenwart zurückholte.

„Was hast du gesagt?" Meine Stimme klang sogar in meinen
eigenen Ohren schwach und abwesend. Nola grinste hinter
vorgehaltener Hand und Leskaro sah mich nur fragend an.

„Ich wollte von Nola wissen, ob sie eine interessante Spur
von den Vampiren gefunden haben."

Nola versuchte wieder ein ernstes Gesicht zu machen, bevor
zu weitersprach.

„Jetzt sei doch nicht so ungeduldig! Jedenfalls haben wir uns
aufgeteilt und sind in Zweierteams links und rechts um den

See herum gelaufen. Keine Spur weit und breit. Dann haben wir uns entschlossen, über die steile Felswand nach oben zu klettern, um auf Nummer Sicher zu gehen. Und rate mal, was wir oberhalb des Wasserfalls, ganz versteckt auf einer kleinen Bergspitze, entdeckt haben?" Nora spannte uns noch länger auf die Folter und schwenkte ihren Blick zwischen Leskaro und mir hin und her.

„Verdammt, Nola! Jetzt sag schon! Ich hab keine Lust auf Rate-Spielchen!"

„Mann, du verstehst es echt, jede Pointe zu zerstören!" Nora verzog ihre Lippen kurz zu einem Schmollmund ehe sie weitersprach. „Jedenfalls haben wir uns oben alle wieder getroffen und wollten bei der Gelegenheit gleich die Umgebung erkunden. Und da haben wir diese riesige Burg gesehen. Eine uralte Ruine aus Stein! Fast hätten wir sie übersehen, wenn wir nicht noch weiter um den Berg herumgegangen wären. Sie liegt nämlich schön verborgen auf der Rückseite des eigentlichen Gipfels und ist vom Wasserfall aus nicht sichtbar! Wir haben ihr Versteck gefunden!" Nola beendete ihren Bericht und sah Leskaro mit geröteten Wangen erwartungsvoll an.

„Und was macht dich so sicher, dass sich die Vampire dort oben verstecken?" Trotz der Selbstsicherheit in Nolas Stimme, wollte Leskaro auf Nummer sicher gehen, dass sich Nola nicht irrte, was das Versteck der Vampire betraf.

Nola lachte laut auf. „Sie waren unvorsichtig. Überall in der näheren Umgebung fanden wir kleinere Hinweise auf sie. Mal ein toter Hase, mal ein Eichhörnchen, das einfach weggeworfen wurde. Das ist kein Zufall! Ich bin mir ganz sicher, dass es sich um das Versteck der Vampire handelt!"

Nola gestikulierte während der gesamten Dauer ihrer Erzählung mit den Händen, um ihre Aussage zu untermauern. Es sah ganz danach aus, als sei sie sich absolut sicher, den gesuchten Unterschlupf gefunden zu haben.

„OK, sieht ganz danach aus, dass du wirklich ihr Versteck gefunden hast. Jetzt müssen wir nur noch auf Azrael und seine Leute warten. Ein Angriff ohne unsere besten Kämpfer wäre töricht. Ich hoffe nur, dass sie bald eintreffen und wir noch bei Tageslicht dort oben ankommen. Nachts wäre es zu gefährlich. Wir wissen nicht, wie viele Blutsauger tatsächlich dort oben sind und ich habe nicht vor, das Rudel einer unnötigen Gefahr auszusetzen." Während Nola und Leskaro sprachen, kaute ich nervös an meinen Fingernägeln. Das war auch so eine Angewohnheit von mir. Normalerweise knabberte ich nicht an meinen Nägeln, aber wenn es brenzlig wurde, knabberte ich entweder an meinen Nägeln oder zupfte an der Nagelhaut herum. Leskaro bemerkte meine Unruhe und schenkte mir ein beruhigendes Lächeln. Kleine Fältchen bildeten sich in seinen Augenwinkeln und ließen die Farbe seiner Iris noch heller strahlen. Seine Zuversicht half mir ein bisschen, ruhiger zu werden. Trotzdem blieb ein Rest meiner Nervosität zurück. Leskaro nahm meine Hände in seine. Seine Körperwärme war angenehm auf meiner kühlen Haut.

Etwas verunsichert, was nun kommen würde, blickte ich verlegen auf den Boden. Mein Blick wanderte zu meinen Händen, die er noch immer hielt. Seine Finger übten einen leichten Druck auf mich aus, als er mich rückwärtsgehend noch ein Stück vom Lager wegführte. Er schaute mir noch immer ins Gesicht und verfolgte aufmerksam jede meiner Regungen. Oh Mann, so sprachlos war ich schon lange nicht mehr gewesen. Eine prickelnde Wärme durchströmte meinen Körper und mein Herz schlug schneller. Ich hatte bestimmt einen roten Kopf, so verlegen machte mich seine Nähe. Peinlich berührt, welche Gefühle dieser Mann in mir auslöste, dachte ich fieberhaft darüber nach, was ich tun könnte, um die Situation zu retten, ehe er merkte, in welches Gefühlschaos ich stürzte, wenn er mich berührte. Ich kam mir wie ein Teenager vor, der zum ersten Mal verliebt war! Dabei wusste ich noch gar nicht, was ich von diesem Mann halten sollte. Mein rationell denkendes Gehirn war anscheinend im Ruhemodus, denn ich konnte keinen klaren Gedanken mehr fassen, nur noch fühlen. Und ich fühlte mich sauwohl in seiner Gegenwart. Fühlte mich so beschützt und geborgen wie schon lange nicht mehr. Am liebsten hätte ich mich an seine Brust gelehnt und seinen charismatischen Duft tief in mich hineingesaugt. Vor lauter Angst, nur noch zu stottern, wenn ich den Mund aufmachte, blieb ich lieber stumm und versuchte wieder Ordnung in meine Gefühlswelt zu bringen. „Jetzt reiß dich mal zusammen, Mädchen, du bist doch nicht mehr dreizehn Jahre alt!", schimpfte ich mich selber lautlos und versuchte dabei, meine Atmung wieder zu normalisieren.

Leskaro konnte mir meine Unsicherheit wohl vom Gesicht ablesen, denn er ließ abrupt meine Hände los und steckte sie in seine Jeanstaschen. Dann trat er einen Schritt zurück. Nun wirkte auch er verlegen und warf einen Blick über seine Schulter, um unser gegenseitiges Anstarren zu beenden. „Tut mir leid, wenn ich dich in Verlegenheit gebracht habe, das wollte ich nicht." Diesmal sah er betreten drein und zeichnete mit seinem Fuß unsichtbare Kreise auf den Waldboden.

Gerade wollte ich das Thema wechseln um die drückende, peinliche Stille zu unterbrechen, als eine laute Stimme nach Leskaro rief. Dieser schaute mich kurz prüfend an und drehte sich dann weg, um wieder zu unserem Lagerplatz zurück zu gehen. Ich folgte ihm mit etwas Abstand. Marie saß auf einem Stein und beobachtete mich, während ich langsam auf sie zuging. „Was ist denn mit dir passiert?" Meine Freundin sah mich von oben bis unten grinsend an.

„Was meinst du? Nichts ist passiert." Kurz dachte ich an das intime Gefühl, das Leskaro in mir entfesselt hatte, als er meine Hände in seinen hielt und blickte sie möglichst unschuldig an. Dann schob ich den Gedanken schnell beiseite und lenkte Maries Aufmerksamkeit auf die Neuankömmlinge, die gerade begrüßt wurden. Aus einiger Entfernung konnte ich beobachten, wie sich Leskaro mit Azrael unterhielt. Nola und Freki gesellten sich kurz darauf ebenfalls hinzu. Die Szene vermittelte den Eindruck, als ob eine heftige Diskussion im Gange wäre. Immer wieder schüttelte Leskaro den Kopf oder kratzte sich am Kinn. Offensichtlich war er unzufrieden über das, was er hörte. Eine Sorgenfalte hatte sich zwischen seinen Augenbrauen gebildet und verlief senkrecht bis zu seiner Nasenwurzel. Als sich unsere Blicke trafen, konnte ich deutlich die Besorgnis darin erkennen. Dann schaute er schnell wieder weg und konzentrierte sich auf seine Gesprächspartner. Keine Viertelstunde später erhoben sich die Männer und Nola. Sie riefen die restlichen Mitglieder hinzu, um sich den aktuellen Stand der Suche mitzuteilen.

Shimigami kam auf mich zu und begrüßte mich und Marie. Sie mache sich offensichtlich große Sorgen, denn sie bat uns, vorsichtig zu sein und den Männern das Kämpfen zu überlassen. Mingan würde mit uns im Hintergrund bleiben, erklärte sie. Marie wollte das nicht auf sich beruhen lassen und unterbrach Shimigami.

„Es geht uns alle an. Wir werden nicht einfach nur blöd danebenstehen und zusehen! Wir können ganz gut selber auf uns aufpassen und brauchen keinen Babysitter!", empörte sie sich. Hilflos schüttelte Shimigami den Kopf und versuchte, Marie und mich davon zu überzeugen, dass es das Beste für uns wäre. Sie sagte, dass der kleine Rat gerade eben beschlossen hatte, alles zu tun, um uns aus der Schusslinie zu halten.

„Ihr könnt mich mal!", platzte Marie heraus. „Keiner sagt mir, was ich zu tun habe. Und das Gleiche gilt für Lisa!" Entschlossen verschränkte sie ihre Arme vor der Brust und sah Shimigami herausfordernd an. Richtig streitlustig stand sie neben mir und wartete auf eine Reaktion.

„Ich teile euch nur mit, was der kleine Rat beschlossen hat."
Shimigami versuchte beruhigend auf Marie einzuwirken. Da
kannte sie meine Freundin aber schlecht. Nichts würde sie
jetzt noch beruhigen, wenn jemand versuchte, ihr
vorzuschreiben, was sie zu tun hatte. Das kannte ich nur allzu
gut aus der Zeit im Heim. Schon damals wollte Marie mit
dem Kopf durch die Wand und ließ sich nicht von ihrem Weg
abbringen. Eigensinnig war noch stark untertrieben, wenn
man Marie beschreiben wollte.

„Du kannst dem Rat einen schönen Gruß von mir ausrichten
und dass er mich mal dort kann, wo keine Sonne scheint!",
explodierte Marie. Sie war jetzt so richtig in Fahrt und drehte
sich auf dem Absatz um. Wutschnaubend marschierte sie auf
die Wolfsmenschen zu, die sich in kleinen Grüppchen
besprachen. Dann baute sie sich vor Leskaro auf und funkelte
ihn wütend an. Die Hände fest in die Hüften gestemmt, legte
sie los. „Was glaubst du eigentlich, wen du vor dir hast?
Glaubst du wirklich, du kannst darüber bestimmen, was wir
zu tun und zu lassen haben? Da täuscht du dich aber
gewaltig! Wir sind keine Schoßhündchen! Keiner bestimmt
über unser Leben. Wir alleine entscheiden, wie und was wir
machen! Wir sind sehr wohl in der Lage, uns selbst zu
verteidigen. Hast du das verstanden? Und noch was, entweder
ihr behandelt uns mit Respekt und als gleichwertige Partner,
oder wir machen die Fliege!"

Alle Augen waren neugierig auf Marie gerichtet. Sie zollten
ihr anscheinend Respekt, wie sie so dastand und Leskaro
angiftete. Die Luft knisterte richtiggehend vor Anspannung,

wie Leskaro auf diese Ansage reagieren würde. Offensichtlich waren sie es nicht gewohnt, dass jemand ihren Alpha so knallhart zur Rede stellte. Dieser wusste offensichtlich nicht, wie er mit Maries Auftritt umgehen sollte. Er schaute zuerst ihr, dann mir ins Gesicht. Die Entschlossenheit auf unseren Gesichtern musste ihn wohl beeindruckt haben, denn er nickte kaum merklich. „Ich wollte euch nur beschützen, nicht euch vorschreiben, wie ihr euer Leben zu leben habt. Aber ich habe euch wohl unterschätzt. Ihr habt recht, wir haben keine Ahnung, was eure Fähigkeiten betrifft. Noch nicht." Unentschlossen starrte er noch immer Marie an und suchte nach Worten. Marie stand währenddessen kampflustig vor ihm und starrte unerschrocken zurück. Leskaros Worte hatten sie keineswegs beschwichtigt. Ganz im Gegenteil, es machte eher den Eindruck, als warte Marie nur auf ein falsches Wort von ihm, um dann so richtig in die Luft zu gehen. Marie war eine tickende Zeitbombe, wenn es darum ging, ihr Vorschriften zu machen. Und noch immer machte es tick, tick…

„OK. Waffenstillstand. Eine Bedingung habe ich jedoch." Leskaros Blick huschte wieder zu mir und Marie wedelte mir ihrer Hand vor seinem Gesicht herum. „Und die wäre?"

„Wenonas Leben hat oberste Priorität. Und solange wir nicht wissen, ob ihr der Sache gewachsen seid, wird immer mindestens einer von uns in eurer Nähe sein. Darüber gibt es keine Diskussion." Nun war es Leskaro, der grimmig in die Runde schaute.

Betretenes Schweigen legte sich über den Platz, während sich Marie und Leskaro noch immer anstarrten. Tick, tick...

„OK, einverstanden. Vorerst." Marie schien ein wenig besänftigt.

„Puuh, nochmal Glück gehabt." Erleichtert, dass sich die Situation entspannte, atmete ich auf.

Marie reichte Leskaro die Hand. Ein Händedruck besiegelte die Abmachung und allgemeine Erleichterung machte spürbar die Runde.

Kapitel 32

Da nun alles geklärt war, machten wir uns auf den Weg. Quer durch den Wald verlief unser Weg, bis wir zu dem besagten Wasserfall kamen. Mühsam kämpften wir uns durch dichtes Gestrüpp und umgestürzte Baumstämme. Unser Weg führte steil nach oben. Immer höher, bis wir beinahe die Waldgrenze erreichten. Wir waren bereits etwas oberhalb des Sees, in den der Wasserfall mündete. Ich trat an den Rand des Steilhanges und starrte wie gebannt auf die Wassermassen, die sich ihren Weg mit lautem Getöse über die Felsen und anschließend im freien Fall suchten. Das gewaltige Rauschen übertönte jedes andere Geräusch. Noch nie hatte ich eine so gewaltige Urkraft gespürt, wie hier an diesem Platz. Leskaro holte mich mit einer Berührung am Rücken wieder in die Gegenwart zurück. Er versammelte das Rudel um sich, um noch einmal den Plan im Detail durchzugehen. Jeder wusste, was er zu tun hatte. Die Gruppen würden sich anders verteilen, als üblich. Es sollte möglichst in jedem Team ein Sucher, ein Kämpfer und ein Läufer sein. Marie und ich sollten mit Leskaro, Shimigami, Freki und Mingan zusammen ein Team bilden. Ich war ganz froh darüber, dass Marie in meiner Nähe blieb. Wir konnten uns aufeinander verlassen und das war uns beiden wichtig. Außerdem beruhigte es mich, wenn ich wusste, was sie gerade tat und ob es ihr gut ging.

Zuerst lag jedoch noch ein steiler letzter Abschnitt vor uns. Auf allen Vieren kletterten wir die restlichen Meter über steile Felswände und schlüpfrige, lose Steine. Marie rutschte mit dem Fuß weg und schlug sich das Knie auf, ehe sie das Gleichgewicht verlor und rückwärts stolperte. Ich stieß vor Schreck einen kleinen Schrei aus. Hätte Freki nicht so geistesgegenwärtig reagiert und sie in letzter Sekunde am Arm zu fassen bekommen, wäre sie etliche Meter die steile Böschung runtergefallen und hätte sich dabei wahrscheinlich das Genick gebrochen. Sie war schneeweiß im Gesicht und sah Freki nur sprachlos an, als sie wieder sicheren Boden unter den Füßen hatte. Er hielt ihren Arm noch einige Sekunden länger fest als nötig und löste sich dann ruckartig von ihr. Marie flüsterte ein Dankeschön und wandte sich dann verlegen um. Auch Freki schien ein wenig verlegen zu sein. Er machte eine wegwerfende Handbewegung, als sei seine Rettungsaktion nicht der Rede wert gewesen. Nur seine Augen glitzerten verräterisch. Ein kleines bisschen Stolz stand ihm ins Gesicht geschrieben. Ganz offensichtlich war es ihm peinlich vor all seinen Freunden, denn er versuchte seine

Gefühle schnell wieder zu verbergen und drehte sich ruckartig um. Mir stand vor Schreck der Angstschweiß auf der Stirn und ich atmete mehrmals tief durch, als Marie endlich wieder festen Boden unter sich hatte und ich sie in Sicherheit wusste. Das war echt knapp. Nach diesem Erlebnis setzte ich jeden meiner Schritte noch vorsichtiger, als zuvor. Auch Marie konnte man ihre Konzentration ansehen, als sie ihren Weg nach oben wieder fortsetzte. Ohne weitere Zwischenfälle krochen wir über die letzte Felsbrüstung und kamen ohne weitere Zwischenfälle oben an. Ich brauchte ein paar Minuten, um mich zu sammeln und meine Atmung zu normalisieren. Klettern war eindeutig keine meiner Stärken. Meine Arme schmerzten von der ungewohnten Anstrengung und meine Beine zitterten noch immer seit Maries Beinahe-Sturz. Geduldig warteten Leskaro und die anderen, bis wir bereit waren, unseren Weg fortzusetzen. Shimigami machte Leskaro immer wieder mal auf ein totes Tier aufmerksam, das achtlos weggeworfen wurde. Leskaro hob eines dieser Tiere, ein Murmeltier, wenn es mich nicht täuschte, auf und roch daran. Er drehte und wendete es mehrmals, um es sich genauer anzusehen und hatte seine Stirn in Falten gelegt. Dann reichte er den Kadaver an Freki weiter. „Was hältst du davon?" wollte er wissen. Freki ließ sich Zeit, das tote Tier von allen Seiten zu begutachten und zu beschnuppern. Seine Nasenflügel blähten sich mehrmals auf und seine Nasenspitze zuckte. Dann nickte er mit dem Kopf. „Das ist das Werk von Vampiren. Eindeutig. Der Geruch ist zwar nur noch ganz schwach, aber trotzdem eindeutig." Damit warf er den toten Körper des Tieres wieder zur Seite. Marie war währenddessen schon ein paar Meter in Richtung Burg gegangen und starrte auf die dunkle Silhouette, die sich deutlich vom Nachthimmel abhob. Ihre rechte Hand hatte das Messer an ihrem Gürtel umklammert, als wollte sie sich daran festhalten. Auch ich hatte meine Jacke geöffnet, um mein Messer griffbereit zu haben. Schwer konnte ich das Gewicht meiner Waffen spüren, die mir ein Gefühl der Sicherheit vermittelten. Was auch immer auf uns zukommen würde, wir wären nicht hilflos. Immer wieder redete ich mir selber gut zu, dass wir top ausgerüstet wären und das schaffen würden.

Kapitel 33

Leskaro vergewisserte sich, ob alle bereit waren und begann dann damit, sich seiner Kleidung zu entledigen. Er verstaute seine Sachen hinter einem Busch und verwandelte sich als Erster in einen Wolf. Voller Bewunderung sah ich ihm dabei zu, wie er sich binnen Sekunden von einem Mann in einen gefährlich aussehenden Wolf verwandelte. Sein schwarzes Haar bedeckte nun seinen gesamten Körper und seine smaragdgrünen Augen sahen wild und schön zugleich aus. Er schüttelte sich einmal durch, ehe er sich umdrehte und die Burg im Auge behielt. Dann folgte Frekis Verwandlung. Auch er verstaute seine Kleidung hinter dem Gestrüpp, ehe er sich verwandelte. Sein gutmütiges Gesicht mit den feinen Gesichtszügen verformte sich in eine spitze Schnauze und seine dunkelblonden Haare explodierten nahezu, um den Wolfskörper in ein schokoladenbraunes Fellknäuel zu verwandeln. Er spähte durch seine hellbraunen Augen mit den langen Wimpern zu uns herüber und trat dann an Leskaros Seite. Der Reihe nach wechselten die restlichen

Wölfe ihre Gestalt und machten sich auf den Angriff bereit. Shimigamis Verwandlung bezauberte mich am meisten. Sie war direkt neben mir hinter einen Baum verschwunden, um sich ihrer Kleidung zu entledigen. „Ich bin wohl doch nicht die Einzige, die eine gewisse Scham hat, sich vor anderen nackt zu zeigen." Überlegte ich während der paar Sekunden, die Shimigami für das Ausziehen ihrer Kleidung brauchte. Dann kniete sie sich anmutig nieder, wobei ihre langen blonden Haare beinahe bis auf den Boden reichten. Von meinem Standpunkt aus konnte ich nur noch ihren Oberkörper und den Kopf sehen. Ihr langes blondes Haar veränderte sich in ein strahlendes Weiß, dessen silbrige Spitzen im Schein des Mondes einen zarten Kontrast bildeten. Prüfend wanderte ihr Blick in alle Richtungen, ehe sie hinter dem Baum hervortrat und ihre Position neben Leskaro einnahm. Dann gab er uns ein Zeichen, ihnen zu folgen. Wir schlichen so leise wie möglich durch das spärliche Gebüsch, um zumindest ein wenig Deckung zu finden und robbten dann auf dem Bauch weiter. Je näher wir an das alte Schloss herankamen, desto mehr Einzelheiten konnten wir ausmachen. Die Burg hatte an jeder der vier Ecken einen hohen runden Turm. Etwa doppelt so hoch, wie das restliche Gemäuer. Etliche Steine hatten sich bereits aus den Mauern gelöst und hinterließen Löcher in den Wänden. Der Burggraben war ausgetrocknet und verwildert. Kein Tropfen Wasser zurückgeblieben. Wild wachsende Sträucher behinderten uns, als wir versuchten, durch den Graben an die steinerne Wand der Vorderseite zu kommen. Immer wieder war leises Fluchen zu hören, wenn sich jemand im Gestrüpp verfangen hatte oder eine Dornenranke eine blutende kleine

Wunde zurückließ. Mein Gesicht war schon ganz staubig vom trockenen Boden und immer wieder spuckte ich deswegen Dreck, oder schlimmer noch, Insekten aus, die durch das Atmen in meinen Mund gelangt waren. Igitt. Marie erging es nicht besser. Auch sie wischte sich ständig mit dem Ärmel über das Gesicht, um den gröbsten Staub loszuwerden. Sie hatte ihren Mund zusammengepresst und atmete nur noch durch die Nase. Mir fiel das schwer, da ich aufgrund einer schiefen Nasenscheidewand kaum Luft durch die Nase bekam. Wohl oder übel blieb mir keine andere Wahl, als durch den Mund zu atmen. Die Wölfe waren sehr geschickt darin, sich anzuschleichen. Ich beneidete sie um ihre geschärften Sinne und geschmeidigen Bewegungen. Als würden sie so etwas alle Tage machen. Jeder versuchte, auf den Rest der Gruppe Rücksicht zu nehmen und die Linie, die wir bildeten, möglichst gleichmäßig beizubehalten. Bei der Mauer angekommen, konnten Marie und ich endlich wieder aufstehen und unsere Beine durchstrecken. Marie legte ihren Kopf weit nach hinten in den Nacken, um zum Turm hochschauen zu können. Richtig imposant ragte der ramponierte Turm vor uns auf. Früher musste dieser Anblick gewaltig schön gewesen sein. Uns ließ er eher frösteln, wussten wir doch, dass sich dahinter blutsaugende Monster niedergelassen hatten. Freki führte unsere Gruppe nach rechts, wo einst ein gewaltiges Tor den Zugang versperrt haben musste. Jetzt konnte man die riesigen Ausmaße nur noch anhand der rostigen Türangeln erahnen. Vorsichtig schlich Freki durch den Eingangsbogen und blickte hektisch von links nach rechts. Die Luft war rein und er winkte uns weiter. Auf jede einzelne Bewegung bedacht, schlichen wir an der Innenseite der schützenden Mauer entlang, um den Eingang des einstigen Schlosses zu finden. Eine große Steintreppe tauchte vor uns auf. Ihre Stufen waren abgewetzt und glatt, als wären sie poliert worden. Eingefasst wurde die Treppe von weißen Steinsäulen, die ebenfalls unter dem Einfluss des Wetters der letzten Jahrhunderte stark gelitten hatten. Manche waren noch zur Gänze erhalten, bei anderen lagen nur noch ein paar wenige Gesteinsbrocken verstreut auf dem Boden. Die Treppe schlängelte sich in einem Bogen in die Höhe, ehe sie auf einer Ebene zu Ende war. Dieser Vorbau ähnelte einer Terrasse, die gänzlich mit Marmor ausgelegt war. Der Boden war beinahe unversehrt. Trockenes Laub und einige kleine Äste lagen darauf und sammelten sich in den Ecken, die von Spinnweben überzogen waren. Langsam stiegen wir die Treppe hoch, immer darauf gefasst, dass wir jederzeit angegriffen werden konnten. Meine Anspannung wuchs ins Unerträgliche, als wir vor der verwitterten Eingangstüre standen und uns überlegten, wie wir möglichst lautlos hineingelangen könnten. Die herrschende Ruhe verursachte mir Gänsehaut und ein schlechtes Gefühl beschlich mich, das ich auch nicht abschütteln konnte.

Auf der gegenüberliegenden Seite konnten wir Azrael und seine Begleiter erkennen, die gerade dabei waren, einen der Türme zu erkunden. Meine Konzentration wurde wieder auf die Eingangstür gelenkt, als Marie vortrat, um zu prüfen, ob sich die Türklinke herunterdrücken ließ. Ein triumphaler Ausdruck erhellte kurz ihr Gesicht, als sie die Tür einen Spalt breit öffnete, um ins Innere der Burg zu spähen. Kein Mucks war zu hören. Alle hatten vor Aufregung den Atem angehalten. Leskaro tänzelte unruhig neben der Tür herum. Unheimlich still lag die Burg vor uns. Zu still für meinen Geschmack. Entschlossen schob ich meine Bedenken zur Seite und folgte Marie. Ich drückte die Tür noch ein Stück weiter auf. Gähnende Leere herrschte in diesen Gemäuern, als die Tür unter lautem Ächzen gänzlich aufschwang. Kampfbereit hatten sich die Wölfe in Stellung gebracht, um sich binnen eines Sekundenbruchteils auf den Feind stürzen zu können. Nichts regte sich jedoch. Gähnende Leere.Vorsichtig setzten wir einen Schritt vor den anderen und lauschten. Alles blieb ruhig. Die Wölfe folgten uns ins Innere und verteilten sich. Ungläubig starrte Leskaro zu Freki, der auch nicht gerade glücklich aussah und ihm einen ebensolchen Blick zurückwarf. Planlosigkeit herrschte auf allen Gesichtern. Was war hier los?

Kapitel 34

Plötzlich ging alles sehr schnell. Während wir uns noch immer gegenseitig blöd anstarrten, fiel ein Netz von der Decke, das wir vorher nicht bemerkt hatten und zog sich sofort wieder zusammen. Die Wölfe versuchten noch auszuweichen, sprangen erschrocken zurück, aber es war zu spät. Innerhalb kürzester Zeit hatten sie sich in den Seilen verfangen und knurrten lautstark. Jeder Versuch, aus dem Netz wieder rauszukommen trug nur dazu bei, sich noch mehr in den Windungen der Seile zu verfangen. Marie hatte bereits ihr Messer gezückt und war dabei, die dicken Seile durchzuschneiden. Ganz instinktiv säbelte auch ich am Seil herum, um nicht hilflos gefangen zu sein. Während wir noch immer versuchten, aus unserer misslichen Lage zu befreien, hörten wir ein Rauschen, als würde der Wind durch die Gänge fegen. Von Panik erfasst, wurden meine Bewegungen immer hektischer. Mein Loch war noch immer zu klein, um durchschlüpfen zu können. Marie erging es nicht besser. Auch sie versuchte im Eiltempo, ihre Fesseln loszuwerden. Dann wurde die Tür regelrecht aus den Angeln gerissen, als ein paar Vampire in den Raum stürmten. Beim Anblick ihrer Beute blieben sie abrupt stehen und begutachteten ihren Fang. Ein sadistisches Grinsen breitete sich auf dem bleichen Gesicht des Anführers aus. „Na wen haben wir denn da?" Ein heiseres Krächzen kam aus seiner Kehle. Die anderen Vampire leckten sich die Lippen und überlegten wohl gerade, wen von uns sie sich als Erstes schmecken lassen würden. Mir kam die Galle hoch, als ich vor meinem geistigen Auge schon sah, wie einer von ihnen seine Zähne in meinen Hals schlagen würde. Mit neuer Kraft kämpfte ich weiter mit dem Seilgeflecht und schaffte es endlich, ungesehen hindurchschlüpfen zu können. Ich wurde von den Wölfen verdeckt, die weiter vorne in der Halle gestanden hatten. Langsam schlich ich zu Marie und half ihr, die Seile durchzuschneiden, als mich eine eiskalte Hand am Genick packte und hochhob. Meine Beine baumelten in der Luft und der Vampir, der mich gepackt hatte, lachte mir ins Gesicht. „Ist sie nicht niedlich, die Kleine?" Der Gestank, der aus seinem Mund kam, verschlug mir die Sprache. Angeekelt schaute ich zur Seite und überlegte fieberhaft, was ich machen sollte. Marie kam mir zuvor. Sie hatte sich ebenfalls befreien können und rammte dem Vampir mit voller Wucht ein Messer in den Fuß. Laut winselnd und erschrocken ließ er mich los und drehte sich mit wutverzerrtem Gesicht Marie zu. Ich starrte auf das Messer, das noch immer in seiner Wade steckte und konnte es kaum glauben, dass kein einziger Tropfen Blut daraus hervorkam. Die Wölfe heulten in ihrer Gefangenschaft vor Wut laut auf, als mich der Vampir eisern festgehalten hatte. Zähnefletschend konnten sie nichts anderes tun, als hilflos zuzusehen, wie wir gegen die Vampire ankämpften. Keiner von ihnen konnte uns jetzt noch beschützen. Wir waren auf uns alleine gestellt und mussten selber schauen, wie wir mit den Angreifern klar kamen. Mein Herz raste wie wild. Das Adrenalin wurde in Höchstgeschwindigkeit durch meine Adern gepumpt und sorgte dafür, dass ich um mein nacktes Überleben kämpfte. Marie und ich standen Rücken an Rücken, um uns die sich nähernden Blutsauger vom Leib zu halten. Sie kamen in einer unheimlichen Schnelligkeit auf uns zu und umkreisten uns wie Löwen. Ihre Gesichter sprachen Bände. Wenn sie uns die Finger bekämen, wären wir geliefert. Marie holte bereits mit dem nächsten Messer aus und schleuderte es dem erstbesten Vampir entgegen, der ihr zu nahe kam. Als es in der Brust stecken blieb, trat ein ungläubiger Ausdruck in die Augen des Vampirs. Er starrte an sich hinunter und versuchte das Messer aus seiner Brust zu ziehen. Als er den Griff berührte, zischte es so laut, dass ich erschrocken innehielt. Stinkender Rauch stieg aus seinen Händen auf, als er den Griff wieder losließ. Nun waren es die Vampire, die sich in blinder Wut auf uns stürzten. Marie zückte ihre Pistole und schoss dem Ersten ein Loch in die Brust. Er fiel zu Boden und löste sich innerhalb von Sekunden in Staub auf. Endlich konnte auch ich meine

Erstarrung abschütteln und nahm mein kleines Messer in die Hand. Gerade noch rechtzeitig, um es dem kleineren Vampir ins Auge zu stechen, der sich eben auf mich stürzte. Das Messer, das ich in meiner Linken hielt, rutschte mir aus der Hand, als ein anderer Vampir mein Bein ergriff und mich mit aller Wucht gegen die Wand schleuderte. Benommen richtete ich mich auf, als schon wieder einer auf mich zukam. Ich konnte nicht mehr sehen, wie es Marie erging, setzte aber all meine Hoffnungen in sie, während mein einziger Gedanke dem Überleben galt. Mit einer Sicherheit, die mir selber unheimlich war, hob ich meinen Arm und drückte meine Handfläche auf das Gesicht des Vampirs. Zischend brannte sich der Abdruck meiner Hand in die Haut des Vampirs. Dieser sprang erschrocken zurück und heulte laut auf. Die Wölfe versuchten noch immer, sich aus ihrer misslichen Lage zu befreien und scheiterten wieder und wieder. Die Löcher waren ganz einfach zu klein für einen ausgewachsenen Wolf. Leskaro hatte seinen Blick auf mich gerichtet und verfolgte jede meiner Bewegungen mit Argusaugen. Nur kurz konnte ich ihm einen Blick zuwerfen, ehe ich mich wieder auf den Ort des Geschehens konzentrierte. Marie stand inzwischen vor den gefangenen Wölfen und zog gerade einen ihrer Wurfsterne aus der Tasche, als sich ein großer Vampir mit kahlem Schädel auf sie stürzte und sie umwarf. Ihr Arm wurde unter dem Gewicht des Mannes eingeklemmt und Marie wand sich mit aller Kraft gegen den fremden Körper. Der übermächtige Vampir riss gerade seinen Mund auf und ließ seine spitzen Zähne auf Marie herabsausen, als Marie ihr Knie hochriss und es mit aller Kraft in den Unterleib des Vampirs rammte. Völlig überrumpelt krümmte sich der

Vampir zusammen und rollte von Marie herunter. Die zwei noch unversehrten Vampire schnappten sich ihren Anführer, in dessen Brust noch immer Maries Messer steckte und zerrten ihn zum entgegengesetzten Ende der Halle. Dabei fiel das kleinere Messer, das in der Wade steckte, zu Boden und hinterließ ein lautes Klirren. Blitzschnell waren sie durch die Tür verschwunden und zogen ihren verwundeten Führer hinter sich her. Marie rappelte sich wieder hoch und holte mit ihrer Machete aus. Es war ein Andenken an ihren Vater, der diese Waffe von einer Reise aus Südamerika mitbrachte. Marie hatte sie aus sentimentalen Gründen behalten und trug sie auf ihrem Rücken. Das riesige Ding steckte in einer Lederscheide, die extra für diese unförmige Waffe angefertigt wurde. Die Klinge sauste durch die Luft und traf den am Boden liegenden, wimmernden Vampir genau am Genick. Mit einem lauten Knacken durchschlug die stählerne Klinge die Wirbelsäule. Ungläubig starrte ich auf die geköpfte Gestalt. Sein Kopf hing nur noch an ein paar Hautfetzen und einer einzelnen Sehne und taumelte von seiner Schulter. Dann brach der Vampir zusammen. Schmutziger brauner Schleim trat aus der Wunde und verpestete die Luft. Als der Vampir sein Leben aushauchte, verwandelte sich auch sein Körper zu Staub und wurde von der hereinströmenden Nachtluft aufgewirbelt und in alle Himmelsrichtungen zerstreut. Angewidert drehte Marie ihren Kopf zur Seite und ich stürzte auf sie zu. „Mein Gott! Das war knapp! Geht es dir gut? Hat er dich verletzt?" Meine Stimme überschlug sich vor lauter Aufregung, während meine Hände bereits an Maries Hals nach Verletzungen suchten. „Mir geht's gut. Alles in Ordnung." Marie klang ganz außer Atem und entzog sich meinen Händen. Aber das war ja nicht verwunderlich. Ich hatte größten Respekt vor ihrer Reaktion. Beinahe wäre sie getötet worden und Marie wusste nichts Besseres, als sich umzudrehen und weiter die Seile durchzuschneiden. Das war mal wieder typisch Marie. Nichts konnte sie so leicht aus der Ruhe bringen. Als die Wölfe sich aus ihrer Gefangenschaft befreit hatten, ging Marie zu dem am Boden liegenden Messer, das die Vampire auf ihrer Flucht verloren hatten und hob es auf. Angeekelt wischte sie die Klinge an ihrer Hose ab und steckte es an seinen Platz zurück. Dann schüttelte sie ihre Haare durch und wartete darauf, dass alle Wölfe wieder auf ihren Pfoten standen. Freki schaute bewundernd zu ihr auf und konnte seinen Blick kaum noch von ihr abwenden. Marie bekam nichts davon mit, weil sie noch damit beschäftigt war, ihre Machete zu reinigen, um sie wieder ordentlich zu verstauen. Leskaro war an meine Seite getreten und schaute beschämt auf den Boden. „Es tut mir so leid! Ich hätte dich beschützen müssen und nicht du mich!" Sowohl seine Stimme als auch seine Augen drückten tiefste Betroffenheit aus, als er mir schließlich doch noch ins Gesicht sah. Gerade wollte ich ihm versichern, dass alles gut war, als er auch schon weitersprach. „Wenona, bitte verzeih mir. So etwas wird nie wieder geschehen. Ich hätte es wissen müssen, dass sie einen Hinterhalt planten. Wie konnte ich nur so unvorsichtig und dumm sein!"

„Du bist nicht dumm und es gibt nichts zu verzeihen. Wie hättest du wissen können, dass sie uns eine derart feige Falle stellen würden. Was hättet ihr Wölfe schon machen können? Nichts!" Ich legte eine kleine Pause ein, ehe ich weitersprach.

„Außerdem ist es ja nochmal gut gegangen. Das ist das Wichtigste!" Ich kniete mich vor ihm nieder und legte meine Hand auf seine pelzige Schulter. Er schmiegte seinen Kopf an meine Hand und seufzte erleichtert. „Ich bin so froh, dass dir nichts passiert ist. Aber wo sind eigentlich die anderen?" Dieser Gedanke war mir noch gar nicht gekommen und ich schreckte hoch, als mir einfiel, dass ja noch mehr von uns hier irgendwo sein mussten. Aber wo waren sie wirklich? Hektisch erhob ich mich wieder und wir rannten alle nach draußen, um die anderen zu suchen. Wild um mich schauend, versuchte ich im Freien eine Spur von ihnen zu entdecken. Nirgends war auch nur das kleinste Anzeichen von ihnen. Freki´s Ohren zuckten in alle Richtungen, ehe er plötzlich ohne Vorwarnung losrannte. Die anderen Wölfe folgten ihm ohne zu zögern. Sie stoppten erst, als sie vor einem der Türme standen und darauf warteten, dass wir zu ihnen aufschlossen. Dann stürmten sie die Treppe hoch, immer mehrere Stufen auf einmal nehmend. Plötzlich hielt Freki inne und gab Anweisung, sich aufzuteilen. Ein paar von uns rannten weiter die Treppe hoch, zwei anderen liefen wieder zurück um den Eingang zu bewachen. Freki wollte nicht noch einmal eine böse Überraschung erleben und hatte vorgesorgt. Oben angekommen stießen wir eine schwere Holztür auf und traten ins Freie. Mir stockte der Atem, als ich sah, was die Vampire hier inszeniert hatten. Direkt vor uns, auf einem schweren Holzkreuz hing ein lebloser Körper. Nackt. Das dazugehörige Fell wurde ihm abgezogen und war achtlos gegen den Rand der Brüstung geworfen worden. Der tote Körper war nur noch ein hellrosa Bündel aus Fleisch und Sehnen. Ein großes Loch klaffte dort, wo eigentlich das Herz sein sollte und auf seinem Bauch waren deutlich unzählige Schnittwunden zu erkennen. Ekel und erneut entfachte Wut stieg in mir auf, als ich diesen geschundenen Körper da hängen sah. Wie konnte jemand nur so grausam sein? Nicht genug, dass sie ihn getötet hatten, nein, er wurde regelrecht zur Schau gestellt. Und schon wieder hatten sie einen meiner Wölfe entehrt, indem sie ihm das Herz aus der Brust gerissen hatten. Damit wurde ihm die Möglichkeit genommen, sich wieder in einen Menschen zu verwandeln und ein sogenanntes normales Begräbnis kam somit nicht in Frage. Wir würden auch ihm eine Feuerbestattung bereiten, damit er in Würde hinübergehen könnte, in den lupus caelum, wie mir Onatha bei der letzten Feuerbestattung erklärt hatte.

Shimigami setzte sich auf ihre Hinterläufe und stimmte ein Heulkonzert an, das kilometerweit zu hören sein musste. Leskaro beschnüffelte in der Zwischenzeit das Häufchen Fell, das seinen silbrigen Glanz verloren hatte und ganz stumpf und grau da lag. „Das war Randulf." Leskaros Stimme brach, als er die Betroffenheit auf den Gesichtern seiner Freunde sah. „Holt ihn da runter und nehmt alles mit, das ihr finden könnt." Seine Stimme duldete keinen Widerspruchurde und Mingan schulterte seinen alten Freund, während Chesmu sich das Fell schnappte, um sämtliche Körperteile gemeinsam dem Feuer übergeben zu können. Die Stimmung war auf den Nullpunkt gefallen. Keiner sagte ein Wort. Dafür aber sprachen die Gesichtsausdrücke der Wölfe Bände. Gefährlich ruhig war auch Leskaro, der als Letzter den Turm verließ. Seine Gesichtsmuskulatur war angespannt, hin und wieder zuckte ein Muskel in seinem Gesicht. Aus seinen Augen war jede Wärme verschwunden. Sie waren dunkel und gefährlich, als sie an mir vorbei auf den toten Körper seines Freundes starrten. Ich trottete niedergeschlagen hinter den anderen her und erreichte den Ausgang des Turms gerade noch rechtzeitig, um mitzuerleben, wie der Rest des Rudels herbeieilte. „Wo seid ihr gewesen?" Vorwurfsvoll blickte Leskaro in die Runde. Die Neuankömmlinge hörten ihm jedoch kaum zu. Ihr Augenmerk war auf Mingan und Chesmu gerichtet. Die Wölfe waren zutiefst geschockt, als sie in dem toten Körper Randulf erkannten. Schließlich entlud sich das unheimliche Schweigen in ein heilloses Kriegsgeheul. Wehklagend brachten sie ihren Schmerz und ihre Wut zum Ausdruck. Wild und entschlossen blitzten ihre Augen in der Dunkelheit, wann immer sie das Mondlicht einfingen. Einige der Wölfe waren patschnass und kleine Wasserpfützen bildeten sich zu ihren Füßen. Irgendwann verebbte das laute Geheul und ging in ein leises Weinen über. Tiefe, bedrückende Trauer breitete sich aus und hüllte uns ein. Marie stand betroffen neben Freki und fuhr immer wieder beruhigend mit ihrer Hand an seinem Rücken entlang. Freki war in Menschengestalt ein großgewachsener Mann Ende Zwanzig mit breiten Schultern und gebräunter Haut. Einige Narben verunstalteten seinen Oberkörper, die ihn aber nicht weniger attraktiv erscheinen ließen. Im Gegenteil. Es unterstrich seine Männlichkeit. Sein kurzes braunes Haar war meistens zerzaust und stand in alle Richtungen von seinem Kopf ab. Jetzt saß er in sich zusammengesunken neben Marie und registrierte kaum ihre Berührungen. Verflogen war sein Kampfgeist. Zerstört durch den grausamen Tod seines besten Freundes. Zum ersten Mal betrachtete ich ihn genauer und musste mir eingestehen, dass er trotz allem eine faszinierende Ausstrahlung auf mich ausübte. So unscheinbar er in seinen Alltagsklamotten und der Brille auf der Nase auch aussah, hier während unserer Suche hatte ich eine komplett andere Seite von ihm kennengelernt. Diese Seite war aufregend und männlich. Stark und intelligent, eine verführerische Mischung. Noch immer starrte ich auf Freki und Marie, die so vertraut nebeneinander standen, als würden sie sich schon ewig kennen. Die beiden würden ein hübsches Paar abgeben, hätten sie sich unter anderen Umständen kennengelernt.

Leskaro hatte stillschweigend abgewartet, bis sich sein Rudel wieder beruhigt hatte. „Vielleicht kann mir jetzt jemand sagen, wo ihr gewesen seid?"

Kapitel 35

Azrael und Nola begannen gleichzeitig zu sprechen. Schließlich überließ Nola es dem Älteren, Bericht zu erstatten. „Wir haben uns auf dem Gelände umgesehen. Die Burg ist riesig und hat mehrere versteckte Eingänge. Wir haben es nicht geschafft, näher an die Vampire ranzukommen. Die Burg hat ein riesiges unterirdisches Labyrinth aus Gängen und Räumen. Es ist zu komplex, als dass wir mit unseren wenigen Leuten alles unter die Lupe nehmen könnten. Einige unserer Leute sind verletzt, zum Glück ist nicht mehr passiert. Diese elenden Bastarde haben überall Fallen eingebaut."

„Was für Fallen?", unterbrach Leskaro interessiert.

„Falltüren, scharfe Messer, die aus den Wänden schießen, wenn man auf einen bestimmten Stein tritt, Türen, die sich nur in eine Richtung hin öffnen lassen und noch mehr! Wir sind in eine Falle getappt und wären ohne fremde Hilfe nie mehr rausgekommen! Ein scheinbar harmloser Raum mit meterhohen Wänden. Nicht mal mehr den Himmel konnte man sehen. Wir sind da rein und wollten uns umschauen, ob irgendwo eine Geheimtür oder sonst irgendetwas Interessantes zu finden wäre. Dann drehte sich plötzlich die Wand, durch die wir in den Raum gelangten und schloss uns ein. Wir waren gefangen. Die Schwingtür in der Wand ließ sich nicht mehr öffnen. Als wir versuchten, an der Mauer hochzuklettern, schoss plötzlich Wasser aus den Löchern in den Wänden. Binnen Sekunden standen wir kniehoch im eiskalten Wasser und dachten schon, wir würden sterben. Hier würde uns keiner finden! Zum Glück kam Anubis gerade noch rechtzeitig und holte uns da raus!" Abrupt endete sein Redefluss. Noch immer stand ihm der Schock ins Gesicht geschrieben.

„Auch wir wurden angegriffen und Wenona wäre beinahe getötet worden! Keiner von euch war da! Verdammt nochmal! Habt ihr eigentlich eine Ahnung davon, wie knapp wir entkommen sind?" Vorwurfsvoll wanderte sein Blick von einem Mitglied zum nächsten. Sämtliche Blicke waren auf den Boden gerichtet. Es machte den Anschein, als fühlten sich alle schuldig. Keiner wagte sich, auch nur einen Laut von sich zu geben. Leskaros Wut war zu offensichtlich. Er funkelte noch immer in die Runde und wartete nur darauf, dass jemand zu einer Erklärung ansetzte.

„Wir wussten nicht...", weiter kam Nola nicht mit ihrem Erklärungsversuch, als Leskaro sie mit einem einzigen Blick zum Schweige brachte. „Schweig!" War das Einzige, das aus seinem Mund kam.

Dann drehte er sich um und verließ stillschweigend den Platz, auf dem wir uns versammelt hatten. Alle trotteten ihm niedergeschlagen hinterher. Auch ich beeilte mich, mit seinen schnellen Schritten mitzuhalten, um nicht zu weit zurückzufallen. Erst als wir wieder die Waldgrenze erreichten und sich die Wölfe zurückverwandelten, hatte ich Zeit, mich mit Marie kurz zu unterhalten. Die ganze Aktion war ein einziger Reinfall. Es war zu früh und wir viel zu naiv. Wir waren einer Meinung, dass unser Angriff nicht wirklich gut durchdacht und übereilt stattgefunden hatte. Wir hatten ganz einfach zu wenig Ahnung von der gesamten Materie und mit welcher Geschwindigkeit diese Vampire zuschlagen konnten. Nur den superschnellen Reflexen von Marie war es zu verdanken, dass wir heil aus dieser Situation wieder rauskamen. Die Wölfe kannten uns nicht und wir kannten sie nicht. Keiner von uns wusste wirklich, wie unser Gegner funktionierte. Die einzelnen Rudelmitglieder kannten lediglich Geschichten, die sie von ihren Eltern oder Großeltern gehört hatten und mussten bisher noch nie wirklich gegen Vampire kämpfen. Und wir waren überhaupt nur die Neuen, die bis vor kurzem gar keine Ahnung davon hatten, dass es solche Geschöpfe überhaupt gibt, geschweige denn, wie man sie bekämpfen kann. Wir beschlossen, uns nach unserer Rückkehr besser vorzubereiten, um nicht noch einmal so eine böse Überraschung zu erleben. Wir hatten einfach nur Glück. Es hätte auch ganz anders ausgehen können. Marie und ich waren viel zu blauäugig an die Sache rangegangen. Langsam wurde uns bewusst, dass es hier nicht um irgendein Abenteuer ging, sondern um blutige Realität. Dieser Gedanken verursachte mir auf dem ganzen Körper Gänsehaut.

Marie starrte Löcher in die Luft und war schweigsam wie noch nie. Dass wir so blindlings in eine Falle getappt waren, kratzte an Maries Ego. Sie hasste es, reingelegt zu werden. Ihrem verbissenen Gesichtsausdruck nach zu schließen, überlegte sie gerade fieberhaft, wie wir das Schlamassel am ehesten wieder gerade biegen konnten. Ich ließ ihr die Zeit, die sie brauchte, um den unangenehmen Geschmack des Verlierens zu schlucken. Auch ich musste diese ganze Sache erst einmal verdauen.

Kapitel 36

Auf dem gesamten Rückweg sprach niemand ein Wort. Die bedrückte Stimmung hielt an, bis wir einige Stunden später vor der Wolfshöhle ankamen. Freki und Chesmu brachten Bjomolfs sterbliche Überreste in die Höhle und legten sie auf den Altar neben Randulf. „Na super, jetzt liegen schon zwei Leichen in der Höhle!", stellte ich ernüchternd fest. Meine Stimmung war auf dem absoluten Tiefpunkt angekommen, als ich die beiden toten Körper dort liegen sah. Ich musste dringend an die frische Luft. Der Geruch nach Tod und Blut war zu erdrückend, es schnürte mir die Kehle zu. Das konnte ich nicht länger ertragen. Deshalb ging ich nach draußen und ließ mich beim Steinkreis nieder. „Ich sterbe, wenn ich nicht sofort etwas zu trinken bekomme." Marie klang müde und sprach mir aus der Seele. Auch ich war total erledigt und wollte nur noch in mein Bett fallen und die schiefgelaufene Aktion so schnell wie möglich vergessen. Die Vampire, die Toten. Das hätte nicht passieren dürfen. „Komm." Ich war aufgestanden und reichte Marie meine Hand, um sie hochzuziehen. Marie nahm sie und zog sich daran hoch. „Mir tut jeder Knochen weh.", jammerte sie und streckte sich. „Mir auch. Morgen habe ich sicher einen ordentlichen Muskelkater.", pflichtete ich Marie bei. An die blauen Flecken durfte ich gar nicht denken. Marie und ich hatten beide einiges abbekommen, aber das würden wir morgen noch früh genug herausfinden. Leise verabschiedeten wir uns und schlugen niedergeschlagen den Weg zur Hütte ein. Die Zunge klebte mir bereits trocken am Gaumen und ich war zu müde für eine Unterhaltung. Nur noch schnell nach Hause, war mein einziger Wunsch.

Nachdem wir unsere Schuhe vor der Tür ausgezogen hatten, schlurften wir in die Küche und plünderten den Kühlschrank. Marie trank noch im Stehen eine Flasche Mineralwasser und ließ ein wohliges Seufzen hören, als der gesamte Inhalt in ihrem Magen gelandet war. Dann rülpste sie und hielt sich erschrocken die Hand vor den Mund. Der Ausdruck auf ihrem Gesicht entlockte mir ein Grinsen und ich ließ mich auf die Eckbank sinken. Die Wasserflasche noch immer in der Hand stand sie beschämt neben der offenen Kühlschranktür und sah etwas betreten zu mir herüber. Dann musste sie ebenfalls grinsen und schloss den Kühlschrank mit Schwung, ehe sie sich mir gegenüber auf den Stuhl sinken ließ. „Na, das war ja heute ein totales Fiasko, was?" Marie brachte es auf den Punkt. Ich nickte zustimmend und ließ noch einmal Revue passieren, was alles schiefgelaufen war. „Wir waren nicht ordentlich vorbereitet. Keiner von uns hat schon mal gegen einen Vampir gekämpft. Wir wissen alles nur vom Hören-Sagen. Außerdem kennen wir uns zu wenig. Keiner von uns weiß, wie der andere tickt und überhaupt …! Wir sind blutige Anfänger und haben uns aufgeführt wie Indiana Jones! Mir wird erst jetzt so richtig bewusst, dass wir dabei draufgehen könnten. Es ist kein Spiel und auch kein Film." Als ich diesen letzten Satz laut ausgesprochen hatte, nickte Marie mehrmals mit dem Kopf.

„Du hast hundertprozentig recht. Leider. Sie haben uns nach Strich und Faden reingelegt." Marie stimmte mir zähneknirschend zu und zerriss dabei die Zeitung, die auf dem Tisch lag, in kleine Fetzen.

„Was waren wir doch für Idioten!" Frustriert knallte ich mein Glas auf den Tisch und stieß angewidert die Luft aus.

„Naja, zumindest ist keiner draufgegangen. Das ist auch schon mal positiv!" Marie versuchte halbherzig, mich aufzuheitern. „Jetzt komm, wir haben es überlebt! Denk positiv, es hätte viel schlimmer kommen können. So gesehen hatten wir verdammt viel Glück."

„OK, du hast wie immer recht. Aber was jetzt? Sollen wir abwarten, bis wieder jemand verschwindet und getötet wird?"

Nachdenklich rieb ich mit Daumen und Mittelfinger meine Nasenwurzel, um die aufsteigenden Kopfschmerzen zu lindern.

„Nein. Natürlich nicht. Aber wir haben heute einiges dazugelernt."

„Und das wäre?" Mein Tonfall war noch immer negativ.

„Wir haben uns gut geschlagen mit diesen Blutsaugern. Wir waren auf uns alleine gestellt und haben es geschafft!" Triumphierend hob Marie ihre Flasche und prostete mir zu.

„Marie hat schon wieder recht!", schoss es mir durch den Kopf. Wir waren ganz alleine mit dieser gefährlichen Situation klar gekommen. Wir waren gut. Wenn nicht sogar sehr gut! Aber würden wir beim nächsten Mal auch so viel Glück haben? Warum nicht!? Wir hatten neue Freunde gefunden. Eine Familie, die zusammenhielt. Jetzt mussten wir nur noch lernen, gemeinsam zu kämpfen und sich gegenseitig zu vertrauen. Mein Selbstvertrauen wuchs erstaunlich schnell an und ich konnte mir ein innerliches Schulterklopfen nicht verkneifen. Es stimmte. Wir hatten heute gezeigt, was wir draufhatten! Und es war noch lange nicht zu Ende. Jetzt würde es erst richtig losgehen! Diese Vampire würden uns noch kennenlernen.

Mein Entschluss stand fest. Die grausamen Morde würden gerächt werden, soviel stand fest. Und diese Blutsauger würden sich warm anziehen müssen. Beim nächsten Mal. Eine verlorene Schlacht war nicht das Ende der Welt.

Ein ungeheuer starkes Band der Treue hielt mich an meinem Platz fest, als meine Gedanken zurückwanderten zur Wolfshöhle. Hier war mein Zuhause. Meine Wurzeln. Meine Familie und meine beste Freundin. Nichts und niemand würde mich hier wieder vertreiben können. Die große Schlacht konnte beginnen. Ich war bereit.